KB036391

슈베르트와 나무

슈베르트와 나무

시각장애인 피아니스트와 나무 인문학자의
아주 특별한 나무 체험

고규홍 지음

Humanist

여는 글

눈으로 본 나무와 눈으로 보지 않은 나무

터무니없어 보이는 이 작업을 마음먹은 건 오래전이다. 어쩌면 나무를 찾아다니기 시작할 때부터 품은 생각이었는지도 모르겠다. 길 위를 떠돌아 나무를 만나고, 탐욕적으로 글을 써 젖히던 무렵, 나무 이야기를 한창 풀어놓고 나면 늘 아쉬움이 남았다. 과연 내가 글로 표현해낸 게 그 나무의 전부인가. 나무는 그 정도의 글로 다 표현된 것인가. 한 걸음 더 나아가면, 나는 과연 나무를 제대로 본 것인가. 내가 보지 못한 건 나무의 무엇인가. 나무를 제대로 더 많은 사람에게 알리려면 뭘 더 써야 하는가. 대관절 나무를 어떻게 보아야 하는가.

쓰면 쓸수록 근원을 알기 어려운 갈증에 시달려야 했다. 더 많은 나무를 찾아갔고, 더 오래 나무 곁에 머물렀다. 집보다 길 위에 머무른 시간이 더 길었던 그 무렵의 어느 봄날이었다. 아마도 경주 어디쯤이었을 듯하다. 아무렇게나 맞춰진 주파수의 라디오에서 청취자의 사연이 흘러나왔다.

어린아이들과 함께 석굴암으로 수학여행을 다녀온 참이었다고 시작한 어느 맹학교 선생님의 사연이다. 길을 나설 때면 언제나 서둘러야 했다는 선생님은 그날도 아이들을 새벽 댓바람에 깨워 석굴암에 갔다고 했다. 아이들의 안전을 책임져야 하는 때문이었을 게다.

그러나 그날 선생님은 너무 서둘렀다. 석굴암에 도착했지만 아직 어두운 새벽이었다. 봄이었지만 바람은 찼다. 눈으로 감지할 수 있는 정경이 아무것도 없는 아이들에게는 훨씬 더 차갑게 느껴질 법한 바람이었다. 선생님은 아이들을 석굴암 입구 바로 앞에 나란히 앉혔다.

아침 정경을 또렷이 바라볼 수 있는 선생님은 아이들에게 풍경을 들려주기 시작했다. "우리가 너무 일찍 서둘러 올라왔나 봐요." 라며 처음에는 아이들에게 미안한 마음을 드러냈다. "아침이라고는 하지만 너무 이른 새벽이어서 눈앞에 보이는 게 별로 없어요. 깜깜한 어둠뿐이에요. 춥지만 조금만 참으면 바람도 상큼하게 느껴질 겁니다." 아이들은 찬 바람을 뚫고 들려오는 선생님의 예쁜 목소리를 뚫어져라 바라보았다. "여기 석굴암 앞에서는 멀리로 동해 바다가 내다보여요. 조금 있으면 저 먼 바다 끝에서 붉은 아침 해가 떠오를 거예요. 해는 보이지 않지만 조금씩 멀리로 붉은 기운이 솟아오르기 시작하네요. 아마도 곧 화려한 아침 해가 떠오르고 어둠이 걷힐 듯해요."

해 뜰 무렵의 풍광은 언제나 매우 빠르게 바뀌지만, 그 변화를 글이나 말로 표현하는 건 쉽지 않다. 그러니 선생님은 잠시도 쉬지 않고 아이들의 귓전을 향해 풍경을 그려서 보여주었다.

"아침 빛이 조금씩 환해지고 있어요. 마치 바다 깊은 곳에서 용

왕님이 튀어나오려는 듯 이글거린답니다. 아! 수평선 끝에서 아침 해가 손톱만큼 빼꼼히 올라왔어요. 화려해요. 얼굴을 내민 해가 빠르게 솟아오르네요. 손톱만 하던 해가 이제는 반달 모양만큼 높이 솟았어요. 쉬지 않고 빠르게 빠르게 해가 솟아올라요."

순간순간을 하나도 놓치지 않고 세심하게 그려내는 선생님의 목소리도 일출 속도에 맞춰 빨라졌다. 숨이 찰 지경이었다. 말로 그리는 선생님의 풍경화는 일출의 완성과 함께 완성되어갔다.

"이제는 해가 다 솟아올랐어요. 바다 끝에 살짝 닿아 있던 해의 꼬리 부분이 물 위로 떠올라서 완전히 둥근 태양이 됐어요. 아침 해는 빨간 빛이에요. 한낮에 머리 위에 뜬 해와는 전혀 다른 빛이에요. 그 붉은빛이 온 바다를 핏빛으로 물들이네요."

바다에 이어 온 대지가 붉게 물들자 선생님의 풍경화에도 마침표를 찍을 때가 됐다.

"바다를 걷어차고 튀어 오른 태양이 온 세상을 붉게 물들이고 있어요. 여러분, 저 태양의 따뜻한 기운이 느껴지지 않나요? 우리가 앉아 있는 석굴암 안쪽에는 부처님이 계시거든요. 동해의 붉은 햇빛이 그 부처님의 얼굴을 환하게 비추네요. 아! 그리고, 그리고 말이에요. 그 맑고 환한 햇빛을 받은 부처님이 환하게 미소 지으시네요."

선생님의 풍경화에 귀를 쫑긋하고 집중한 아이들의 표정이 밝아졌다. 그때 선생님은 아이들에게 큰 소리로 질문을 던졌다.

"여러분, 부처님의 저 환한 미소가 보이나요?"

선생님은 분명히 앞 못 보는 어린아이들을 향해 "보이냐?"고 물었다. 긴가민가했다. 시각장애인 아이들에게 어떻게 "보이냐?"는 질문을 할 수 있는가. 볼 수 없는 아이들에게 '보이냐'는 질문을 할 수 있는 선생님은 도대체 어떤 사람일지 궁금했다. 그는 눈으로가 아니라, 오랜 세월 동안 다른 방법으로 아이들과 함께 많은 것을 바라보았던 사람임에 틀림없다. 그렇지 않고서야 '보이냐'는 질문은 대책 없는 무례일 수밖에 없다. 만일 내가 그 자리에서 아이들에게 "앞에 있는 석굴암의 부처님이 얼마나 아름다운지 보이나요?"라고 질문을 던졌다고 쳐보자. 필경 아이들의 비웃음을 받을 게 분명하다. 어쩌면 아이들은 나의 무람없는 질문에 가래침을 뱉을지도 모를 일이다. 다음 순간을 기다렸다.

석굴암 앞에 나란히 앉은 시각장애인 아이들은 초점 없는 눈동자를 선생님의 목소리에 집중하고는 일제히 대답했다. "네!"

단 한 마디, '네!' 천둥이고, 벼락이었다. 갑자기 가슴이 덜컥 내려앉았고, 가슴 깊은 밑바닥에서 큼지막한 덩어리가 경주 석굴암을 향해 솟아오른 동해의 태양처럼 목 줄기를 타고 불끈 솟아올랐다. 눈물을 흘렸는지도 모른다. 쏟아냈을지도 모른다.

볼 수 없는 아이들에게 세상의 풍경을 보여주기 위해 숨 가쁘게 말로 풍경을 그려내던 한 선생님의 가냘픈 안간힘이 놀라웠고, 말로 그려낸 선생님의 풍경화에 집중하느라 찬 바람에 맞서 움츠리고 앉아 있던 시각장애인 아이들의 집중력이 서러워서였을 게다. 아이들은 분명히 선생님이 말로 그려낸 풍경을 본 것이다. 결코 거짓으로 대답하지 않았을 천진난만한 아이들이었다는 것도 감동의 깊이를 더해주었다.

한참을 길옆에 서 있었다. 그날, 나는 내 갈 길의 모든 갈피를 내려놓고 집으로 돌아오고 말았다. 먼 길이었지만, 내 방식대로 나무를 찾아볼 엄두가 나지 않았다. 감동은 오래도록 잦아들지 않았다. 바다만큼 깊고 태양처럼 컸다.

나를 돌아보았다. 나무 이야기를 사진과 글로 세상에 알린다는 건 무슨 의미이며, 대관절 어찌해야 이 많은 나무를, 그리고 나무 안에 담긴 하고한 이야기를 어떻게 전해야 할까. 세상의 많은 사람이 '네!'라고 대답할 수 있게 하려면 어찌해야 한단 말인가. 고민은 깊어졌고, 그동안 써왔던 글들을, 글쓰기의 목적을 짚어봤다.

다시 길을 떠나게 된 얼마 뒤에는 전과 달라진 나를 느낄 수 있었다. 눈으로 본다는 건 무슨 의미인가. 나무처럼 어마어마하게 큰 생명체를 눈으로 보는 것만으로 충분히 보았다고 말할 수 있겠는가 하는 반성이 전제된 답사 길이었다. 답사는 한층 더뎌졌다. 걸음은 물론이고 호흡의 속도까지 늦추어졌다. 나뭇가지를 스치는 바람결도 더불어 나무 곁에 머무르기를 바랐다. 그렇게 길 위에 머무르는 시간이 느려졌다.

십여 년도 더 지난 일이다. 그때 한순간의 감동으로 내 답사와 글이 한꺼번에 뒤바뀌었다고 할 수야 없다. 그러나 변화는 뚜렷했다. 스치듯 눈으로 바라보는 것만으로는 나무의 실체를 만날 수 없다는 걸 깨달았다는 데에서 비롯된 변화다. 사실 마흔 넘어 시작한 나무 답사라는 게 그리 호락호락한 일은 아니었다. 호흡은 가팔랐고, 걸음은 다급했으며, 긴장은 악착같았다. 강박증에 이를 만큼 언제라도 갈 길을 재우쳤다. 한 그루라도 더 찾아보아야 한다는 생각에서였다. 그런 걸음으로 나무를 본다는 게 불가능하다는 걸 뒤늦게 깨우친 것이다.

이미 나무를 주제로 몇 권의 책을 냈지만, 그때부터 나의 나무 답사는 새로 시작한 것이나 다름없다. 분명히 그랬다. 천천히 걸었고, 나무 앞에서 눈 감고 숨을 길게 쉬었다. 동틀 무렵 해를 맞이하는 나무 앞에 주저앉아 저녁 해가 넘어가기를 기다리는 날도 있었고, 나무 앞에서 하릴없이 누워 하늘만 바라보다 돌아오는 날도 잦아졌다.

꿈이 생겼다. 나무를 보는 나의 방식과는 전혀 다르게 나무를 느끼는 사람을 만나고 싶었다. 단도직입해 나도 맹학교 선생님처럼 시각 경험을 가지지 않은 누구에겐가 나무를 그려서 보여주고 싶었다. 더불어 그가 만난 나무는 어떤 모양, 어떤 빛깔일지 듣고도 싶었다. 눈으로 본 나무와 눈으로 보지 않은 나무는 서로 어떻게 다른지도 알고 싶었다. 재우칠 일은 아니지만, 언젠가는 꼭 해야겠다고 마음먹었다.

그리고 마침내 기회가 찾아왔다. 이 책에서 보이고자 하는 프로젝트가 그 기회다. 이 프로젝트는 지난 한 해 동안의 기록이지만, 내 마음속에서는 오래전부터 준비했던 일이다. 이 책은 나와 전혀 다른 방식으로 나무를 만나고 느낀 한 사람의 이야기이고, 그 사람에게 나무를 보여주고 싶어 안달했던 지난 십여 년간의 기록이기도 하다. 짧으면서도 긴 나무 이야기다.

차례

슈베르트 도이치 넘버 899와 나무의 만남

2015년 11월 23일. 오후 7시 30분. 세종문화회관 체임버홀. 객석의 조명이 어두워지고, 무대 쪽 조명이 밝아지자 그녀가 걸어 나왔다. 그녀를 무대 한가운데의 피아노 앞으로 이끄는 건 총명하고 빛나는 눈동자를 가진 '찬미'라는 이름의 시각장애인 안내견이다.

그녀는 안내견 찬미가 이끄는 대로 무대 가운데에 나와 객석을 향해 고개 숙여 큰 인사를 올리고 피아노 앞에 앉았다. 먼저 찬미와 그녀를 이어주는 끈을 의자 가장자리의 높낮이 조절 레버에 걸었다. 피아니스트의 손길을 응시하던 찬미는 제 가죽 끈이 레버에 잘 걸렸는지를 확인하고는 객석 쪽을 바라보며 천천히 바닥에 엎드렸다.

그녀가 피아노 건반에 손을 올리고 연주를 시작했다. 프란츠 슈베르트의 음악으로 이루어진 이 연주회의 첫 곡은 소나타(Piano Sonata No. 13 in A Major, D. 664, Op. 120)였다. 슈베르트가 스물두 살 되던 해인 1819년에 작곡한 작품이다. 세 악장으로 이루어진 이 곡은 슈베르트의 서정성이 강하게 드러나는 곡으로, 연주회의 서막을 알리기에 제격이다.

악보가 있다 해도 볼 수 없는 피아니스트는 초점 없는 눈동자로 그랜드피아노의 상판을 응시하며 춤추듯 슈베르트의 서정을 연주했다. 음악 감상에 몰입하듯 음전한 자세로 엎드려 있는 안내견 찬미는 피아노가 연주되는 동안 가끔씩 몸을 뒤척였다. 그때마다 찬미의 가죽 끈에 걸린 몇 개의 철제 장식들이 마룻바닥을 툭 툭 두드리는 소리가 들려왔지만, 피아노 선율을 방해할 만큼은 아니었다.

객석을 가득 채운 청중은 이 특별한 연주를 바라보며 여러 생각을 했을 게다. 처음에는 악보를 보지 않고서도 짧지 않은 저 음악을 어찌 다 외워 연주할까, 그만큼 많은 연습이 전제된 연주라는 걸 떠올렸을 게다. 몇몇 관객은 벌써부터 눈시울을 붉혔다.

그 시각, 나는 무대가 훤히 내려다보이는 이층 가장자리에서 노트북 컴퓨터를 켜놓고, 조마조마한 마음으로 그녀의 연주를 바라보고 있었다. 소나타가 3악장을 마치기까지 객석의 반응은커녕 피아노 연주 상태조차 바라볼 엄두를 내지 못할 만큼 긴장한 상태였다. 소나타 연주가 끝나고, 그녀가 무대 뒤로 들어가 숨을 고르고 다시 나와서 두 번째 연주를 시작하면 드디어 내 역할이 시작된다. 그 순간을 기다린 지난 며칠 동안은 마치 뉴욕 카네기홀 데뷔 무대를 앞둔 어린 음악가들처럼 밤잠을 설치기까지 했다.

첫 곡인 소나타가 끝났다는 건 객석의 박수 소리로 알 수 있었다. 박수가 잦아들고 잠시 뒤 다시 그녀가 등장하면 또 한 번의 박수 소리가 나오리라. 그리고 그녀가 두 번째 곡의 첫 음, 첫 건반을 누르는 순간, 나의 연주도 더불어 시작된다. 약 십 분에 걸쳐 진행될 나의 연주는 소리가 아니라 시각 이미지다. 그녀가 이번 연주를 통해 말하려 했던 청각 이미지를 사진이라는 시각 이미지로 드러내는 것이다. 사진은 지난 십칠 년 동안 이 땅의 산과 들에서 촬영한 나의 나무 사진들이다.

두 번째로 그녀가 연주할 곡은 슈베르트의 대표곡 가운데 하나인 두 편의 즉흥곡 가운데 도이치 넘버 899번이다. 1827년 즈음에 작곡한 것으로 보이는 이 즉흥곡 첫 편은 네 곡으로 구성돼 있는데, 모두 합하면 삼십 분쯤 걸린다. 이 가운데 첫 곡인 〈Allegro molto Moderato in c minor〉가 그녀와 함께 내가 연주할 곡이다. 십 분이 조금 넘는 곡이다.

변주곡 형식으로 이루어진 이 곡에서 슈베르트는 죽음에 대한 고민이 깊었던 자신의 마음 상태를 그대로 드러냈다. 슈베르트의 당시 상태를 바탕으로 자신의 이야기를 드러내고자 한 피아니스트는 이 작품에서 슈베르트처럼 죽음의 이미지를 보여주고자 했다. 당연히 내가 구성한 시각 이미지도 죽음에 가까운 분위기로 구성됐다. 대략 사진 한 컷이 십오 초 정도로 이어지는 시각 이미지는 그래서 간당간당 매달린 마지막 잎새의 이미지에서 시작된다. 지난 가을 한 장만 남은 벚나무의 마지막 잎새 사진이다.

한 주일 전에 있었던 리허설과 연주회 시작 두어 시간 전에 진행한 최종 드레스 리허설에서 완벽하다 싶을 만큼 우리는 음악과 영상을 맞추었다. 몇 차례의 수정을 거치면서 마침내 여기까지 왔다. 이제 그녀가 피아노의 첫 건반을 누르는 순간 어둠 속에서 노트북 컴퓨터의 스페이스 바만 눌러주면 모든 게 완벽하게 연주될 것이다. 그녀와 내가 함께 이름 붙인 대로 '시각과 청각의 행복한 만남'이다. 긴장된 순간, 스페이스 바 위의 엄지손가락이 바르르 떨렸다.

마침내 그녀가 앞에서처럼 다시 안내견 찬미와 함께 무대에 나왔다. 첫 곡을 성공적으로 마친 뒤여서인지 객석의 박수 소리는 처음보다 컸다. 찬미가 어두운 이층 객석 가장자리에 웅크리고 있는 나를 격려하기라도 하려는 듯 고개를 들어 이층을 길게 바라본 뒤, 피아노 옆에 자리 잡고 앉았다.

곧 시작될 연주를 생각하며 가슴이 천둥처럼 뛰었다. 떨리는 손은 휴지(Pause) 상태로 설정해둔 노트북 컴퓨터의 스페이스 바 위에 벌써 전부터 올라가 있었다. 그녀가 첫 음만 두드리면 그동안 공들여 준비한 모든 게 시작된다.

조명이 서서히 바뀌었다. 무대 뒤쪽, 영상이 연주될 벽면을 향한 조명이 어두워졌고, 피아니스트를 향한 조명은 높아졌다. 리허설 과정에서 함께 조정한 대로였다. 이제 시작이다. 그녀가 첫 음만 울리면 나도 따라서 사진 연주를 시작할 것이다. 객석에 만장한 관객에게 피아노 연주회에서는 흔치 않은 청각과 시각의 행복한 만남이라는 특별한 경험을 선사하게 된다. 순전히 나무 이미지만으로 슈베르트를 연주한다. 슈베르트와 나무가 그녀와 나를 통해서 세종문화회관에서 행복하게 만날 참이다.

피아니스트가 연주할 슈베르트 즉흥곡 모음 첫째 편의 첫 곡은 첫 음의 공명이 유난히 길다. 그래서 시각 이미지를 벽면 전체에 보여주는 게 더 효과적이다. 그녀가 두 손을 들어 건반 위를 천천히 훑었다. 그리고 잠시 모든 동작을 멈췄다. 관객의 긴장감이 확인

그녀가 건반을 누르는 순간, 나의 연주도 시작된다.
피아니스트는 연주를 통해 청각 이미지를 들려주고,
나는 나무 사진을 통해 시각 이미지를 보여주려는 것이다.

되는 순간 피아노의 첫 음이 강하게 울렸다. 예정대로 내 손이 따라서 노트북 컴퓨터의 스페이스 바를 눌렀다.

그런데, 그런데……. 화면이 안 움직인다. 휴지 상태였기에 스페이스 바 하나의 가벼운 터치로 십여 분에 걸친 영상이 연주되어야 하는데 화면이 켜지지 않는다. 첫 음의 긴 공명이 끝나가는데도 검은 화면은 열리지 않는다. 그야말로 결정적인 순간에 컴퓨터가 먹통이다. 아, 어찌 이럴 수 있는가. 불과 두 시간 전의 최종 리허설에서도 완벽하게 영상을 구현하던 컴퓨터였는데.

당황한 채 몇 차례 더 스페이스 바를 눌렀다. 초조했다. 그녀와 함께 음악의 각 소절마다 나무 영상의 각 이미지를 정확히 맞추려 애써온 까닭에 시간이 맞지 않는다면 시각 이미지의 연주는 의미가 없어지거나 퇴색한다. 그래서 일 초 일각이라도 빨리 영상이 돌아야 한다. 그러나 컴퓨터는 큰 산, 큰 바위처럼 고집스럽다. 절망의 시간은 멈추지 않았다. 피아노 연주는 속절없이 이어진다. 내 속의 참담함은 젖혀두고 우선 영상을 열어야 했다. 마구 두들겨댄 컴퓨터는 그렇게 오 초쯤 지난 뒤 살아났다. 지금 생각에 오 초쯤이라고 하지만, 당시에는 다섯 시간도 더 되는 듯 길게 느껴졌다.

첫 이미지는 준비한 것처럼 한 장의 단풍 든 잎사귀만 남은 벚나무 가지였다. 다음으로 이어지는 영상은 고흥의 비자나무 숲속 풍경이다. 원래는 비자나무 잎의 초록빛이 강한 사진이었지만, 어두운 분위기가 나오는 깊은 숲 사진이면 좋겠다는 그녀의 생각을 따라 거의 흑백 사진처럼 채도를 낮춘 사진이다. 숲 바깥으로 하늘도 보이지 않는다. 겨울에도 상록성 잎이 울창해 언제나 어두운 그늘이 드리워지는 비자나무 숲은 그녀의 뜻에 알맞춤했다. 역시 죽음의 이미지를 가진 동백나무 숲 사진이 이어졌다. 이번에도 그늘이 짙은 상록수 숲을 선택했다. 숲 안에는 죽음을 상징하는 불가의 부도가 한쪽에 무심히 놓여 있다. 어두운 분위기에 부도까지 어울려 죽음에 밀착한 이미지일 수 있다는 생각에서 고른 사진이다. 죽음의 이미지를 가졌거나 그런 이미지로 연출한 나무와 숲 사진이 세종문화회관 체임버홀 무대 뒤 벽면 전체를 차례대로 가득 채웠다.

악보를 하나하나 짚어가며 각 소절의 청각 이미지에 맞춤한 시각 이미지를 제 시간에 맞춰주려면 예정된 영상을 빠르게 조정해야 한다. 이미 몇 초의 차이가 생겼지만, 1.2배속 혹은 1.5배속으로 조절하면 뒷부분에서나마 그녀가 피아노 건반을 통해 드러낼 청각 이미지와 맞출 수 있다. 쉬운 일이 아니지만 해야 한다. 진정되지 않는 마음을 가라앉히려 애쓰며 1.2배속, 1.5배속의 단축키를 눌렀다. 영상의 흐름과 시간이 머릿속에 완벽하게 외워진 상태이지만, 그때는 시간도 음악도 감지되지 않았다. 그저 서두르기만 했다. 그 순간, 하! 벼락을 맞는 듯한 상황이 벌어졌다.

블루 스크린! 세종문화회관 체임버홀의 무대 벽면 가득히 블루 스크린이 떴다. 죽음의 이미지를 닮은 나무 이미지가 떠올라야 할 벽면 전체에 "A problem has been detected and windows has been shut down to prevent damage to your computer"로 시작해서 "*** STOP: 0x0000007F(0x0000000, OxF704E052, 0x00000008, 0xC0000000)"로 이루어진, 새파란 배경에 알아듣기 어려운 하얀 글씨! 날벼락이었다. 세상에서 가장 큰 블루 스크린이다.

이제 더는 방법이 없다. 오랫동안 준비해온 영상은 둘째 치고, 일단 세상에서 가장 큰 저 블루 스크린부터 없애야 한다. 만일의 사태를 대비해 시설 팀에서 준비해준 빔 프로젝터의 리모컨을 집어 들었다. 당황한 탓이었겠지. 리허설 때에 아주 쉽게 조정되던 리모컨조차 단박에 작동하지 않는다. 몇 차례 거듭해 '스크린아웃' 스위치를 누른 끝에 겨우 빔 프로젝터를 껐다.

피아니스트의 연주는 계속됐다. 대체 왜 이렇게 됐을까? 이게 얼마나 별러온 연주회인데……. 준비는 얼마나 오래 걸렸던가. 이처럼 허망하게 무너져도 된단 말인가. 겨우 빔 프로젝터가 꺼지고 난 뒤, 나는 무너져내렸다. 의자가 아니라 의자 옆 바닥에 쓰러지듯 철퍼덕 주저앉았다. 준비한 십여 분 영상 가운데 고작 이 분도 채 보여주지 못했다. 그것도 그녀가 피아노 연주를 통해 보여주고자 한 이미지와 정확히 맞아떨어지지 않은 채 말이다. 모든 준비가 헛수고로 돌아가고 말았다.

영상을 준비하는 동안 그녀는 자신의 연주가 컴퓨터로 재듯 정확히 맞아들지 않아서 1~2초 정도씩의 차이는 있을 수 있다고 했다. 하지만 최대한 정확히 하기 위해 그녀는 자신의 연주를 일일이 토막 내 스톱워치로 쟀다. 그리고 각각에 대하여 나와 사진 이미지를 상의했다. 이를테면 이런 식이다.

1 처음부터 2분 21초까지

- 가지에 매달린 한 장의 잎과 바닥에 깔린 낙엽 풍경과 땅에서 올라오는 버섯(꼭 가지에 매달린 한 장의 잎으로 시작해주세요.)
- 겨울 숲 혹은 침엽수의 숲. 어두운 풍경

2 2분 21초부터 4분 22초까지

숲의 풍경. 천국 같은 느낌으로, 새싹 꿈틀거리고, 주신 것 중 관련 컷.

- 수피 디테일로 시작해서 수피에서 자라나는 새싹들의 꿈틀거림

이건 그녀가 내게 보낸 '시간별 장면 구성'이라는 파일의 맨 앞 부분이다. 연주곡 전체를 짧게 잘라가면서 각 부분에 더 알맞은 사진 이미지를 찾아내고자 했다. 그녀는 전 곡을 연주하는 데에 10분 47초가량 걸린다고 했다. 그러나 최종 리허설 때에 그녀의 연주 시간은 10분 10초밖에 안 됐다. 애초의 연습과는 30여 초의 차이가 있었다. 그러나 영상은 10분 47초로 맞춰온 상황이어서 정확히 맞추기가 어려워졌다. 주요 장면 전환 부분만 기억해두었다가 그 앞뒤에서 재생 속도를 조금씩 빨리 해주면 된다고 생각하면서 만반의 준비를 해두었다.

그런 준비가 한순간에 모두 허사로 돌아갔다. 바닥에 주저앉은 채 울고 싶은 심정이었다. 참담했다. 카네기홀 데뷔 무대라도 되는 것처럼 설레던 날들이 얼마였는데, 그 모든 설렘을 블루 스크린 한 장면이 블랙홀처럼 허망하게 빨아들여 버렸다. 안타까웠다. 이층 객석에서 신음하듯 주저앉은 나의 참담한 심정을 알 리 없는 그녀는 차분하고 완벽하게 연주를 이어갔다. 언제나처럼 세련된 낭만과 서정을 드러내는 선율이 세종문화회관 체임버홀을 가득 채웠다.

아직 피아노 연주와 함께할 영상 연주곡이 하나 남아 있긴 하다. 즉흥곡 모음 두 번째 편의 첫 곡이 그것이다. 첫 번째 곡에 비해 사진 선택과 수정 과정이 비교적 수월했던 곡이다. 지금 망쳐버린 첫 세트의 첫 곡을 구성하는 게 남아 있는 다음 곡보다 힘들었다. 그래서 더 아쉬웠다. 공을 더 많이 들인 영상이다. 그녀도 이 곡에 대한 의견이 많았다. 아쉬움이 결코 잦아들 수 없었던 큰 이유다.

그녀는 즉흥곡 첫째 편 네 곡을 성공적으로 연주해냈다. 연주가 끝나자 우레 같은 박수가 터져 나왔다. 연주회 전반부는 그렇게 마무리됐다. 중간 휴식 시간이 십오 분 정도 있을 것이고, 그 뒤에 바로 즉흥곡 모음 두 번째 세트가 연주된다. 첫 세트와 마찬가지로 네 곡으로 이어지는 이 모음의 첫 곡 십 분여를 위해 마련한 또 하나의 영상 연주를 다시 준비해야 한다. 컴퓨터를 재부팅하고, 점검해야 한다. 시간이 바짝 긴장된 채 흘렀다.

잘 잘라진 나무를
매일 만지고 두드리는 사람, 김예지

그녀의 이름은 김예지. 1980년 대한민국 서울 태생의 조금 특별한 사람이다. 지난해 11월에 열린 귀국 독주회의 프로그램 안내지에 실린 그녀에 대한 소개 글은 "뛰어난 재능과 확고함, 그리고 감성적인 연주가 돋보이는 피아니스트 김예지는 숙명여자대학교 음악대학과 동 대학원에서 학사 및 석사 졸업한 후 도미하여 존스홉킨스 대학교 피바디 음악대학에서 석사학위"를 받았다고 시작한다. 여느 피아니스트와 다를 바 없다. 그러나 이 안내지 첫 페이지의 사진만큼은 사뭇 다르다. 갈대숲을 배경으로 그녀는 얼굴을 간질이는 바람에 긴 머리를 날리며 상큼한 미소를 띠고 노란색 하네스를 두른 안내견을 끌어안았다. 시각장애인이라는 표지다.

시각장애인으로 살아가는 그녀이지만, 김예지를 소개하는 글에는 시각장애와 관련한 이야기가 없다. 두 살 때 시력을 잃은 그녀는 서울맹학교를 졸업한 뒤, 한 해 동안의 재수를 거쳐 숙명여자대학교에 입학했다. 장애인을 특별히 대우하는 특별전형 제도가 마련되기 전이어서 오로지 피아노 연주 실력만으로 당당히 평가받은 결과다. 피아니스트로서의 오늘을 이루기까지 시각장애라는 요인에 따른 배려나 특혜는 손톱만큼도 없었다는 이야기다.

학부 시절부터 재능을 인정받은 그녀는 이후 육영음악콩쿠르 전체 대상을 거머쥐는 걸 시작으로 매헌콩쿠르 전체 부문 대상, 교육인적자원부 장관상, 한국방송공사 주최 음악콩쿠르 영챌린지상을 연거푸 수상하며 탁월한 연주력을 보여주었다. 수상 경력뿐 아니라 다양한 개인 연주회는 물론이고, 국내외 유수 교향악단과의 협연 등을 통해 지속적으로 연주 활동을 벌이는 이 시대 최고의 피아니스트임에 틀림없다. 처음 시작이 그랬듯이 시각장애인으로서가 아니라 오로지 피아니스트로서다.

나무를 찾아 길 위에 머무른 지 십칠 년. 결코 짧지 않은 기간에 늘 숙제처럼 남아 있는 '눈으로 보는 방식과는 전혀 다르게 나무를 보겠다'는 생각을 품어온 내가 김예지를 만난 건 순전히 EBS 다큐프라임 프로그램 제작을 맡은 미디어소풍의 양진용 피디와 김미란 작가의 도움 덕분이었다.

시각 외의 감각으로 나무를 느끼겠다는 내 바람은 오랜 숙제였지만, 이를 누구와 어떤 방식으로 풀어가야 할지는 막막한 채로 지내던 중이었다. 그 사이 나무와 관련한 이런저런 책들과 곳곳의 강연 등으로 세간에 나의 허명이 알려진 탓에 나무 관련 프로그램을 제작하는 분들의 문의를 종종 받곤 한다. 양진용 피디를 만나게 된 것도 그래서였다.

양 피디가 '나무 3부작' 제작과 관련해 상의하고 싶다고 연락해 왔다. 나무와 관련한 일이라면 거의 가리지 않는 나로서는 마다할 일이 아니었다. 게다가 그는 이전에 다른 프로그램을 제작하면서 두어 차례 만나서 나무 이야기를 나눈 적이 있다. 양 피디는 새 프로그램의 3부작 구성 계획을 가지고 있었지만, 문제가 있었다. 세 편 가운데 두 편의 콘셉트는 비교적 선명했지만, 다른 한 편은 콘셉트조차 잡히지 않은 상태였다. 우선 두 편의 콘셉트에 맞춤한 몇 그루의 나무를 골라서 알려주었다.

나머지 다른 한 편의 구상을 함께 토론할 차례가 됐다. 구체적으로는 말할 수 없었지만, 조심스레 내 오랜 숙제를 털어놓았다. 내가 정말 하고 싶은 게 하나 있는데 참고라도 되지 않겠느냐며 찬찬히 이야기했다.

"나무는 워낙 큰 생명체거든요. 그러다 보니 내가 오랫동안 나무를 바라보고 다녔지만, 나무 관찰이라는 게 어쩔 수 없이 시각에 크게 의존하게 되지요. 물론 나는 좀 더 적극적으로 나무를 느껴보려고 나뭇가지를 스치는 바람 소리에 오래 귀를 기울이기도 하고, 줄기 껍질이라든가 꽃과 잎사귀에서 나는 향기를 맡으려고도 해요. 때로는 나뭇가지나 잎을 따서 짓씹으면서 맛을 느껴보기도 하고요. 그런데 말이죠, 시각의 영향력이 지나치게 절대적이라는 생각을 하는 때가 많이 있어요. 시각은 마치 다른 감각 위에 군림하는 권력처럼 느껴진단 말입니다. 아무리 향기를 맡고 소리를 듣고 맛을 음미해도 처음 나무를 바라보며 시각으로 느낀 이미지를 변화시키는 데에는 큰 영향이 없다니까요. 청각, 후각, 미각, 촉각은 그래봐야 약간의 보탬이 되는 정도죠."

언제나 진지한 양 피디는 말없이 귀를 기울였다. 양 피디 맞은편의 김미란 작가는 좀 더 적극적이었다. 이야기 사이사이에 '그렇죠'라든가 '그래서요?' 등의 추임새를 놓으며 느리고 장황하게 이어지는 내 이야기를 재촉했다.

"그래서 말이죠, 이 시각이라는 감각으로부터 완벽하게 자유로운 사람과 나무를 보러 다니는 건 어떨까 하는 생각을 오래전부터 해왔어요."

순간 김 작가가 눈을 동그랗게 뜨고 놀라는 기색을 보였다. 양 피디도 흥미를 돋우는 눈치였다. 이야기를 이어가던 나는 신이 나서 덧붙였다.

"시각장애인과 나무를 찾아다니는 거죠. 눈으로가 아니라 시각을 제외한 다른 감각으로 나무를 바라보자는 겁니다. 온몸으로 나무를 본다고 해도 될까요? 어떤 사람이랑 어떤 나무를 어떤 방식으로 찾아가야 할지 구체적인 건 없지만, 언젠가는 꼭 할 계획이랍니다. 방송 프로그램과 무관하게 저는 꼭 할 거예요. 필생의 숙제라고나 할까요."

김 작가가 멈칫 제 팔뚝 근처를 쓰다듬으며 "아. 소름 돋는걸요." 라며 관심을 드러냈다. 양 피디가 잠시 숨을 고르고는 단호한 음성으로 말했다.

"그거 우리와 함께 하죠!"

이 프로젝트는 그렇게 시작됐다. 그때만 해도 시각장애인 가운데에 어떤 사람이 이같이 허무맹랑한 나무 답사의 동행인이 될지를 생각하지 않았다. 시각장애인으로 활발한 활동을 펼치며 잘 알려진 몇 명의 유명인사는 있었지만, 과연 그들과 이 프로젝트를 진행할 수 있을지를 심사숙고해본 적은 없었다. 물론 김예지라는 피아니스트의 존재를 그때 나는 알지 못했다.

피아니스트 김예지.

나무를 정교하게 다듬어 만들어낸 악기를 연주하는 사람이다.

그리고 며칠 뒤, 다시 양 피디와 김 작가가 내 작업실 근처의 카페로 찾아왔다. 며칠 사이에 그들은 내 오랜 숙제를 나무 3부작의 한 편으로 제작하기로 결정했다고 했다. 대강의 방송 구성안까지 마련했다. 물론 그 구성안이 내 오랜 숙제의 계획과 딱 맞아떨어지는 건 아니었다. 전혀 수긍할 수 없는 내용도 있었다. 조금은 짜증스럽게 일부의 계획은 받아들일 수 없다고 고집을 폈고, 양 피디와 김 작가는 아무 문제없이 내 생각을 그대로 받아들였다.

양 피디와 김 작가는 이미 이 프로젝트의, 혹은 이 다큐 프로그램의 출연자가 될 몇 명의 시각장애인을 찾아내기도 했다. 심지어 초기 섭외까지 진행했다. 김예지라는 피아니스트의 존재를 나는 그날 처음으로 그렇게 알게 됐다.

'잘 잘라진 나무를 매일 만지고 두드리며 사는 사람'이라고 피아니스트 김예지를 소개한 기획안에는 피아노를 연주하는 조그만 사진이 첨부돼 있었다. 안내견이 피아노를 바라보며 고개를 들고 있고, 피아니스트는 앞머리를 자존심처럼 바짝 치켜세워서 이마를 훤히 드러내고 살짝 고개를 숙인 채 연주에 집중한 모습이다. 그녀의 분위기를 온전히 느끼기에는 작은 사진이었지만, 적어도 김예지의 첫 느낌은 강렬했다.

내가 제안한 기획임은 틀림없지만, 과연 가능할지에 대해서는 아직 의문투성이였다. 구체적으로 준비한 상황이 아니기도 했고, 방송 팀에서 이 제안을 받아들일지에 대해서도 확신이 없는 상황이었다. 그런 불투명한 상황에서 정작 함께 나무를 찾아다닐 대상자까지 논의에 오르자 덜컥 겁부터 났다. 양 피디와 김 작가 앞에서 고스란히 드러내지는 않았지만, 속내는 필경 설렘보다 두려움이 컸다고 하는 게 솔직한 고백이 될 게다. 게다가 이제 내 나이는 새로운 인연을 만들어간다기보다는 기존의 인연들을 하나둘 떠나보내야 하는 즈음이다. 또 긴 시간 동안 홀로 다니는 답사 여행에 익숙한 내가 앞으로 적어도 일 년 넘게 다른 사람을 동반하고 나무를 보러 나서야 한다는 것도 쉬운 일이라 여길 수 없었다.

그러나 그 불확실함에 대한 두려움을 뚫고 차츰 마음 깊은 곳에서 오랜 숙제를 풀어가자는 설렘이 차올랐다. 피아니스트 김예지에 대해 김미란 작가와 양진용 피디의 소개 이야기가 이어졌지만, 그들의 이야기는 귓등을 스쳤고, 근심과 부담과 설렘 등의 감정이 소용돌이쳤다.

시각장애인 피아니스트 김예지와의 만남은 그렇게 두려움과 근심, 부담과 설렘으로 시작됐다.

내게 나무는
장애물이에요!

천리포수목원의 목련이 찬란하게 피어오른 봄날, 김예지를 만났다. 수원 경기도문화의전당에서 김예지의 피아노 연주회가 있는 날이다. 연주회에 관객으로 참석하여 그의 연주를 감상한 뒤, 연주자 대기실로 찾아가 인사를 나누기로 했다. 약속은 텔레비전으로 방영할 프로그램 제작을 맡은 미디어소풍의 양진용 피디가 주선했다.

봄비가 부슬부슬 내리는 이른 아침에 천리포수목원에서 한 차례의 강연을 하고, 점심 즈음에는 부천에서 찾아오는 손님을 맞이해야 한다. 그러고는 서둘러 수원으로 가서 시각장애인 피아니스트 김예지를 만날 계획이다.

강연 도입부에서 천리포수목원의 식물을 소개하기 위해 오늘의 상황을 미리 살펴볼 요량으로 수목원을 둘러보았다. 봄날이라고는 하지만, 내리는 봄비 탓에 바람이 쌀쌀했다. 우산 없이 윈드스토퍼의 후드를 머리에 쓰고 걸었다. 안경에 빗물이 들이치지 않게 하느라 후드를 머리 앞쪽으로 당겨 쓰고 걷다 보니 낮게 드리운 나뭇가지에 일쑤 부딪치곤 했다. 눈앞 머리 위쪽의 시야를 조금 가렸을 뿐인데, 익숙한 길에서조차 주변 사정을 온전히 살필 수 없었다.

그래도 빗방울을 함초롬히 머금은 목련의 하얀 꽃잎들은 여느 때보다 싱그럽게 다가왔다.

기분 좋은 숲길 산책을 마치고 생태교육관 강당에서 강연을 했다. 경기도 안산시의 사회복지 관련 전문가들을 대상으로 한 나무 주제의 강연이다. 처음에 강연을 요청하신 분은 나무를 소재로 하되, '치유'에 초점을 맞춰달라고 했다. 세월호 사건으로 깊은 상처를 채 씻어내지 못한 그 지역 사람들의 공통된 요청이리라. 강연 제목을 '치유의 다른 이름, 나무'로 한 건 그래서였다. 여러 나무 이야기를 준비했지만, 강연의 결론이 될 뒷부분에서는 치유의 상징이랄 수 있는 나무를 이야기했다. 전남 고흥 소록도의 솔송나무 이야기였다.

2009년 소록대교가 개통하면서 자유 관람이 가능해진 소록도는 중앙공원의 나무가 아름다운 곳으로 알려졌다. 난대성 식물 중심으로 식재된 중앙공원은 그루마다 아름다운 조형미를 갖춘 나무들로 울창한 숲을 이뤘다. 대개는 오랫동안 사람들의 손길을 타고 이룬 인공적 조형미다. 중앙공원의 중심에는 측백나무과의 편백과 화백 등이 자리 잡았고, 주변으로는 녹나무가 줄 지어 서 있다. 많은 나무 중에 중앙공원 경계 바로 바깥에 서 있는 한 그루의 솔송나무가 내가 '치유'를 주제로 한 나무 이야기의 결론으로 삼은 나무다.

나무, 누군가에게는 유일한 위로

소록도 안에 서 있는 거개의 나무들은 자연 상태에서 자라는 모습 그대로가 아니다. 중앙공원뿐 아니라 성당 마당의 후박나무를 비롯해 섬 전체에서 만날 수 있는 나무들도 여간 공을 들인 게 아니라는 걸 한눈에 알아볼 수 있다. 나무마다 단정하게 달린 노란 번호표는 중앙공원의 나무들이 얼마나 꼼꼼히 관리되는지를 보여준다.

숲의 자연미를 귀하게 여기는 사람들이라면 거부감이 들 만도 하지만, 정원 가꾸기를 좋아하는 호사가들에게는 분명 탐나는 풍경이다. 소록도 중앙공원의 인공적 아름다움에는 그러나 호사가들의 탐미적 취향만으로는 어림도 없는 '더불어 삶'의 깊이가 담겨 있다.

소록도 중앙공원에 나무를 심어 가꾼 건 한센병 환자들을 격리 수용한 1916년 이후다. 썩어 문드러져 떨어져 나가는 제 몸뚱이를 바라보아야 하는 천형의 고통에 더해 사회의 천대와 격리라는 소외의 고통까지 이중으로 겪어야 했던 한센병 환자들에게 지난 백 년 동안 나무는 유일한 위안이었다.

그들의 고통을 함께 나누려는 사람은 없었다. 참담한 삶을 이어가는 그들의 눈에 들어온 것이 나무였다. 사람들은 나무에 다가섰다. 아무도 품어주지 않는 한센병 환자들이었건만 나무는 언제나 그들을 받아들여 따스하게 품어 안았다. 사람들은 오로지 나무 그늘에서만 평안했다. 소록도 주민들은 아침부터 낫이며 곡괭이 같은 허름한 농기구를 지게에 짊어 메고 나무에 다가섰다. 누가 시킨 일이 아니다. 나무에 자신들의 고통을 새기듯 나뭇잎 한 장 한 장을 헤아리며 참혹하게 이어온 고통의 세월을 잊으려 애썼다.

소록도 시인 강창석은 그 나무들을 '썩어 문드러진 입에서 흘러내린 침으로 키운 나무'라고 했다. 소록도 나무의 아름다움은 그렇게 만들어졌다. 처음부터 사람들은 자신들의 처지를 곱씹으며 나무를 지어냈고, 나무는 사람의 고통을 위로하고 치유하며 자라나 인공적 아름다움을 지닌 숲을 이뤘다. 썩어가는 제 몸을 바라보는 고통의 삶을 위로하기 위해 소록도 중앙공원의 나무들은 제 본성까지 내려놓고 사람의 손길을 따라 말없이 자랐다.

소록도 솔송나무는 가장 치유가 필요한 사람들의 가장 따뜻한 벗이 되어 백 년을 살아온 셈이다. 소록도 솔송나무는 내가 지난 시절 동안 찾아본 어떤 나무 못지않게 사람살이의 상처를 가장 따스하게 보듬어 안아준 치유의 나무다. 소록도를 다녀온 뒤로 나의 강연에서 소록도 솔송나무 이야기는 거의 단골 메뉴가 되어버렸다.

안산시의 사회복지 활동가들을 대상으로 한 이날 강연에서는 유난히 솔송나무 이야기에 힘이 실렸다. 차마 이겨내기 어려운 시련을 안고 살아가는 고장 사람들이라는 생각 때문이었겠지만, 그에 못지않게 저녁 늦게 시각장애인으로서의 아픔을 안고 살아가는 피아니스트를 만나야 한다는 사정이 염두에 두어진 것일 수도 있다. 그때까지만 해도 나는 김예지를 '치유의 대상'으로 생각했음이 분명하다. 그러나 그건 그날, 그녀의 연주회를 바라본 뒤에 곧바로 잘못된 생각이었음을 깨달았다.

두어 시간에 걸친 강연을 마치고, 점심시간이 지나서는 그치지 않는 빗속에서 예정된 손님을 맞이했다. 안개비 되어 내리는 봄비는 그치지 않았지만, 우산은 손님들께만 드리고, 나는 아침에 그랬던 것처럼 윈드스토퍼의 후드를 머리에 쓰고 걸었다. 아주 조금 가린 시야 때문에 걸음이 늦춰지고, 나뭇가지에 일쑤 부딪치는 건 계속됐다. 이십 년 가까이 걸었던 익숙한 길이지만, 시야를 약간 가린 것 정도만으로도 걸음은 서툴러졌다.

나의 편견을 깨뜨린 그녀의 당당함

수원의 경기도문화의전당에 도착한 건 오후 다섯 시쯤이었다. 아직 연주회가 시작되려면 한참 남았다. 드레스 리허설이 진행 중인 무대로 찾아갔다. 피아니스트보다 먼저 눈에 들어온 건 그랜드피아노 앞에 엎드려 있는 안내견 찬미였다. 총명한 눈동자의 안내견 찬미는 두리번거리는 듯한 기색이기는 해도 피아노 연주에 잡음이 섞이지 않게 배려라도 하려는 듯 음전하게 엎드려 성공적인 연주회의 최종 리허설에 참여하고 있었다.

리허설이 착착 진행되고, 방송 촬영 팀은 리허설 중에 나와 김예지가 함께 보이는 장면을 촬영하기 위해 김예지의 바로 뒤쪽에 나를 앉혔다. 피아니스트의 손가락 움직임이 선명하게 바라다보일 뿐 아니라 숨소리까지 잡힐 듯 가까운 자리다. 피아노 독주회를 적잖이 다녔지만 바로 무대 위, 피아니스트와 불과 2~3미터 정도 떨어진 자리에 앉아 감상하는 경험은 처음이어서 낯설었다. 그래서 더 좋았다.

이날 연주회에서 김예지는 러시아의 피아니스트 오소프스키 스타니슬라프 그리고리예비치와 함께할 예정이다. 칠십 분쯤의 연주회를 셋으로 나누어서 맨 처음에는 러시아 연주자가 베토벤, 드뷔시, 쇼팽, 라흐마니노프의 소품을 연주하고, 둘째 부분에서는 김예지가 슈베르트의 즉흥곡 중에 두 곡을 연주한다. 셋째 부분에서는 두 명의 피아니스트가 함께 연주하도록 작곡한 드뷔시와 라흐마니노프의 '네 손을 위한' 곡을 연주하기 위해 김예지가 러시아 연주자와 함께 나선다.

리허설 동안 김예지는 러시아 연주자 스타니슬라프와 영어로 소통했다. 둘이 나란히 앉아 연주해야 하는 셋째 부분의 음악을 연습하는 사이사이에 두 사람은 유창한 발음의 영어로 서로의 생각을 나누었다. 진지해 보였지만, 김예지는 스타니슬라프의 진중한 표정과 달리 일관되게 미소 띤 표정을 잃지 않았다. 자존감 넘치는 표정이다.

리허설이 마무리되고, 관객이 입장할 시간이다. '특별함으로부터의 초대-작은 음악회'라고 이름 지어진 이날 무대는 가족음악회라는 독특한 형식의 무대다. 하우스콘서트라고도 부르는 이 무대는 관객들이 무대 위에 자유롭게 앉아 관람하는 형식의 공연이다. 무대와 객석의 경계는 사라지고 바로 연주자 곁에서 연주자의 숨결을 직접 느낄 수 있는 의미 있는 공연 형식이다.

관객이 먼저 무대 위에 마련한 자리를 가득 채웠다. 초등학생쯤 되어 보이는 어린아이들이 눈에 많이 뜨였다. 아이들이 앞줄부터 채우고, 그 뒤쪽으로 준비된 자리는 차례차례 어른들이 채웠다. 나는 촬영 팀이 미리 준비해준 대로 피아니스트의 등 바로 뒷자리에 앉았다. 리허설 때도 그랬지만, 연주자의 손놀림을 일일이 볼 수 있다는 점은 더없이 좋았지만, 나는 김예지의 표정을 보고 싶었다. 더 정확히는 악보를 보지 않고 연주하는 그의 시선을 보고 싶었다.

공연이 시작됐다. 러시아에서 온 스타니슬라프의 연주가 먼저 진행됐고, 이어서 김예지가 안내견 찬미와 함께 무대로 들어와 피아노 앞에 앉았다. 그는 점자판독기를 짚어가며 먼저 자신이 연주할 곡을 짧게 소개했다. 하우스콘서트에 어울리는 재미있는 형식이다. 곡 소개를 마치고 숨을 고른 뒤, 김예지의 가녀린 손가락이 피아노 위로 올라갔다. 즉흥곡 D. 899의 세 번째 곡이 안단테 선율로 무대 위에 번져 나오며 사람들의 가슴으로 스며들었다. 춤추듯 유려하게 날아다니는 그녀의 손가락을 통해 슈베르트가 살아났다.

피아노 연주회를 처음 찾은 건 아니지만, 악보를 보지 못하는 피아니스트의 연주를 감상하는 건 처음이다. 게다가 그의 숨소리까지 고스란히 느낄 수 있을 만큼 등 뒤에 바짝 붙어서 감상하는 특별한 경험에 설렜다. 더구나 앞으로 나무를 찾아 함께 오감을 나누어야 할 사람의 연주라니.

피아노 연주에 대해 이렇다 저렇다 할 깜냥은 아니지만, 적어도 그녀의 연주는 기계적이지 않았다. 김예지는 시각장애인으로서가 아니라 피바디 음대 출신 피아니스트로서 당당하게 슈베르트를 연주했다. 춤추듯 건반 위를 흘러 다니는 그의 손가락에 따라 나의 가슴도 출렁였다. 슈베르트가 그렇게 우리의 만남을 노래했다.

3부로 준비된 스타니슬라프와의 협연까지 훌륭하게 마치고 이제 무대 뒤 분장실에서 김예지와 첫 인사를 나누어야 한다. 설레는 마음으로 방송 촬영 팀과 함께 분장실을 찾았다.

"연주 잘 들었어요. 오늘 연주한 즉흥곡이 유명한 곡이기도 하지만, 내가 평소에 즐겨 듣던 곡이어서 더 친근하게 감상할 수 있었어요."

김예지는 담담하게 대답했다.

"정말요? 고맙습니다."

엇갈리는
두 개의 시선

상냥하고 밝은 인상의 김예지는 말수가 많은 편이다. 담담하게 인사를 나누면서도 말과 말 사이에 침묵이 끼어들 여지없이 이야기를 이어간다. 내가 잠시 뭔가 생각해서 이야기를 하려고 준비하는 사이에 이미 김예지는 다른 이야기를 이어가는 방식이다. 유쾌해서 좋다. 나중에 알게 된 이야기이지만, 김예지는 본디 말하기를 좋아하지 않는 편이다. 단지 새로 만나는 사람과의 어색한 분위기를 자신이 주도적으로 풀어가려는 적극적인 자세가 만들어낸 김예지답지 않은 분위기였던 것이다.

"나는 나무 이야기를 글로 쓰고 사진으로 보여주는 사람이에요. 양 피디에게서 이야기 들으셨지요?"

"네. 들었어요. 반갑습니다."

"슈베르트의 음악에는 편안하게 듣기 좋은 곡이 많죠. 그래서 나도 좋아합니다. 워낙 많은 양의 작품을 낸 음악가여서, 어느 하나를 콕 짚어서 이야기하기는 어렵지만 대부분 좋아해요."

처음 만나는 김예지와의 정서적 거리감을 조금이라도 좁히기 위해서 그리 내세울 것 없는 이야기까지 끄집어냈다.

"제가 나무를 찾아보러 다니는 사람이긴 한데, 생뚱맞게 음악을 주제로 쓴 책도 하나 있어요."

"무슨 책이에요?"

김예지가 뜻밖이라는 듯 호기심을 보였다.

"예지 씨 같은 전문가에게 이야기하는 건 부끄러운데요. 《베토벤의 가계부》라는 제목의 책이에요. 음악 그 자체에 대한 책은 아니고요, 고전시대부터 현대 쇼스타코비치까지 음악가들의 경제생활에 대해 신문에 연재했던 칼럼을 엮어 쓴 책이에요."

"음악가들의 경제생활이요. 흐흐. 어렵죠. 다들 가난하고 힘들게 살았잖아요. 어쩌면 그런 고난스런 생활에서 좋은 음악이 나오는 건지도 모르죠. 요즘 세상에는 그런 생각이 맞아들지 않겠지만요."

고전시대 음악가들의 삶과 현재의 삶을 비교하며 슬쩍 웃고는 덧붙였다.

"그 책 찾아봐야겠어요."

《베토벤의 가계부》는 점자로 나오지 않았는데 어떻게 찾아보지? 또 책을 찾아낸다 하더라도 그걸 어떻게 본단 말인가? 그냥 예의상 하는 말이겠지, 뭐.

"그 책에도 썼지만, 슈베르트는 편안해서 좋아요. 내가 지금 숲에 있다가 오는 중인데, 예지 씨의 연주를 들으면서 숲에서 듣던 새 소리를 듣는 듯했어요."

"그러실 수 있어요. 물론 음악을 들으며 느끼는 감정은 사람에 따라 다 다르겠지만, 이 음악에서는 새를 포함한 자연의 소리 같은 걸 느낄 수 있다고 생각해요."

"앞으로 김예지 씨에게 그동안 살아오면서 내가 보았던 좋은 나무들의 이런저런 이야기를 많이 전해주고 싶어요. 그리고 예지 씨가 생각하고, 느끼는 나무 이야기도 들어보고 싶어요."

그리고 처음 만나서 꼭 묻고 싶었던 질문을 던졌다.

"나무라고 하면 예지 씨는 어떤 이미지가 가장 먼저 떠오르시나요?"

"두 가지 이미지가 있어요. 하나는 사람들이 모두 생각하는 좋은 이미지이지요. 사람들에게 좋은 공기를 주고, 초록 그늘을 만들어주고, 쉼터를 만들어주는 좋은 이미지요."

"그건 누구나 나무에 대해 생각하는 거겠죠."

"다른 하나는 나에게 나무는 장애물이라는 이미지를 가지고 있어요."

"장애물이라니요? 찬미가 나무를 잘 피해서 안내하지 않나요?"

시력을 잃은 김예지에게 나무는 하릴없는 장애물이다.

그런 그녀에게 나무를 온전히 느낄 수 있도록 해야 한다.

"찬미는 나무를 잘 피해 다녀요. 하지만 자기 눈높이로 사람을 안내하거든요. 그러다 보니 사람의 얼굴 높이까지 다 살펴보지는 못해요. 그래서 찬미만 믿고 걷다 보면 나무에서 뻗어 나온 나뭇가지에 얼굴이 찔리거나 부딪치는 경우가 많아요."

마침 윈드스토퍼의 후드를 눌러쓰고 천리포수목원의 익숙한 길을 산책하면서 나뭇가지에 부딪치던 오늘 아침 상황이 떠올랐다.

"아, 이해할 수 있어요. 오늘 비가 왔잖아요. 조금 전까지 나는 숲속에서 모자를 눌러쓰고 다녔거든요. 안경에 빗물이 들이치지 않게 하느라고 고개를 좀 숙인 채 다녔더니, 아주 익숙한 숲길인데도 나뭇가지에 계속 부딪쳤어요."

시각장애인 김예지. 그에게 나무는 하릴없는 장애물이다. 오랜 시간 동안 장애물이었던 나무를 온전히 느낄 수 있게 해야 한다. 첩첩산중이다. 답답해지는 느낌을 누르며 앞으로 어떤 나무 이야기가 될지 모르지만, 많이 나누자는 투의 형식적인 인사로 대꾸할 수밖에 없었다.

첫 인사를 마무리하며, 시각이 아닌 감각으로 나를 느끼고 있을 김예지에게 나의 첫인상을 물었다.

"사람마다 목소리에 색깔이 있어요. 나는 사람을 눈으로 보지 못하기 때문에 처음 만나는 분들의 목소리부터 듣게 되지요. 선생님의 목소리 색깔은 무서운 교수님 같은 느낌이에요. 딱딱하고 재미없는 교수님. 호호호."

웃음이 많은 김예지는 나를 재미없는 교수로 느꼈다는 이야기를 솔직히 털어놓고는 환하게 웃었다. 마치 우리 만남에서의 재미는 스스로 챙기겠다는 각오를 보여주기라도 하는 듯이. 김예지와 나의 첫 만남은 그리 재미없게, 그리고 답답하게 마무리됐다.

다가서서 안아볼 수 있는 나무를 찾아

나무의 이미지를 '장애물'로 떠올리는 김예지에게 나무를 느끼게 하려면 대관절 어디에서부터 시작해야 할지 실마리를 찾기 어려웠다. 두 살 때 시력을 잃었으니 나무에 대한 시각 체험은 전혀 없다. 나무를 본 적이 없다는 이야기다. 어떻게 그가 나무를 느끼도록 도와줄 수 있을까. 오래도록 안고 있던 숙제였지만, 첫 걸음을 떼는 건 쉽지 않았다. 예상하지 않은 건 아니었다. 오래전부터 욕망했지만 그동안 실행에 옮기지 못한 것도 그런 예상 때문이었을 게다. 아마도 미디어소풍의 양진용 피디와 김미란 작가가 아니었다면 여전히 숙제로만 남았을지도 모른다.

하긴 세상일이라는 게 일단 부닥치고 보면 일 자체의 관성에 의해 저절로 풀려가는 부분이 없는 건 아니다. 그러나 이 경우는 생각보다 막막하다. 그래도 이미 일은 시작됐다. 어떻게든 걸어야 할 길이다. 이미 첫걸음은 떼어놓지 않았던가.

시각이 아닌 다른 모든 감각을 동원해 더 잘 느낄 수 있는 나무를 찾아야 한다. 게다가 이동이 수월치 않은 김예지가 쉽게 만날 수 있는 나무여야 한다. 공간적으로 김예지의 생활공간을 멀리 벗어나서는 안 된다는 건 그래서 가장 우선해야 할 조건이다. 가까이에 혹은 자주 오가는 길에서 만나는 나무를 찾아내야 한다. 그래서 일단 김예지의 생활공간을 짚어봤다.

김예지의 집에서 가까운 숙명여대 캠퍼스에는 여느 대학교와 마찬가지로 나무들이 적지 않을 것이며, 도시라 해도 분명히 적잖은 나무가 곁에 있을 것이다. 그녀가 늘 지나다니는 길에 어떤 나무들이 있고, 그 가운데 그가 나무의 느낌을 쉽게 감지할 만한 나무들은 어떤 나무들일지 잘 찾아보고 적당한 나무를 선택해야 한다.

모자람이 없는 건 아니다. 김예지와 함께 나무를 느끼는 건 시각이 아닌 다른 감각을 통해서여야 한다. 촉각, 후각, 청각, 미각으로 나무를 느껴야 한다. 나무를 만져보고, 향기도 맡아보고, 필요하다면 나무의 일부분을 잘라내 맛도 보아야 한다. 아쉬운 건 소리, 즉 청각 체험이다. 아무리 한적한 길이라 해도 도시는 도시다. 사람도 자동차도 많은 도시에서 나무의 미세한 소리를 듣는다는 건 아무래도 모자람이 있을 것이다. 대학교 캠퍼스도 마찬가지다.

나무에서 무슨 소리를 듣는가. 생뚱맞게 들리는 이야기일 수 있다. 그러나 세상의 모든 살아 있는 생명체에는 오감으로 전해오는 분명한 신호가 있다. 소리도 있다. 천둥처럼 강렬할 수도, 미풍처럼 고요할 수도 있다. 겨우내 긴 잠에 들었다가 봄 햇살 따스해지기 시작하면 나무들은 뿌리로부터 물을 끌어올린다. 물 끌어올리는 소리는 나무마다 차이가 있지만 거의 모든 나무가 미세하게 드러낸다. 이른 봄에 청진기를 나무줄기에 대어보면 물오르는 소리를 들을 수 있다. 마치 사람의 심장에서 온몸에 맑은 피를 밀어내는 쿵쾅거림과 같은 소리다. 특히 다른 나무보다 줄기 안에 물을 많이 품는 단풍나무 종류가 들려주는 생명의 고동 소리는 가히 우렁차다 할 만하다.

줄기에 오르는 물소리뿐 아니다. 나무는 제 향기와 빛깔에 따라 다른 소리를 가진다. 바람이 몰래 다가와 잎을 스쳐 지나는 소리가 나무마다 다를 뿐 아니라, 나뭇가지가 서로 부딪는 소리 또한 분명히 다르다. 나무마다 다른 소리를 구별하는 사람을 나는 안다.

> 나무가 보고 싶어 산을 찾았다가 몸이 아파 산을 오르지 못하고 법당 요사에 홀로 남아 누웠을 때가 자주 있단다. 운명처럼 그이를 짓누르는 통증을 붙들어 안고 자리에 누우면 오로지 귀만 쫑긋해진단다. 그때 들려오는 바람 소리. 그중의 어떤 소리는 소나무 숲을 스쳐 지나온 바람이고, 또 어떤 바람은 굴참나무 가지를 돌아 나온 바람이라는 걸 가름할 수 있었다고 한다. 의아해하는 눈길을 보내는 속인(俗人)에게 시인(詩人)은 '간절하면 들려요'라고 짤막하면서도 속 깊은 답을 던졌다.
>
> — 고규홍, 《나무가 말하였네》(마음산책 펴냄) 96쪽에서

시인 조용미 이야기다. 조용미는 큰 나무 앞에 서서 가만히 눈 감고 귀 기울이면 그 나무의 무성한 가지를 스쳐 지나는 바람 소리가 어느 나무를 스쳐 지나온 바람인지 분명히 가름할 수 있다고 했다. 바로 앞에 서 있는 나뭇가지를 스치는 바람이 아니라, 그보다 훨씬 전에 세상 어디에선가 그 바람이 만났던 나무의 정체를 알 수 있다는 신비로운 이야기다. 온전한 시각을 가지고 있는 조용

미는 그걸 알 수 있는 힘을 '간절함'이라고 말했다.

나무가 내는 잔잔한 소리를 온전히 들으려면 번잡한 사람들이 지어내는 소음이 적은 곳을 찾아가야 한다. 그런 조건에 맞춤한 나무를 어디에서 찾아낼 것인가. 이동이 수월치 않은 김예지가 안내견 찬미와 함께 편안하게 다가서서 나무줄기에 귀 대고 생명의 소리를 들을 수 있는 곳이어야 한다. 한 걸음 더 나아가 줄기에 귀를 대지 않고서도 나무의 소리를 시인 조용미처럼 간절하게 들을 수 있는 곳이면 더없이 좋겠다. 처음부터 영상 촬영과 병행하기로 한 이 작업에는 또 하나의 까다로운 조건이 보태져야 했다. 풍경 그림이 좋아야 한다는 조건이다. 화면에 표현될 나무가 아름다워야 한다는 이야기다.

필요한 여러 조건이 까다로웠지만, 나무는 생각보다 쉽게 찾아졌다. 김예지에게 또 하나의 집이 있었다. 경기도 여주시의 한적한 시골 마을 외딴곳, 개울가의 작은 집이다. 나보다 먼저 이 여주 집을 찾은 양 피디는 집 안팎의 나무 종류가 다양하다는 이야기를 전했다. 게다가 소음이 적어 좋다고 했다. 대문 앞으로 흐르는 개울물 소리 외에는 다른 소음이 전혀 없는 조용한 시골집이라고 했다. 멀리 내다보이는 자동차도로가 있지만, 교통량이 적은 것도 좋은 점이라고 했다.

서울 숙명여대 뒤편 길가에서부터 숙명여대 교정 안의 나무들. 그건 사람들과 더불어 지내는 사람살이 속의 나무라 할 수 있다. 그 나무들과 다르게 여주 집에서 만날 수 있는 나무는 비교적 사람살이로부터 떨어져 있는 나무다. 두 곳의 나무에는 적잖은 차이가 있으리라. 여주 집의 나무들은 도심의 먼지와 매연으로부터 자유로운 나무들이다. 촉각에서조차 다른 느낌이 있으리라는 기대를 보탤 만했다.

김예지와 함께 두 곳의 나무를 살펴 느끼는 데에서 모든 일정을 시작하기로 했다. 전체적으로는 우리의 답사 과정을 둘로 나누어 전반부에서는 아직 장애물이기만 할 뿐, 가까이에서 친밀하게 만난 적이 없는 나무를 상세히 느낄 수 있도록 내가 그녀에게 나무의 생태와 속성을 알려주는 쪽으로 진행할 예정이다. 후반부에서는 내가 그동안 보았던 큰 나무들을 찾아가는 건 어떨까 생각했다. 큰 나무를 찾아가서 나의 도움을 통해 느꼈던 나무의 느낌을 김예지가 누구의 도움 없이 스스로 느끼고 내게 들려주는 그의 느낌을 들어볼 생각이다. 시각이 배제된 다른 감각으로 김예지가 느끼는 나무의 실체를 들어보자는 오래된 계획이다. 예상과 전혀 다른 결과로 나타날지 모른다. 아니, 어떤 예상도 할 수 없었다.

첫 나들이, 도시에서 봄 나무를
만지고 맡고 듣다

봄기운 스러지고, 바람결에 더위 스미는 유월 말의 어느 아침. 큼지막한 두 개의 화분을 들고 나섰다. 서울 남영동 김예지의 집으로 가는 길이다. 하나는 김예지에게, 다른 하나는 미디어소풍의 양진용 피디에게 전해줄 치자나무 화분이다. 치자나무는 천리포수목원의 식물 팀 이주헌 씨가 우리의 프로젝트 내용을 들은 뒤 곰곰 생각한 끝에 골라냈다. 시각이 아닌 다른 감각으로 나무의 실체에 다가서기에 수월한 종류의 나무라는 게 이주헌 씨의 판단이었다.

곁에서 자라는 나무를 찾아 나서기야 하겠지만, 가까이에서 나무를 만져보고 느끼면서 손수 키워보는 건 더 좋은 경험이 되리라는 생각에서 준비한 화분이다. 그런데 사실 나는 나무를 잘 키우지 못한다. 나무를 찾아 나서고 나무를 바라보는 게 생활의 대부분이긴 하지만, 손수 나무를 돌보는 일은 서투르기만 하다.

하지만 내 집 베란다에는 갖가지 종류의 화분이 많이 있다. 그건 아내와 어머니 덕이다. 어머니는 셋방살이를 전전하던 내 어린 시절부터 화분을 가꾸었다. 하릴없이 이어지는 잦은 이사 때에도 화분만큼은 빼놓지 않았다. 나무 앞에 편안히 다가설 수 있게 한 감성의 근원은 필경 어머니 덕이다. 동갑내기 아내도 그렇다. 어린 나무가 담긴 화분은 물론이고, 한해살이풀의 씨앗을 구해올 때면 아내는 사람보다 식물을 더 반기는 기색을 드러낸다. 화분 돌보는 일에도 정성을 다한다. 덕분에 내 집 베란다에는 발 디딜 틈 없을 만큼 갖가지 화분이 즐비하다. 나는 그저 바라만 볼 뿐, 나무를 돌보는 일은 언제나 아내 몫이다.

김예지와의 나무 답사를 시작하면서 화분을 떠올린 건 양진용 피디가 먼저였다. 양 피디의 생각에 나도 이참에 화분의 나무를 정성들여 돌보면서 김예지와 느낌을 공유하면 좋겠다고 생각했다. 수목원의 이주헌 씨는 김예지에게는 물론이고, 나무를 제대로 키우지 못하는 나에게도 알맞춤한 나무를 염두에 두고 치자나무 화분을 마련해주었다.

시각 체험을 가질 수 없는 김예지가 다른 감각으로 느낄 수 있는 나무. 모양이나 빛깔이 아니라 향기와 촉감이 남다른 나무여야 했다. 또 모르긴 몰라도 김예지 역시 나처럼 손수 나무를 키워본 경험이 많지 않으리라. 그러니 비교적 어렵지 않게 키울 수 있는 나무여야 했다. 이주헌 씨와의 상의 끝에 골라낸 치자나무는 우리나라 남부지방에서 관상용으로 흔히 심어 키우는 원종이 아니라, 중부지방에서도 화분에서 잘 자라도록 선발한 치자나무 원예종이다.

이주헌 씨는 사십 센티미터 정도 자란 어린 치자나무 세 그루를 적당한 크기의 화분에 한 그루씩 나누어 심어서 내게 전해주었다. 먼저 한 그루는 김예지에게 선물로 건네줄 것이고, 다른 하나는 미디어소풍의 양 피디가 촬영을 위한 예비용으로 키우도록 전해줄 요량이다. 나머지 하나는 내 집 베란다에 놓아두었다. 세 그루의 건강 상태나 생육 정도는 비슷하다. 함께 키우면서 각각의 변화를 이야기할 수 있게 하자는 생각이다.

이주헌 씨는 잘 하면 올 여름에 향이 강한 꽃을 피울 수 있다는 이야기도 건네주었다. 그럴 수만 있다면 정말 좋겠다. 여러 나무 가운데 치자나무를 고른 중요한 이유이기도 하다. 치자나무 하얀 꽃의 향기라면 김예지의 집 안 어디에서라도 자연스레 향기에 끌릴 것이다. 우리의 바람대로 꽃이 피어나기만 한다면 그 향기 이야기를 김예지와 함께 나눌 수 있을 것이다.

하지만 이 화분을 김예지가 어떻게 돌볼 수 있을까는 적이 궁금했다. 어쩔 수 없다. 더구나 나무를 장애물로 생각하는 그녀이

치자나무

Gardenia jasminoides J. Ellis

꼭두서니과 상록성 낮은키나무

남부지방에서 오래전부터 관상용으로 길러온 나무다. 우리나라에는 1500년경 중국에서 처음 들어왔다. 초여름에 하얀색으로 피어나는 꽃은 한 송이의 지름이 3~4센티미터이며, 달콤한 향기가 강하게 퍼진다. 꽃잎은 6~7장이다. 꽃 지고 나면 열매가 적갈색으로 맺혀서 가을 되면 길이 3센티미터 남짓한 크기의 타원형으로 익는다. 치자나무의 열매는 오래전부터 노란색을 내는 천연염료로 많이 쓰였다. 꽃이 예쁘고 향기가 좋아 다양한 원예용 품종을 선발했는데, 김예지에게 선물한 치자나무는 겹꽃을 피우는 베이치아이 오거스타 치자나무(*Gardenia augusta 'Veitchii'*)다.

니 더 그렇다. 하지만 피아노 선율을 통해 드러나듯이 누구보다 풍부한 감성을 가진 그녀라면 나무를 돌보는 데에 뭔가 특별한 점이 있으리라는 막연한 기대가 있다.

그녀에게 소개할 첫 번째 나무를 고르다

양 피디와 약속한 시간보다 이르게 약속 장소인 숙명여대에 도착했다. 학교 주변의 나무들을 먼저 찾아보기 위해서였다. 김예지와 함께 돌아볼 나무들을 찾아보고 이를 어떻게 느끼도록 도와줄지를 준비하려는 생각에서였다.

먼저 눈에 띈 나무는 백주년기념관 앞의 낙우송이었다. 잘 자라면 메타세쿼이아 못지않게 높이 솟아오르는 나무이건만, 도시에서 그만큼 잘 자란 나무를 흔히 볼 수 있는 건 아니다. 중부지방에서는 더더구나 그렇다. 때문에 서울의 대학 캠퍼스에서 만난 낙우송은 남다르게 다가왔다. 낙우송이 드리운 그늘에는 두 개의 벤치가 놓여 있다. 마침 한 여학생이 벤치에 길게 누워 있다. 대학 캠퍼스 특유의 나른한 낭만이 흐르는 살가운 풍광이다. 백주년기념관 앞의 뜰은 조경에 무척 신경 쓴 게 한눈에 드러나 보인다. 학생들이 그리 많이 오가는 곳이 아니어서 한적하면서도 여자대학 캠퍼스 특유의 단아한 분위기다.

낙우송 맞은편에는 뜻밖에 백송이 있다. 화단 가장자리에서 자라고 있기에 어렵지 않게 다가서서 잎은 물론이고 줄기까지 만져 볼 수 있다. 백송의 줄기 껍질에는 특별함이 있다. 시각 중심으로 보자면 소나무와 같은 나무이지만, 줄기가 하얗다는 특징이 있어서 이름까지 백송이다. 하얗다고는 했지만, 세밀하게 말하자면 흰색 바탕에 회백색의 얼룩이 있다. 빛깔이야 시각으로 느껴야 하겠지만 얼룩의 윤곽은 시각 외의 감각으로 충분히 느낄 수 있다. 얼룩의 가장자리 경계 부분에 약간의 요철이 있고, 이는 촉각으로 감지되는 부분이기 때문이다. 꼼꼼히 어루만지면 흰 바탕에 드러난 회백색 얼룩의 모양을 알 수 있다.

몇 가지 특징을 짚어보자니 백주년기념관 앞의 낙우송과 백송은 김예지와 함께 느껴볼 나무로 적당했다. 화단 가장자리에서 나무를 손수 만져볼 수 있다는 점도 그랬다. 화단 안쪽 깊숙이에 여러 종류의 나무가 있었지만, 그건 대상에서 제외시켰다. 화단을 넘고, 주변의 다른 장애물을 피해 걸어야 하는 번거로움이 있었기 때문이다.

나무를 선택할 때에 내가 염두에 둔 또 하나의 조건이 있다. 사람과 더불어 살아온 나무로서 친근한 이미지의 이야기를 많이 가진 나무여야 했다. 보행에 방해된다는 이유에서 아직 나무를 장애물로 여기는 김예지가 나무를 만나기 위해서는 먼저 나무를 친근하게 받아들여야 하지 않을까. 그러려면 사람살이에 얽힌 나무의 정겨운 이야기가 많을수록 좋다는 생각을 하지 않을 수 없다. 나무가 사람과 더불어 살아온 여러 흥미로운 사례를 이야기해서 김예지가 나무를 친근하게 느낄 수 있도록 도와주려는 생각이다. 내가 할 수 있는 가장 중요한 역할이지 싶다.

중국에서 들어온 백송은 문화가 담긴 나무라 할 수 있다. 씨앗으로 번식하기도 쉽지 않고, 옮겨심기도 잘 안 되는 나무여서, 우리나라의 오래된 백송은 거의 중국에서 들여와 심은 나무다. 달리 이야기하면 조선시대나 그 이전에 중국을 쉽게 드나들 수 있는 지체 높은 가문의 선비들이 중국에 다녀오면서 구해오든가, 아니면 중국의 벗으로부터 선물 받은 게 대부분이다. 그래서 대략 사백 년 정도 된 늙은 백송은 대부분 천연기념물로 지정해 보호하는 상황이다. 나무가 사람살이의 한 측면을 보여주는 신호가 된다는 데에 초점을 맞추어 이야기할 수 있어서 좋다고 생각했다. 더구나 단 한 번도 시각으로 백송을 경험한 적이 없는 김예지에게 보여주기에는 적당한 나무라고 판단했다.

낙우송도 사람과 더불어 살아오면서 적잖은 이야기를 남기는 나무다. 낙우송 종류의 가장 큰 특징인 기근이 그렇다. 기근은 땅을 뚫고 공기 중에 솟아오르는 일종의 뿌리다. 낙우송처럼 뿌리가 땅 위로 솟아오르는 나무로 우리에게 잘 알려진 나무는 메타세쿼이아다. 김예지에게는 낙우송보다 메타세쿼이아를 이야기하는 게 좋겠다. 순전히 나무가 아름답다는 이유로 유명한 관광지가 된 담양 메타세쿼이아 길을 이야기하는 것도 필수다. 덧붙여 메타세쿼이아에도 낙우송처럼 기근이 발달하는데, 아스팔트에 묻힌 메타세쿼이아의 뿌리에 대한 걱정도 함께 나누기로 한다. 어떻게든 나무에 흥미를 가지게만 하면 된다.

그다음으로는, 아! 능소화가 눈에 들어왔다. 어디에서나 능소화 꽃이 한창인 계절이다. 여기저기 능소화 천지다. 능소화에는 오래 전부터 얄궂은 소문이 하나 전한다. 이 나무를 가까이하면 눈이 먼다는 것이다. 능소화의 꽃가루는 낚싯바늘과 같은 갈고리 모양이어서, 이 꽃가루가 눈에 들어가면 각막을 손상시켜 시력을 잃는다는 이야기다. 그러나 근거가 없다. 양반들이 이 꽃을 독점하려는 까닭으로 평민들은 이 나무를 심지 못하게 하려고 누군가 허투루 지어낸 이야기다.

능소화뿐 아니라 대부분의 꽃가루는 단단하다. 꽃가루에 담긴 생명의 알갱이를 보호하려는 식물의 자기 보호 본능이 만들어낸 결과다. 그런 까닭에 이처럼 단단한 꽃가루가 눈에 들어가서 좋을 건 하나도 없다. 그러나 갈고리 형태의 꽃가루라는 건 낭설이다. 수천 배율의 현미경으로 관찰한 바에 따르면 갈고리 모양은 확인할 수 없다. 순전히 지어낸 이야기다.

시력을 잃게 한다는 낭설을 가진 능소화! 지금 가장 많이 눈에 띄는 꽃이라 해도, 시력을 잃은 김예지에게 이야기하는 게 괜찮을까. 자칫 그녀에게 상처가 되는 건 아닐까. 이야기는 나중으로 미루더라도, 근처에서 다른 꽃을 찾기 어려운 지금 상황에서 그냥 지나치기에는 아까웠다. 실명할 위험이 있다는 낭설은 젖혀놓고 관찰하는 정도까지만 하면 어떨까. 여러 생각이 스치는 사이에 약속 시간이 됐고, 양 피디가 도착했다.

미리 살펴본 몇 종류의 나무를 김예지에게 어떻게 알려줄 것인지 머릿속으로 그려본 뒤, 양 피디와 함께 대강의 촬영 계획을 이야기하며 김예지의 집 쪽으로 걸음을 옮겼다. 김예지가 특별한 위험 없이 안내견 찬미의 도움으로 학교까지 편안히 오갈 수 있는 길이다. 이런 길을 찾기 위해 애썼을 김예지 어머니의 간절함이 떠오르는 길이다. 세상의 모든 엄마라니…….

집 앞에서 양 피디가 김예지에게 전화를 걸었고, 김예지가 찬미와 함께 문 앞으로 나왔다. 아직은 서먹한 관계여서 형식적으로 반가워하는 눈치이지만, 표정은 언제나 유쾌하다. 나로서는 오랜 숙제를 풀어줄 고마운 사람인 까닭에 반가워할 수밖에 없다. 심지어는 나타나주는 것만으로도 충분히 고마울 따름이다. 미리 보아둔 나무들을 향해 촬영 팀과 함께 자리를 옮겼다.

능소화 붉은 꽃의 강렬한 유혹

백주년기념관 아래쪽의 오솔길. 고급 한식당이 자리 잡고 있지만 사람의 통행이 많지 않아 한적하다. 빨간 벽돌로 치장한 낮은 돌담이 어우러져 분위기도 제법 좋다. 양 피디의 촬영 팀이 먼저 이 길을 따라 김예지가 찬미와 함께 학교에 가는 장면을 찍었다.

분위기 좋은 이 오솔길 울타리에도 능소화가 꽃을 피웠다. 능소화 붉은 꽃의 유혹은 강렬했다. 김예지와 함께 능소화 꽃 가까이로 다가섰다. 처음으로 김예지에게 나무를 보여주는 작업이다. 준비는 해두었지만 설렜다. 대관절 눈으로 보지 않고도 나무를 느낄 수 있을까. 도대체 나는 그녀 앞에서 무엇을 해야 하는가. 부담부터 몰려왔다.

천천히 김예지를 탐스럽게 피어난 능소화 꽃무리 앞까지 이끌어 세웠다. 내가 먼저 눈으로 나무줄기를 탐색한 뒤, 적당한 부분으로 김예지의 손을 이끌었다. 그녀의 손이 닿는 순간 나무가 나를 바라보았고, 나는 그녀의 눈동자를 바라보았으며, 김예지는 손으로 나무를 바라보았다. 나무 앞에서 나는 그녀의 눈이 되었고, 그녀는 나의 귀와 코가 되었다. 둘이 제가끔 따로 서는 건 촉각뿐이다. 시각을 위해 나는 최대한 귀와 코와 혀를 닫고 김예지의 감각을 따라야 하고, 김예지는 나의 시각을 따라야 한다. 시각 중심으로 내가 그동안 살펴온 적잖은 나무 이야기에 그녀는 귀를 기울여야 한다.

능소화 꽃그늘 아래서 김예지에게 향기를 느낄 수 있느냐고 물었다. 나에게는 별다른 향기가 느껴지지 않았다. 김예지는 오이 비슷한 향기가 느껴진다고 했다. 코를 킁킁거리며 그녀가 말하는 오이 향을 맡으려 했지만 느낄 수 없었다. 꽃송이가 우리의 키를 훌쩍 넘는 곳에서 피어난 까닭에 가까이 코를 대고 향기를 맡아보기는 쉽지 않다. 무언가 다른 향기가 있다는 이야기이지만 확인해 대꾸하기는 어렵다. "그런가요? 나는 잘 안 느껴지는데……."라 답한 채 눈으로 오이 향기를 그려보았다. 그러나 능소화 꽃에서의 오이 향기는 아무래도 생경하다.

그건 시작에 불과했다. 내가 느끼지 못하는 많은 나무의 감각들이 그녀에게 풍성하게 느껴질 것은 불 보듯 확실한 일이다. 그녀를 만날 때마다 나는 그녀가 불러주는 숱한 향기와 소리를 눈으로,

탐스럽게 피어난 능소화 꽃무리를 김예지에게 소개하면서
우리 프로젝트의 첫발을 내디뎠다.

시각으로 그려내야 한다. 내 시각으로 그려내는 나무의 본질을 그녀가 청각으로, 후각으로, 촉각으로 그려내듯이. 어쩌면 다른 감각에 비해 절대화한 감각인 시각으로부터 여전히 자유롭지 못한 내게 더 어려운 일일지 모른다. 어느 감각 한 가지도 다른 감각의 지배를 받지 않고 온전하게 활용할 수 있는 시각장애인 김예지가 이 작업에서는 어쩌면 훨씬 풍부한 체험을 이룰 가능성이 있지 않을까 싶다.

자세히 관찰할 차례다. 관찰이라고 했지만 눈이 아니라 귀와 코와 손으로 하는 관찰이다. 작달막한 은행나무의 줄기를 타고 얼기설기 올라간 능소화 덩굴은 우리의 키보다 조금 높은 곳으로 뻗은 가지 위에서 무성하게 꽃을 피웠다. 손으로 꽃송이를 관찰하려면 팔을 쭉 뻗어 올려야 했다. 능소화 꽃부리에 김예지의 손가락이 닿도록 손목을 잡아 가만히 들어올렸다. 가늘게 떨리는 듯하던 김예지의 하얀 집게손가락이 능소화 꽃잎에 닿았다. 집게손가락과 엄지손가락을 하나씩 붙잡고 꽃잎을 느껴보라고 했다.

그녀가 꽃잎을 탐색했다. 가만가만 만지던 김예지가 "참 부드럽네요."라고 한마디 했다. 꽃잎을 더듬는 손길은 멈추지 않았다. 거개의 꽃잎이 그렇듯이 능소화 꽃잎도 안과 밖의 느낌이 다르다. 혹시라도 꽃잎이 상할까 조심스레 어루만지는 그녀에게 "꽃잎이 몇 장일까요?"라고 물었다. 꽃잎을 짚어보며 그녀는 다섯 장이라고 했다. 틀렸다. 시각장애인이라서가 아니라 식물을 잘 몰라서라고 말할 수도 있다. 능소화는 통꽃이다. 꽃잎이 끝부분에서 다섯으로 갈라져 있기는 하지만, 전체적으로는 하나의 통으로 이루어진 형태다.

그때 마침 우리의 손짓이 성가셨는지 꽃 한 송이가 후드득 바닥으로 떨어졌다. "예지 씨, 꽃송이가 떨어졌어요."라 했더니 그는 나에게가 아니라 나무에게 "미안해!"라고 했고, 나는 떨어진 꽃송이를 주워들었다. 그녀가 이야기했던 오이 향기가 담겨 있는지 꽃송이에 코를 바짝 들이밀어 보았지만, 나는 오이 향을 맡을 수 없었다. 나는 향기를 맡을 수 없다고 이야기하며 그녀에게 향기를 맡아보라고 건네주었다. 더불어 꽃잎이 끝부분에서는 다섯 개로 갈라졌지만, 안쪽으로 들어가면 하나의 통으로 이뤄진 모양까지 살펴보라고 했다. 비교적 꽃송이가 큼지막해서 꽃의 생김새를 손으로 관찰하는 데에 능소화 꽃은 유리했다. 한참 동안 그녀의 능소화 꽃 관찰은 이어졌다.

능소화

Campsis grandiflora (Thunb.) K.Schum.

능소화과 낙엽성 덩굴식물

중국에서 들여와 전국에서 심어 키우는 덩굴나무. 가지에서 흡착근이 발달하여 다른 나무나 절벽을 타고 오른다. 가을이면 떨구는 잎은 5~9장의 작은 잎으로 이루어진 깃꼴겹잎으로, 겹잎 하나는 10~20센티미터쯤 된다. 한여름에 원뿔형으로 모여서 주홍색으로 피어나는 깔때기 모양의 꽃은 지름 7센티미터 정도이며, 끝부분이 다섯 개로 갈라진다. 새 가지 끝에서 5~15개씩 모여 피어나는 꽃은 화려하면서도 기품 있기 때문에 절집이나 공원에서 경관 풍치수로 많이 심어 키운다. 꽃은 물론이고 잎과 뿌리를 약으로 이용하기도 한다.

내가 보는 것과 그녀가 보는 것

능소화라는 덩굴식물에 대해 이야기했다. 능소화는 홀로 서지 못한다. 물론 광합성을 해서 스스로 양분을 짓기는 하지만, 담장이나 다른 나무를 타고 올라야 하는 식물이다. 능소화를 이야기한 건, 우리는 누구나 언제나 누군가에 기대며 살아간다는 이야기를 하고 싶어서였다. 마치 김예지가 찬미에게 기대어 사는 것처럼 말이다. 물론 경우가 바뀌면 찬미가 김예지에게 기대어 산다. 세상살이가 그렇다. 어느 순간에는 누군가에게 기대야 하지만, 다른 순간에는 그 누군가가 내게 기댈 수 있다는 게 우리 삶의 이치 아니었던가.

덩굴식물의 이야기를 흥미롭게 듣고 김예지는 다른 나무를 휘감고 올라가면 원래 있던 나무는 어떻게 되느냐고 물어왔다. 혹시 잘 자라던 나무가 능소화 때문에 살아남기 어려워지지 않느냐는 의문이었다. 기생 식물이 아니어서 다른 나무의 영양을 빼앗는 것은 아니지만, 능소화가 더 커지면 그늘이 넓어질 것이고, 그 그늘에 묻힌 나무는 마침내 광합성을 제대로 하지 못해 양분을 지어내지 못한다. 능소화를 비롯한 덩굴식물이 타고 오르는 대개의 나무는 그래서 결국 죽게 된다고 했다. 김예지는 살짝 찡그리며 "나쁜 나무네요."라며 웃었다.

능소화가 다른 나무를 타고 오르는 방식을 보여주고 싶어 나무줄기 쪽으로 김예지의 손을 이끌었다. 은행나무의 줄기 아래쪽에서부터 단단히 감고 오른 능소화의 줄기를 짚어보았다. 그녀는 은행나무 줄기와 능소화 덩굴줄기 사이에 혹시라도 작은 틈이 없는지 탐색하는 듯했다. 그러나 두 나무줄기 사이의 틈은 없었다. 이어서 은행나무 잎으로 김예지의 손을 이끌었다. 나무를 잘 모르는 사람이라 해도 금세 알아보는 잎이 은행잎이지만, 그녀는 특별히 알은체를 하지 않고 가만가만 잎을 어루만졌다. 그녀에게 말했다. 도시의 나무들은 공해와 매연을 흡수하면서 도시의 공기를 맑게 하며 살아간다고, 그래서 도시의 나뭇잎들은 시골의 맑은 공기 속에서 자라는 나무의 잎과 전혀 다른 느낌일 거라고. 그러나 나는 그 차이를 선명하게 느끼지 못한다는 이야기도 덧붙였다. 시각적으로 도시의 나무들과 청정 지역 나무들의 차이는 알 수 있다. 그러나 그건 시각에 의한 관찰이지, 전체적인 느낌이랄 수 없기에 그렇게 말했다. 그녀의 손길을 통해 자기를 희생하며 살아가는 도시의 나무와 맑은 공기 마시며 살아가는 산골의 나무가 보여주는 차이를 알고 싶었다. 나중에 시골에서 자라는 나무와 비교할 수 있도록 오래 만져보고 기억해두기를 부탁했다. 그래서 그녀는 오래오래 나뭇잎을 만졌다.

능소화가 타고 올라간 나무가 은행나무이고, 김예지가 능소화에 휘감긴 나무의 미래를 묻는 차에 일단 은행나무로 손을 이끌기는 했지만, 은행나무에 대해서는 더 이야기하지 않았다. 쉽게 볼 수 있는 나무이기도 하고, 처음으로 나무를 만나게 된 김예지에게 여러 종류의 나무를 한꺼번에 이야기해서 좋을 게 없다는 생각에서였다. 한 가지를 집중적으로 익히게 하는 게 더 좋으리라. 도시의

고작 한두 시간 정도의 탐색으로 나무의 참모습을 알 수는 없다.

김예지가 진지하게 나무의 줄기와 잎을 어루만진다.

나무는 사람들이 무람없이 더럽힌 환경을 정화하기 위해 자신의 몸, 특히 잎사귀를 더럽히면서 살아간다는 이야기 정도만으로도 충분했다.

골목길에서의 능소화 탐색은 모자란 채로 마무리했다. 여느 나무가 모두 그렇지만 나무 탐색에는 시간이 오래 걸린다. 수백, 수천 년을 살아가는 나무를 고작 한두 시간 정도의 탐색으로 알 수 없는 일이다. 늘 아쉽고 모자란 게 나무 관찰이다. 촬영 팀의 양진용 피디가 우리가 관찰한 능소화 주변 상황을 스케치하는 동안 김예지와 나는 골목길 한쪽의 오붓한 벤치에 앉았다. 가을로 예정돼 있는 김예지의 독주회를 떠올렸다. 나무는 음악과 어떻게 관계 맺을 수 있을까 하는 생뚱맞은 이야기를 꺼냈다. 독주회에서 피아노 연주가 흐르는 사이에 나무 이미지를 무대 뒤 배경에 띄우는 게 어울릴 수 있을까 하는 질문 투로 이야기를 시작했다.

허수로이 꺼낸 이야기인데, 뜻밖에도 그녀는 흥미로워했다. 아직 나무를 본격적으로 찾아본 것도 아니건만, 그녀는 나무와 음악을 연결시켜서 할 수 있는 일이 적지 않겠느냐고 대꾸했다. 나무에 대해 무관심할 때에는 별 생각이 없었지만, 나무를 찾아보러 다니기로 마음먹고 나니, 음악과 나무를 연관해서 다양한 작업을 할 수 있지 않을까 생각했다는 것이다. 연주회에서 무대 배경에 나무 사진을 보여주는 건 여러 변수가 있겠지만 충분히 가능한 이야기이고, 좀 더 생각해보자고 긍정적으로 답했다. 이야기는 내가 먼저 꺼냈지만, 그녀의 생각은 한발 앞서 나갔다. 나보다 더 많은 생각을 떠올렸던 모양이다. 이를테면 음악을 종이책에 담을 수야 없지만, 전자책(e-Book)이라는 디지털 형식을 이용해보자는 것이다. 음악을 담고, 음악을 듣는 동안 시각적으로 나무 사진을 보여주는 건 어떻겠느냐 한다.

의욕은 적지 않았다. 김예지를 만나는 동안 늘 그랬다. 어떤 나무를 만나든 나무를 탐지하려는 몸짓은 언제나 적극적이었다. 나무 관찰뿐이 아니다. 답사 현장을 이동하는 절차라든가 조금은 성가시게 느낄 수 있는 영상 촬영 과정도 그녀는 적극적이다. 매사가 그렇다. 뭔가 그녀를 돌보아주어야 한다는 생각은 아예 틀렸다. 돌볼 틈을 찾을 수 없다. 직접 만나기 전까지 그녀를 '치유의 대상'으로 생각했던 건 잘못된 생각이었다. 세상을 느끼는 방식이 다를 뿐, 치유가 절실한 건 아니다. 더구나 내가 무슨 자격으로 그녀의 아픔을 치유할 수 있단 말인가.

깃털 모양의 잎을 가진 낙우송

낙우송이 서 있는 백주년기념관 앞으로 자리를 옮겼다. 나무 그늘에 들어서서 김예지가 먼저 한마디 던졌다. "나무 그늘로 불어오는 바람이 참 좋아요." 의식적으로 나무의 느낌을 받아 안으려는 그녀의 노력이 느껴졌다. 햇살 따가운 날이었기에 바람이 더 뚜렷하게 느껴진 건지 모른다. 이마에 땀이 배어나오는 상황이어서 나무 그늘은 좋았다. 그래도 나무를 스치는 바람 이야기를 꺼낸 건 나무에 더 가까이 다가서려고 의식했던 때문이다.

나무 그늘에 놓인 벤치에 앉아 낙우송에 얽힌 흥미로운 이야기부터 나누었다. 다짜고짜 나무를 가까이하기보다는 기본 정보를 먼저 챙겨둔다면 호기심이 일어날 것이라는 생각에서다. 나무에 대해 깊이 생각하고 바라볼 겨를이 없었던 그녀에게는 어떤 나무를 두고서라도 할 이야기가 많이 있으리라. 낙우송의 뿌리 중 일부는 땅 위로 솟아오른다는 이야기. 낙우송은 침엽수이지만 대부분의 침엽수와 달리 가을 되면 단풍 들고 낙엽도 한다는 이야기. 나무 그늘에 스며드는 바람 맞으며 이야기를 나누었다. 김예지는 내 이야기에 적극적으로 반응했다. 흥미로운 표정을 보였을 뿐 아니라 때로는 깔깔거리기도 했다. 천생 웃음이 많고 낙천적이다.

낙우송

Taxodium distichum (L.) Rich

낙우송과 낙엽성 큰키나무

잘 자라면 높이가 50미터 이상이며, 가슴높이의 줄기둘레도 4미터를 넘는다. 곧게 뻗어 오르는 줄기를 중심으로 뾰족한 원뿔형을 이루는 나무의 모습이 아름다워 풍치수로 많이 심어 키운다. 빠르고 크게 자라는 나무여서 집 안의 정원에서 키우기는 어렵다. 줄기 껍질은 적갈색이며 세로로 가늘게 갈라져 벗겨진다. 깃털 모양의 잎의 특징에 기대어 나무 이름에 깃 우(羽) 자를, 이 잎이 가을 되면 낙엽이 된다는 뜻에서 떨어질 낙(落) 자를 붙여서 낙우송이라는 이름이 만들어졌다. 물속에서도 자랄 만큼 물을 좋아하며, 기근(氣根)이라 부르는 뿌리가 땅 위로 솟아오르는 특징이 있다.

나무를 만져보기로 했다. 김예지의 손을 깃털 모양으로 가지런히 난 낙우송의 가는 겹잎으로 가져갔다. 그녀는 내 손길을 따라 한 잎 한 잎 정성스럽게 깃털 같은 낙우송의 잎을 어루만졌다. 읽기 힘든 고전 서적을 읽을 때처럼 그녀의 손끝은 떨리기도 했고, 신중하기도 했다. 김예지는 손가락 끝으로 탐지하는 나뭇잎의 느낌에 촉각을 집중했고, 나는 그녀의 손끝에서 여울지는 가늣한 떨림에 시각을 집중했다.

그녀가 스스로 다음 순서를 이어갔다. 이파리를 코끝에 바짝 끌어대고 향기를 탐색했다. 나는 낙우송을 가까이에서 자주 보았지만, 잎에서 별다른 향기를 맡은 적이 없다. 그녀가 낙우송 잎에서 어떤 향기라도 감지해낸다면 나는 뭐라 해야 할까. 낙우송이라는 나무에 대해 다 아는 것처럼 그녀에게 이야기를 했으나, 사실은 가장 기본적인 향기조차 모르는 셈이 된다. 잘 아는 나무라고는 했지만, 김예지와 함께하니 아는 나무가 아니었다. 김예지의 반응을 살폈다. 그러나 아무 말 없이 잎을 놓았다.

김예지가 촉각과 후각으로 탐색한 낙우송의 잎사귀와 줄기는 낙우송의 몸체에 비하면 수천만 분의 일 혹은 수억 분의 일도 채 안 되는 작은 부분이다. 관찰에 나서기 앞서 낙우송이라는 나무가 얼마나 크게 자라는 나무이며, 지금 우리에게 그늘을 드리워준 나무도 십 미터는 넘게 자란 큰 나무라고 말했다. 또 내 눈에 보이는 대로 나무의 형상을 풀어서 그리기도 했다. 내 이야기를 듣고 그녀가 마음속에 그렸을 나무는 어떤 모습일지 궁금했다.

보드라운 잎을 촉각으로 탐색하는 시간은 꽤 길게 이어졌다.

낙우송 그늘 아래서 내 눈에 보이는 나무의 모습을 들려주었다.

내 이야기를 들은 그녀의 마음속에는 어떤 나무가 그려졌을까.

김예지는 나무를 이렇게 오래 만져보는 게 처음이라고 했다. 잎에서 그녀가 손을 떼자 줄기 쪽으로 이끌었다. 낙우송의 줄기 껍질 부분에 그녀의 손이 닿았다. 잎을 만질 때만큼은 아니지만 역시 신중하다. 세로로 가늘게 갈라진 표면이 약간씩 너덜거리기도 하고, 벗겨진 부분도 있어서 눈을 감고 만져보면 좀 걸리적거리는 느낌이 있다. 하지만 큰 나무의 줄기치고는 부드러워 촉감이 좋은 편이다. 김예지가 낙우송 줄기 표면의 부드러운 촉감을 즐기는 중이다.

줄기가 얼마나 굵은 나무인지를 알려면 두 손을 뻗어 안아보아야 한다. 그녀가 조심스레 팔을 뻗어 줄기를 감싸 안았다. 반대편에서 손이 가까스로 달락 말락 한다. 나무줄기를 안아보는 게 그녀로서는 처음인 듯하다. 두 손을 펼쳐 나무줄기의 굵기를 가늠하는 듯했지만, 바싹 끌어안지는 않았다. 김예지는 늘 그런 식이다. 어찌 보면 익숙지 않은 대상에 다가서기를 꺼리는 듯해 보이기도 하지만, 달리 보면 어떤 대상일지라도 자신에 의해 조금이라도 망가지지 않기를 바라는 마음이기도 해 보인다. 능소화 꽃송이가 떨어졌을 때 반사적으로 '미안해'라고 말한 걸 돌이켜보면 아무래도 조심스러워하는 쪽이지 싶다.

자리를 옮기면서 이야기했다. 나는 시각에 압도되는 게 많다. 나무는 워낙 큰 생명체여서 시각만으로 그의 실체를 알기 어렵다. 시각 외에 활용할 수 있는 모든 감각으로 바라보아야 하지만, 그게 쉽지 않다. 시각 체험이 지나치게 강한 탓이다. 시각은 다른 감각에 대해 절대 권력으로 작용한다. 나무를 잘 알고 싶은 마음에 눈으로 나무를 관찰하는 건 물론이고, 줄기나 잎을 만져보고 안아볼 뿐 아니라, 줄기 안쪽에서 울려나오는 소리를 들으려고 나무줄기에 귀를 대어보고, 향기를 맡으려고 코를 킁킁대는 건 흔히 하는 일이다. 심지어 때로는 잎이나 줄기 한쪽을 뜯어내 입에 넣고 짓씹으며 미각까지 느껴보곤 하지만, 그 어떤 감각도 시각에 의해 체험된 결과를 뛰어넘지 못한다. 시각 체험을 보완해줄 뿐이다. 결국 시각을 활용하는 게 오히려 나무를 알아가는 데에 방해라는 생각이 들기까지 한다.

내가 나무 곁에 다가서며 가질 수밖에 없는 시각 활용자의 한계를 솔직히 털어놓았다. 시각으로부터 자유로운 그녀의 체험이 그래서 내게 중요하다고 했다. 나무가 사람에게 전해주는 더 많은 느낌을 나보다 더 많이 느낄 수 있으리라는 기대가 크다고 덧붙였다.

추억 속의 백송을 만나다

낙우송 건너편의 백송에 다가설 차례다. 우리나라에서는 흔히 볼 수 없는 나무 한 그루를 소개하겠다고 했다. 소나무는 소나무인데, 줄기 껍질이 흰색이어서 백송이라는 특별한 이름을 가진 나무라고 운을 떼었다. 그러자 뜻밖에도 김예지는 '백송을 잘 안다'고 했다. 그의 모교인 서울맹학교의 교목이었단다. 덕분에 오래전부터 백송을 알았고, 학교에서 백송을 만져본 적도 있다고 했다. 나중에 서울맹학교 홈페이지를 찾아보니, "백송처럼 곧은 품성을 지니고 항상 푸른 꿈을 갖고 스스로 장애를 극복하여, 편한 자태와 늠름한 모습으로 살아가도록 한다."라고 백송을 교목으로 정한 이유를 설명해두었다.

어린 시절에 가까이에서 만져보았던 백송. 그녀는 자주 지나다니는 길이지만, 백송이 곁에 있으리라고는 생각지 못했다며 놀라는 표정을 지었다. 하긴 당장 안내견을 따라 걷는 일조차 아슬아슬해 보일 수 있는 그녀에게 누구도 이 자리에 백송이 있다는 걸 알려주려 하지는 않았을 것이다. 또 백송이라는 특별한 나무가 곁에 있는 걸 눈여겨보는 도시인도 많지 않았을 게다.

백송 곁에 섰다. 잎의 촉감을 감지하는 게 그녀가 나무와 나누

백송
Pinus bungeana Zucc.ex Endl.

소나무과 상록성 큰키나무

소나무와 같은 종류의 나무로, 줄기 껍질이 흰 빛을 띤다 해서 백송이라 부른다. 육백 년 전쯤 중국에서 들여와 심어 키운다. 줄기 껍질은 흰색과 회백색이 어우러지며 아름다운 얼룩무늬를 이루는데, 이 껍질이 물고기 비늘처럼 얇게 벗겨진다. 7센티미터를 조금 넘는 바늘잎은 소나무와 다를 바 없어 보이지만, 두 개씩 모여나는 소나무와 달리 세 개씩 모여난다. 우리나라의 소나무 종류 가운데에는 리기다소나무가 백송처럼 세 개씩 모여나지만, 북아메리카 지역에서 자라는 소나무 종류 중에는 세 개씩 모여나는 소나무도 많다.

는 첫인사다. 자연스러운 그녀만의 인사법이다. 두 개씩 모여나는 소나무와 달리 세 개씩 모여나는 백송의 바늘잎을 아랫부분에서부터 천천히 만졌다. 모여 있는 바늘잎들을 손 안쪽에 모아 쥐고 쓰다듬듯 훑어보기를 몇 차례. 이번에는 내가 잎 끝의 뾰족한 부분을 손바닥에 찌르듯 밀어 넣었다. 아파할 정도는 아니지만, 따가움을 느끼는 정도로 그녀가 반응했다.

잎 아래쪽에서 세 개씩 붙어 있는 하나의 잎차례를 잡아서 세 개의 바늘잎이 한 덩어리로 모여난다는 걸 확인시키며, 이게 소나무와 다른 점이라고 알려줬다. 소나무도 잎의 생김새는 똑같지만 두 개씩 나고, 잣나무는 다섯 개씩 모여난다고 말했다. 또 아메리카 대륙 쪽에서 자라는 소나무 종류 가운데에는 백송처럼 바늘잎이 세 개씩 모여나는 나무가 많이 있지만, 우리나라에서 볼 수 있는 건 리기다소나무뿐이라고 알려줬다. 그래서 우리나라에서 소나무 종류를 구별하려면 잎이 몇 개씩 모여나는가를 먼저 보아야 한다고 했다. 잎이 몇 개씩 모여나느냐에 따라 멀리서도 자세히 보면 구별할 수 있다는 이야기를 덧붙였다. 시각적으로 분명히 구별된다는 이야기다. 촉각보다는 더 빠르게 가늠할 수 있는 소나무 종류의 특징이라고 말했다. 이야기를 들으며 그녀가 백송의 잎을 코에 대고 향기를 맡았다. 은은하게 배어나오는 소나무 특유의 향이 그녀의 숨결을 따라 가슴 깊이 스며들었다.

백송을 관찰하기로 한 건 줄기의 윤곽에 나타나는 특징 때문이었다. 김예지는 내 손길을 따라 줄기에 손을 가져다 댔다. 가만가만. 백송 특유의 얼룩무늬는 눈으로만 보는 게 아니다. 촉감으로

나무를 바라보는 두 개의 손길.

내 손길을 따라 그녀가 나무에게 인사를 건넸다.

함께 느껴야 백송의 특징을 알 수 있다. 김예지에게 그 무늬를 촉각으로 느낄 수 있느냐고 물었다. 흰 부분과 회색 부분 면의 차이는 촉각으로 느껴진다. 하얀색과 회색 얼룩무늬의 경계를 따라 김예지의 손이 움직였다. 어느 쪽이 희고, 어느 쪽이 회색인지는 알기 어려우리라. 하지만 백송 줄기를 만지는 그녀의 손에는 혼이 들어 있는 듯했고, 백송의 얼룩무늬는 명암의 차이 혹은 빛깔의 차이가 촉감의 그러데이션으로 바뀌어 마음 깊숙한 곳으로 우련히 쌓여들었다.

함께 관찰해 마땅한 솔방울을 백주년기념관 앞의 백송에서는 찾을 수 없었다. 물론 꽃이 잘 피어나지도 않는 나무이지만, 피었다 해도 지금은 이미 지고 난 뒤의 계절이니, 꽃도 없었다. 촉각, 후각, 청각을 이용해 관찰할 다른 요소를 더는 찾을 수 없었다. 어린 시절 경험 속에 살아 있는 추억의 나무였다는 건 예상 밖의 큰 소득이었다. 그 정도만으로 만족해야 할 백송과의 만남이었다.

아침부터 서둘렀건만 고작 능소화, 낙우송, 백송 세 그루의 나무를 살펴봤을 뿐인데 해는 중천에 올랐다. 촬영을 계속하려면 점심밥을 먹어야 하는데, 선뜻 함께 식사하자고 제안하지 못했다. 식당에서 시각장애인과의 식사 경험이 낯설어서다. 그러나 그녀는 식당에서의 식사가 익숙하다고 한다. 실기 강의가 있는 날에 학생들과 가끔씩 학교 앞 식당을 찾는 모양이다. 학교 앞 식당 사정을 잘 안다고 했고, 자기가 편하게 가는 식당으로 가자고 했다. 물론 안내견 찬미도 함께다. 찬미는 하루에 두 끼만 먹는단다. 언제나 그렇지만, 곁에서 음식 냄새가 풍겨도 찬미는 기특하게 보채지 않는다.

착한 개다. 김예지는 몇 가지 음식의 위치를 확인한 뒤 혼자서 식사를 한다. 능숙하다. 별다른 도움이 필요하지 않다. 기우였다. 그녀의 편안한 식사로 내 마음까지 더불어 편해졌다. 촬영 팀을 포함한 모두가 즐겁고 편안하게 점심식사를 마쳤다.

오후 답사는 백주년기념관 건너편 캠퍼스로 자리를 이동하여 이어갔다. 숙명여자대학교는 여대 분위기에 맞게 예쁘게 정원을 꾸몄다. 나무도 많다. 먼저 본관 앞 정원 입구의 울타리를 감고 오른 능소화 앞에 섰다. 무성하게 피어난 능소화 꽃송이는 얼굴이 닿을 높이까지 늘어졌다. 바닥에 떨어진 꽃송이도 많았다.

꽃송이에 그녀의 손을 이끌었다. 무슨 꽃인지 알겠느냐고 물었다. 금세 맞혔다. 이번에는 떨어진 꽃송이를 주워들고, 꽃잎 안쪽의 꽃술까지 만져보게 했다. 오전 답사에서 충분히 탐지했던 꽃이건만 그녀는 허수로이 넘어가지 않는다. 꽃술 끝의 꽃가루를 유심히 만져보았다. 일단 시작만 하면 실체를 탐색하는 과정에는 내가 끼어들 필요가 없다. 그녀에게는 그녀만의 방식이 있다. 어떤 사물이든 자기만의 방식으로 탐색하고 적극적으로 느낀다. 내가 나만의 방식으로 나무를 바라보는 것과 다르지 않다. 촬영 팀을 길 앞에 세우고 한참 동안 능소화 꽃송이를 탐색하던 그녀는 마치 능소화 꽃의 모든 것을 알기라도 했다는 듯 고개를 끄덕이고는 손가락 끝에 묻은 꽃가루를 털어냈다. 예민하다고 생각했다.

꽃잎도 없이 꽃을 피우는 자귀나무

주변을 살폈다. 능소화 덩굴 울타리에서 조금 떨어진 곳에 보랏빛 꽃을 피운 자귀나무가 눈에 들어온다. 나무가 서 있는 자리는 김예지가 가까이 다가갈 수 있어 좋았지만, 몇 남지 않은 꽃송이가 시들었기에 잠시 망설였다. 한층 싱싱할 때라야 자귀나무 꽃의 신비로움을 제대로 느낄 수 있겠건만, 꽃가루받이를 마친 것처럼 시들거렸다. 아직 다른 곳에서는 피어나기조차 이른 초여름이건만 벌써 시들어버렸다. 지독한 가뭄을 견디지 못한 탓이다.

일단 시도했다. 자귀나무 관찰은 이날 나무 답사의 백미였다. 나중에 그녀는 이날 답사 중에 자귀나무 꽃이 가장 인상적이었다고 고백하기도 했다. 자귀나무 꽃을 김예지에게 소개하는 게 마땅할까 하는 생각도 있었다. 꽃의 생김새가 여느 꽃들과 사뭇 다른 까닭에 헷갈리지 않을까 하는 걱정 때문이었다. 세상의 모든 나무를 보여줄 여유가 없는 상황이니, 가능하면 가장 전형적인 형태를 보여주어야 하지 않을까 생각했던 것이다. 조금이라도 효과적으로 나무를 경험하게 하려는 의도에서다. 자귀나무 꽃은 꽃잎 한 장 없이 피어나는 이른바 안갖춘꽃이다. 게다가 꽃술이 유난히 길게 뻗어서, 꽃술만으로 신비로운 모습을 보여주는 특별한 꽃이다. 기다란 꽃술은 한데 뭉쳐서 벼슬 모양을 이룬다. 이 꽃을 김예지에게 어떻게 알려준단 말인가. 기대를 내려놓고 김예지를 자귀나무 곁으로 이끌었다.

먼저 자귀나무의 잎으로 그녀의 손을 이끌었다. 가만히 잎을 만져보던 김예지가 반색했다. "아, 이 나무, 아까 그 나무와 잎이 똑같아요. 그거 뭐였죠?" 뜻밖이었다. 오전에 본 능소화, 낙우송, 백송 가운데 어떤 나무의 잎이 자귀나무 잎과 똑같다는 말인가. 헷갈렸다. 내 경험과 지식으로는 그 세 종류의 나무 가운데 자귀나무와 잎이 같은 건 없다. 그나마 겹잎의 배열 방식이 비슷하다면 낙우송이다. 그러나 낙우송이나 자귀나무를 숱하게 바라보았건만 나는 두 나무의 겹잎을 똑같다거나 심지어 비슷하다고 여겨본 적이 없다. 그것도 어쩌면 시각 경험의 횡포에 좌우된 탓이었을까.

"낙우송이요?" 나의 반문에 "맞아요. 낙우송!"으로 대거리하는 김예지의 얼굴에는 어려운 시험문제의 답을 맞힌 어린아이처럼 화

자귀나무
Albizia julibrissin Durazz.

콩과 낙엽성 중간키나무

초여름에 피어나는 꽃이 신비롭고, 가지를 넓게 펼치는 나무 모양이 아름다워 예로부터 정원수로 많이 심어 키웠다. 깃털 모양으로 펼친 잎이 밤에 마주보며 사이좋게 접히는 모습을 보고 부부의 금슬을 떠올리기도 했다. 소가 먹이로 좋아한다고 해서 소쌀나무라고 부르는 지방도 있다. 독특한 모양의 꽃은 가지 끝에서 15~20개씩 피어나는데, 꽃잎이 없는 상태에서 25개 정도의 수술이 3센티미터 길이로 돋아난다. 수술의 윗부분은 진한 분홍색을 띠지만 아래쪽은 흰색이다. 꽃이 지면 콩꼬투리 모양의 열매가 맺힌다. 최근 들어서 고속도로변을 비롯해 가로수로도 많이 심어 키운다.

색이 돌았다. 시각의 압력에서 자유로운 그녀는 있는 그대로 느낀 것이다. 시각 아닌 다른 감각으로 낙우송과 자귀나무의 비슷한 점을 또렷이 보았다. 낙우송은 침엽수이고, 자귀나무는 활엽수라는 고정관념이 내게는 두 나무의 잎사귀에서 비슷한 점을 전혀 찾지 못하게 했다.

"그러고 보니 잎 돋은 방식이 비슷하네요."

"손에 닿는 순간, 그 낙우송이 생각났어요."

"촉감은 다르죠?"

"달라요. 낙우송 잎보다 훨씬 부드러워요."

그녀가 지금 어루만지는 중인 자귀나무의 부드러운 잎은 양쪽으로 넓게 펼쳐졌지만, 밤이 되면 요술처럼 맞닿는다는 이야기를 알려줬다. 마치 마주보며 잠을 자는 듯한 모습이어서 옛사람들은 이 나무를 '잠자는 귀신', 즉 '자귀'라고 불렀다고 했다.

"아, 자는 귀신. 우리 납량특집 찍고 있는 거네요. 귀신 특집!"

천생 밝은 성품인지, 자신의 어두움을 과장해내는 건지, 그녀는 언제나 밝고 경쾌하다.

"잎이 잠자는 모습을 보고 싶어요."

볼 수 없는 김예지가 말했다.

"밤에 나와서 봐야겠는걸요."

실제로 자귀나무 잎의 잠자는 모습을 찾아보러 이곳에 나올지는 알 수 없지만, 그녀는 의욕적이다.

꽃을 감지할 차례다. 후각, 향기부터 탐색했다. 별다른 향기가 없다고 그녀가 말했다. 촉각, 자귀나무 특유의 신비로운 꽃술에 손을 가져다 댔다. 헤아릴 수 없이 많은 꽃술을 하나하나 갈라내려는 듯 세심하게 촉각으로 관찰하는 바람에 원래의 가지런했던 꽃술이 흐트러졌다.

"지금 예지 씨가 만지는 바람에, 원래 예쁘고 신비로웠던 꽃 모양이 다 망가졌어요."

심술궂게 말했다. 안타까운 듯한 표정을 내비치기는 했지만, 그녀는 여전히 밝다. 꽃술에 닿은 손가락을 거둬들이지 않는다. 꽃술 끝에 맺혔던 꽃가루가 그녀의 손가락 위로 옮겨 앉는다. 손가락 끝을 통해서 자귀나무 꽃의 느낌이 그녀의 온몸으로 전해진다. 어린 시절 자귀나무 꽃을 시각으로 처음 느꼈을 때의 나처럼 그녀에게도 촉각으로 느끼는 자귀나무 꽃차례의 특별함은 분명 오래 남을 것이다. 그녀가 실제로 보지 못한 채 머리로만 생각해왔던 꽃의 실체에 대한 선입견을 버리게 되는 계기가 될지도 모른다. 그건 꽃의 세계, 나무의 세계, 생명의 세계가 생각보다는 다양하리라는 기대를 갖게 할 수도 있지 싶었다. 전형적인 꽃을 보여주는 게 좋겠다는 애초의 내 생각보다는 오히려 더 좋은 결과라 생각됐다.

꽃잎 없이 피어난 자귀나무 꽃부리의 꽃술은 김예지의 수굿한 손길을 타고 가지런하게 뻗었던 힘을 잃은 채 이리저리 흩어졌다. 자귀나무로서도 이처럼 세심하게 자신의 꽃술을 어루만져주는 다른 대상을 만난 게 생애 첫 경험일 것이다. 더 가까이에서 만져볼 수 있는 다른 꽃송이를 찾았다. 가지런함을 잃지 않은 꽃송이다.

"이쪽으로 와서 다른 꽃송이를 또 만져보세요."

공들여 손가락으로 관찰하던 꽃송이의 반대쪽 가지 끝이다. 흐트러지기 전의 온전한 모습이 남은 자귀나무 꽃차례를 더 보여주고 싶어서였다. 계단 몇 개를 내려서야 했지만 그녀는 서두르지 않고 찬미를 따라 능숙하게 내려왔다. 팔을 뻗어 자귀나무 꽃송이를 가까이에서 한참 바라보았다. 눈으로가 아닌 온몸으로.

촉각과 후각을 자극하는 단풍나무와 향나무

머리 위로 내리꽂히던 메마른 초여름의 따가운 햇살이 차츰 기운을 잃었다. 자귀나무를 오래 관찰하고 다음 나무를 관찰하러 자리를 옮기며 흘긋 바라본 김예지의 얼굴에 피곤한 기색이 올라앉았다. 언제나처럼 유쾌한 분위기를 잃지는 않았지만 아침부터 이어온 나무 관찰 시간이 길었기에 피곤할 만도 했다. 나무 한 그루, 꽃 한 송이, 잎새 하나에 모두 정성을 지극히 쏟았던 때문에 더 그랬을 게다. 나도 그랬다. 안내견 찬미도 지친 듯 보였다. 안내견 찬미는 같은 동작을 여러 번 되풀이하는 걸 싫어한다고 했다. 촬영을 위해 같은 길에서 같은 동작으로 몇 차례씩 되풀이해 오가야 했던 일은 찬미에게도 고단한 일이었음에 틀림없다.

대학 캠퍼스 어디라도 있음직한 야외무대의 객석 뒤편, 우거진 능소화 덩굴이 드리운 그늘의 벤치에 함께 앉았다. 숨을 고르고, 등짝에 밴 땀을 식히며, 이런저런 이야기를 나누었다. 그녀가 먼저 나의 대학시절을 궁금해했다. 꽃향기보다는 최루탄 내음이 가시지 않던 1970년대 말, 1980년대 초와 지금의 대학을 비교하는 건 불가능하다. 캠퍼스 안에 어떤 나무가 있는지에 대한 관심은 언감생심이었다. 할 말이 별로 없다. 그녀의 궁금증에 대답할 이야기가 별로 없거나 너무 많아서다.

오래 앉아 있는다고 하루의 피로가 가실 기미는 없다. 하루 만에 많은 나무를 관찰하기보다는 이쯤에서 마무리하는 게 낫지 싶었다. 마무리하고 집으로 돌아가는 게 좋지 않겠느냐고 하자, 기다렸다는 듯이 그녀도 좋다고 했다. 그래도 그냥 헤어지기 아쉬워 벤치 맞은편에 바라다보이는 나무 두 그루만 더 살펴보자고 했다. 듬직하게 잘 자란 단풍나무와 향나무다.

단풍나무의 매끈한 줄기에 대한 관찰은 그녀에게 낙우송의 너

단풍나무

Acer palmatum Thunb.

단풍나무과 낙엽성 큰키나무

가을에 빨갛게 물드는 어린 아기 손바닥 모양의 잎이 특징인 나무로, 우리나라 남부와 일본에서 자란다. 10미터 넘게 자라지만, 느티나무나 소나무처럼 크게 자라지는 않는다. 회색을 띠는 매끈한 줄기는 물을 많이 머금는다. 봄에 꽃이 가지 끝에서 매우 작은 크기로 피어나지만 워낙 작아서 눈에 잘 띄지 않으며, 가을에 잎이 붉게 물들 때에는 단연 우리 숲에서 가장 아름다운 나무로 손꼽힌다. 꽃 지고 나서 돋아나는 나비 모양의 열매도 단풍나무 종류를 가름하는 남다른 점이다. 우리나라에서 자라는 단풍나무 종류로는 당단풍, 고로쇠나무, 복자기, 시닥나무, 신나무 등이 있다.

덜거리는 줄기 표면에 대한 기억을 더 선명하게 남기리라. 하나의 바람을 더 보탤 수도 있다. 가을 되면 단풍나무는 필경 더 아름다워지겠지만, 그건 시각 경험에 따른 판단이다. 시각이 아닌 촉각이나 후각으로도 가을 단풍나무의 아름다움을 느낄 수 있을까. 그 차이를 비교하려면 우선 초록이 한창일 때의 단풍나무 잎에 대한 느낌을 잘 간직해야 했다. 그게 아니라 해도 아기의 작은 손바닥을 닮은 단풍나무 잎은 보여주고 싶었다. 능소화, 낙우송, 백송, 은행나무와는 전혀 다른 모양의 잎이다.

다른 감각에 우선해 후각으로 관찰해야 할 향나무도 빼놓을 수는 없었다. 게다가 향나무는 우리 조상들이 즐겨 심고 가꾸면서 향나무와 관련한 여러 문화를 이어왔다. 할 이야기가 많은 나무다. 제사를 올릴 때 피우는 향의 재료로 쓰이는 나무이며, 향이 좋아서 아예 이름까지 향나무가 되었으며, 더 좋은 향을 얻기 위해 예전에는 매향 의식을 치르기도 했다는 이야기까지. 그러나 그 많은 이야기를 하기에는 김예지도 나도, 더불어 안내견 찬미도 조금은 지친 오후였다.

나무 앞까지만 이끌고, 어떤 나무인지를 간단히 소개하면, 김예지는 그다음부터 자기만의 방식으로 나무를 탐색한다. 나는 나무에 얽힌 이야기라든가 그녀가 확인하기 어려운 시각 경험의 결과를 이야기해줄 뿐이다. 허공에 손을 휘저어 나뭇잎에 닿으면 공을 들여 세심하게 한 잎 한 잎 만져본다. 나뭇잎에서 향기를 맡아보는 건 당연한 절차다. 나무줄기를 더듬어보는 것 역시 내가 아니어도 스스로 이어가는 나무 탐색법이다. 단풍나무 줄기를 만져보면서 '매끈하다'고 했고, 향나무 줄기를 만질 때에는 '낙우송처럼 거칠다'고 했다.

집으로 돌아가는 길, 준비해온 화분을 김예지에게 선물이라며 건넸다. 똑같은 종류, 똑같은 크기의 나무를 김예지, 양진용, 고규홍 세 사람이 제가끔 키우며, 관찰하고 느끼는 경험을 나누자는 뜻의 선물이었다. 그러고 보니 그건 선물이라기보다는 과제이겠다. 화분 속의 나무는 치자나무라는 이름의 예쁜 나무이며, 잘 키우면 올 여름에 꽃을 피울지도 모른다며, 그 꽃의 향기는 기대해도 좋을 만큼 향긋하다고 했다. 후각으로 먼저 관찰하게 될 치자나무 꽃의 느낌을 함께 나누기로 하고, 누가 먼저 꽃을 피우는지 내기라도 해보자는 우스개도 덧붙였다.

초여름 도시에서의 나무 답사는 향긋한 후각으로 이룰 미래 답사를 숙제로 남기고 유쾌하게 마무리됐다. 김예지도 나도 분명 즐거운 하루였다.

무언가를 만진다는 것,
그것은 사랑이다

소설 부문 올해의 퓰리처상 수상작이 번역됐다는 인터넷 서점의 광고 메일이 도착했다. 미국 작가 앤서니 도어의 장편소설 《우리가 볼 수 없는 모든 빛》이다. 눈길이 쏠렸다. 수상작이어서가 아니라 보고 싶은, 어쩌면 지금 꼭 봐야 할 작품이어서다. 두 권짜리 묵직한 분량의 작품인데, 어색한 번역 문장과 서투른 교열 교정 상태가 독서를 방해했지만 순식간에 읽어냈다. 전쟁 영화처럼 박진감 넘치게 펼쳐지는 플롯에 매료되어 주체하기 힘들 만큼 빨라지는 독서 속도를 다독이며 천천히 읽으려 했지만 책은 손에서 떨어지지 않았고, 아쉬울 만큼 빠른 시간에 마지막 페이지를 넘겼다.

퓰리처상 선정단으로부터 "제2차 세계 대전의 참혹한 경험에 얽히고설킨 이야기를 뛰어난 상상력으로 그려낸 소설"이라는 평가를 받은 이 소설은 한 맹인 소녀가 제2차 세계 대전을 겪어나가는 단순한 이야기다. 무엇보다 돋보이는 건 전쟁이라는 극한 상황에서 시각장애라는 치명적 결점을 가진 한 소녀가 아슬아슬하게 전쟁터에서 살아남는 과정의 치밀한 묘사다. 특히 소녀를 홀로 서게 하기 위해 그 아버지가 바치는 헌신의 노력은 감동적이다.

맹인 소녀 마리로르가 전쟁을 겪어나가는 과정은 지금 내가 김예지와 진행하는 나무 관찰의 애매모호함을 풀어줄 하나의 실마리가 될 수도 있었다. 딱히 실마리를 얻는 건 아니라 해도, 비슷한 처지의 상황을 엿본다는 자체만으로도 의미가 충분했다. 목적이 뚜렷한 독서였지만, 작품 자체에 빠져들어 애초의 목적과 의도를 잃고 스토리텔링의 흥미에 흠뻑 젖었다.

맹인 소녀 마리로르의 아버지가 딸을 위해 바치는 특별한 사랑법은 오래 남는다. 아버지는 자신이 전쟁에 희생되어 마리로르가 홀로 남는 상황을 대비했다. 그래서 그녀가 홀로 살아갈 수 있는 수단을 마련해주고자 했다. 우선 앞 못 보는 마리로르가 혼자 힘으로 마을을 오갈 수 있도록 해주어야 했다. 그곳에서 살아가기 위해 꼭 필요한 기본 조건이다. 아버지가 선택한 방법은 마을 전체를 종이로 만드는 것이었다. 세심하게 종이 모형으로 미니어처라 할 만한 마을을 지었다. 모형을 완성한 뒤 아버지는 마리로르와 함께 마을 모형을 일일이 손으로 만지며 마을 환경을 익혀나갔다. 집에서 몇 걸음 걸으면 사거리가 나오고, 그 사거리에서 오른쪽으로 돌아서서 다시 몇 걸음을 가면 박물관이 나오며, 그 옆에는 첨탑이 높이 솟은 교회가 있다는 식이다.

온 정성을 바친 아버지의 종이 모형 마을을 손가락으로 하나하나 만지며 마리로르가 이야기한다. "무언가를 만진다는 것은 그것을 사랑하는 것이다." 아버지가 마리로르를 위해 모형 마을을 지은 정성은 순전히 사랑에 따른 것이며, 모형 마을을 하나하나 만지며 생존 확률을 높여가는 건 마리로르가 아버지의 사랑을 확인하는 과정이다. 마리로르는 만진다는 것과 사랑한다는 것을 동일

시했다. 촉각으로 느끼는 사랑이다. 시각으로 주고 받는 사랑법과는 전혀 다른 사랑법이다.

도시에서 나무의 꽃과 잎, 줄기를 촉각으로, 후각으로, 청각으로 수굿이 탐색하고, 나무의 향기와 소리를 마음속에 간직한 피아니스트 김예지는 러시아로 연주 여행을 떠났다. 한 달 정도 예정된 연주 여행이다. 다시 김예지와 나무를 찾아 길 떠나기 전에 준비해야 할 것들이 있다. 꼼꼼히 준비해야 한다.

우선은 치자나무 화분이다. 그녀와 함께 나누어 키우기로 한 치자나무 화분을 잘 돌보고, 그 느낌을 함께 나누어야 한다. 그동안 화분의 나무를 제대로 키워본 경험이 많지 않지만, 이번에만큼은 잘 키워야 한다. 최소한 김예지와 같은 느낌을 가지기 위해서 꼭 필요한 일이다. 더구나 그녀의 나무 관찰은 지독하리만큼 세심하지 않았던가. 그와 나무의 느낌을 나누려면 오감을 동원해 느껴야 한다.

불현듯 도시의 거리와 교정에서 세심하게 나무를 탐색한 김예지에게 나무는 어떤 느낌으로 남았을까 하는 생각이 떠올랐다. 그녀도 소설 속의 마리로르처럼 한 잎 한 잎, 한 줄기 한 가지를 어루만지며 자연과 생명에 대한 애정을 감지했을까. 나무를 사랑하겠다는 마음이 그토록 나무를 정성스럽게 탐색하도록 한 것일까. 사랑과 결심, 어느 쪽이 먼저였을까. 그러나 언제나 사랑은 결심이다. 상대를 사랑하겠다는 결심 없이 사랑은 시작되지 않는다.

그녀의 속내를 온전히 알 방법은 없다. 시각 경험에 절대적으로 의존해 나무를 관찰하는 데에 익숙한 내가 그녀가 했던 것처럼 그토록 천천히, 그리 꼼꼼하게 나무의 작은 한 부분을 탐색한 적이 있었을까. 식물 전문가 중에서도 그토록 세심하게 오랜 시간 동안 정성 들여 나무에 다가서는 사람은 얼마나 될까. 나는 과연 나무를 그동안 얼마나 알고 있으며, 얼마나 사랑한 것일까.

하루 동안의 도시 나무 탐색, 김예지와 감각의 의미를 공유한 경험은 김예지에 대해 품었던 몇 가지 생각을 바꾸게 했다. 가장 먼저 고쳐먹어야 할 생각은 시각장애인이라는 이유 하나만으로 김예지를 치유의 대상으로 여겼다는 것이다. 그녀는 누군가의 도움이나 치유를 필요로 하지 않을 만큼 충분히 유쾌하고, 너끈히 제 삶을 스스로 일으켜 세운다. 본다는 것이 근대 이후 세상을 가장 강력하게 지배하는 감각이 되긴 했지만, 피아니스트로서 김예지에게 보지 못한다는 것은 그리 큰 장애가 아니었다. 나무를 볼 때에도 그랬다. 그녀는 그녀만의 남다른 방식이 있었다. 현대 과학 세계에서 권력이 되어버린 시각에 의존하지 않는 탓에 현대 과학이 지시하는 관찰법과는 전혀 다른 그녀만의 방식으로 세상과 혹은 세상의 자연물과 더 깊이 있게 소통했다.

청맹과니는 그녀가 아니라 내 쪽일 수 있다는 깨우침이 일었다. 오래도록 시각의 절대적인 힘에 의존해왔던 나무와의 소통. 그것이 오히려 나무의 실체에 다가설 수 없게 만드는 장애 요소일 수 있었다는 생각까지 마음에 찰랑거렸다.

절대 감각을 내려놓으니 다른 감각들 모두가 평등하게 일어나 아우성친다. 시각장애인 김예지는 다른 감각을 나보다 훨씬 효율적으로 활용할 수 있다. 내게는 절대적인 시각이 오히려 후각, 청각, 촉각, 미각에 장애를 초래했을 수 있다. 시각만 온전하달 뿐이지 다른 감각들에서 장애를 가진 건 외려 나였다는 깨우침이다. 온전한 건 시각 하나이건만, 그나마 안경의 힘을 빌리지 않으면 세상 그 무엇도 제대로 바라볼 수 없었고, 나이 들고부터는 가까이에 있는 사물조차 구별하기 힘들어 두어 개의 안경을 번갈아 얼굴에 걸쳐야 한다.

김예지를 처음 만나던 그날, 소록도 솔송나무의 치유력을 떠올리며 그녀를 연관시켰다는 사실이 부끄러웠다. 그녀와의 나무 관찰에 대한 내 마음은 처음부터 고쳐 잡아야 했다. 누가 누구를 치유하고 치유받고가 아니라, 시각을 바탕으로 한 나무 공부를 그녀에게 들려주는 정도가 내가 할 수 있는 전부다. 어쩌면 내가 그녀의 느낌에 귀 기울여야 한다.

부끄러웠지만 마음은 홀가분해졌다. 시각장애를 가진 한 사람을 만난다는 부담감도 덜어낼 수 있었다. 편안해진 마음으로 햇살 따갑던 여름날, 김예지의 시골집이 있는 여주로 향했다. 여주 집 뜨락을 거닐며 이국 타향에서 나무로 지은 피아노 건반 위에 놓인 손가락으로 아름다운 피아노 음악을 지어낼 김예지를 생각했다. 그리웠다. 그리고 그녀와 함께 깊은 사랑 담은 손길로 어루만지게 될 새로운 나무들을 하나하나 짚어봤다. 다시 그녀와 함께 나무를 찾을 날이 기다려졌다. 더 많은 것을 그녀로부터 얻을 수 있다는 기대감으로 설렜다.

한 달여가 지났고, 김예지는 뜻밖의 화상 소식을 안고 돌아왔다.

여주 시골집을 답사하며
나무를 '사유'하다

김예지가 러시아 연주 여행을 마무리할 즈음, 나는 중국의 도연명 학회에 참석하게 돼 있었다. 중국어 회화가 불가능해 학회 일정이 내게 큰 깨우침을 줄 수야 없겠지만, 일정에 포함된 도연명 유적지 답사만큼은 매혹적이었다. 자연주의 시심의 표본이랄 수 있는 시를 남긴 도연명이 살았던 자연 풍광을 찾아보고 싶은 마음이 있었기에 더 그랬다. 일주일의 여행을 떠나기 전에 나는 러시아에서 곧 돌아올 김예지에게 다시 만날 날을 기대한다는 편지를 띄웠다. 그때만 해도 나는 그녀의 부상 소식을 알지 못했다.

예지 씨에게.

처음 하는 일이라는 게 대개 긴 머뭇거림이 필요한 것처럼, 처음 보내는 편지여서 좀 늦어졌어요. 별다른 이야기가 있는 것도 아니면서, 잘 써야 한다는 강박이 있는 때문이지 싶어요. 학교에서 글쓰기를 이야기할 때마다 "좋은 글을 쓰는 데에 가장 방해되는 건 '잘 쓰겠다는 강박감'이다."라는 이야기를 합니다만, 내가 비로 거기에 빠져 있었나 봐요. 이 편지를 여행 중에 보시게 될지, 아니면 돌아와서 보시게 될지는 모르겠습니다.

예지 씨. 연주 여행이 이제 마무리 단계이겠네요. 나는 이번 여름 방학 동안에 꽤 큰 분량의 원고에 매달려 있었어요. 《소나무인문사전》이라는 책의 원고를 쓰는 중인데요. 분량이 많아서 힘이 드네요. 그래도 예지 씨와의 나무 답사에 대한 긴장을 놓치지 않으려고 애쓰고 있답니다.

지난주에는 예지 씨의 여주 집에 다녀왔어요. 예지 씨와 함께 느껴볼 만한 나무는 어떤 나무일지 미리 찾아보기 위해서였습니다. 작지만 참 예쁜 집이더군요. 잔디밭에 주저앉아보기도 하고, 느티나무 그늘에 들어가서 나무를 향해 중얼거리기도 하면서 긴 시간을 보내고 왔습니다.

예지 씨와는 어떤 나무를 보는 게 좋을까 궁리하는 즐거운 시간이었습니다. 생각보다 많은 종류의 나무가 있었어요. 지금은 한여름이어서 대개의 나무가 한창 왕성하게 열매를 맺고 있었습니다. 열매의 크기나 생김새는 다양했지만, 모든 생명이 그렇듯이 자손을 번식시키려는 자기 존재의 목적을 이루기 위해 안간힘 쓰고 있는 모습이 기특해 보였습니다. 이 열매들을 예지 씨는 어떻게 느끼실지, 나도 가만히 눈을 감고 만져보기도 하고, 살짝 혀를 대어보기도 하고, 코를 킁킁거리며 냄새를 맡아보기도 했습니다.

아무래도 모든 감각의 지배적 권력이 되어버린 시각에서 자유롭지 않은 내게 다른 감각을 통해 받은 느낌은 시각에 의한 느낌에 비해 그리 두드러지지 못했습니다. 그래서 예지 씨의 느낌이 더 궁금해집니다. 아마 다음 만남에서는 열매에 집중해야 하지 않을까 싶어요.

아, 참. 예지 씨. 여주 집에는 퀴즈로 보여드릴 나무가 하나 있더군요. 기대하세요. 퀴즈라 했지만 예지 씨라면 싱거울 정도로 단박에 알아맞힐 수 있지 않을까 싶습니다. 힌트를 미리 주자면, 지난번 숙명여대에서 우리가 함께 느껴보았던 나무 가운데 하나가 있는데요. 그걸 알아맞히는 퀴즈입니다. 그리고 예지 씨를 괴롭힐 만한 나무가 있다는 것도 더불어 알려드립니다. 예지 씨가 지난번에 이야기했던 것처럼 '납량특집'이 될지도 모르겠어요. 이건 힌트도 드리지 않으렵니다.
예지 씨, 10일쯤 돌아오신다는 이야기를 들었습니다. 저도 6일부터 11일까지는 중국에 다녀와야 해요. 중국 고대 문학을 대표하는 사람으로 천사백 년 전에 활동한 도연명이라는 시인이 있어요. 이 도연명의 뒤를 이어가는 문학인들로 구성된 '도연명학회'에서 초청받아 가게 됐어요. 내가 하나의 발표를 맡기도 했지만, 다른 사람들의 발표를 알아듣지 못해 답답할 겁니다. 내 주요 관심은 도연명의 유적지를 돌아보는 일정에 있습니다. 무릉도원을 꿈꾸며 자연주의풍의 시를 많이 남긴 도연명에게 느낌을 준 나무와 자연 풍경을 똑똑히 보고 싶은 것이지요. 중국 장시 성(江西省)의 난창(南昌)이라는 곳인데요. 낮 기온이 37도를 웃돌고, 아침 기온도 27~28도 정도 되는 무더운 지역이어서 걱정도 되긴 합니다.
예지 씨. 이렇게 소식 전하고, 다음 답사를 즐겁게 할 수 있기를 기대하겠습니다. 우리 다음 일정은 그러니까 8월 중순쯤이 되겠지요. 생각하자니 설렙니다. 제가 요즘 읽은 책에 이런 말이 있더군요. "무언가를 실제로 만진다는 것은 그것을 사랑하는 것이다." 우

리가 지금 나무의 잎과 꽃과 열매를 하나하나 만진다는 것, 그건 필경 우리 주변의 나무, 한 걸음 더 나아가 우리 곁의 모든 생명을 진심으로 사랑하는 것입니다.

그렇게 나무를 더 사랑할 수 있는 날을 기다리겠습니다.

건강하게 잘 지내세요.

8월 4일

고규홍 보냄

찌는 듯한 무더위와 폭우에 휘말린 중국 여행을 마치고 곧바로 김예지를 만났다. 여주의 시골집에서였다. 김예지의 부상 소식은 나보다 먼저 그녀와 연락을 나눈 미디어소풍의 양진용 피디가 전해주었다. 이번 연주 여행에는 동반자가 없었다. 러시아 현지에서는 함께하는 사람이 여럿 있었던 모양이다. 그러나 연주 여행에 매니저처럼 동반하던 어머니도 이번 여정에는 동행하지 않았다. 안내견 찬미도 없이 김예지 홀로 다녀왔다. 그럼에도 한 달여의 연주 일정을 무리 없이 잘 마쳤다.

화상 사고는 돌아오는 날 비행기 안에서 벌어졌다. 승무원이 나르던 뜨거운 커피가 김예지의 다리 위에 쏟아졌다. 연고제만으로 치료될 만큼의 가벼운 화상은 아니었지만, 그렇다고 흉터가 남을 만큼의 큰 부상도 아니었다. 그녀의 표정에는 자신의 부상에 더는 괘념치 않는 듯 언제나처럼 유쾌함이 담겼다. '그나마 다행'이라는 간단한 인사로 사고에 대한 이야기는 더 나누지 않았다. 그녀가 그러고 싶어 했다.

그녀의 마음속에 그려지는 꽃

열흘쯤 전에 오늘의 나무 관찰 시나리오를 구성하기는 했지만, 그 짧은 사이에도 나무들에게는 적지 않은 변화가 있었다. 여름은 나무들이 가장 빠르게 계절을 맞이해야 하는 시간이니까.

김예지와의 나무 관찰은 대문 앞 개울가에 흐드러지게 피어난 코스모스에서 시작했다. 우리나라에 처음 들어온 1940년대 즈음에는 '살사리꽃'이라는 예쁜 우리말 이름으로 불렸던 초본 식물이다. 사람들이 식물의 이름을 붙일 때에는 굳이 시각에만 의존하지 않았다. 물론 시각 경험을 바탕으로 이름 붙인 나무가 없는 건 아니지만, 시각보다는 스토리텔링 위주로 이름 붙인 경우가 더 많다. 그래서 김예지에게 코스모스의 꽃잎과 가는 잎사귀를 느껴보고, 지금 느낀 그 식물의 이름을 새로 붙여볼 수 있겠느냐고 했다.

"세상의 모든 사물에 이름 붙여주는 사람들이 있어요. 그 사람을 우리는 시인이라고 불러요. 지금 예지 씨가 시인이 돼보시겠어요? 그러니까 지금 하나의 식물을 예지 씨 방식대로 느껴보고, 그 식물의 이름을 붙여보세요. 물론 이미 이름을 갖고 있는 유명한 식물이지만, 예지 씨가 더 좋은 이름을 붙여보는 건 어때요?"

처음에 자신 없어하는 표정을 짓기는 했지만, 김예지는 곧바로 시인의 우련한 표정으로 나무 탐색을 시도했다. 그럴 줄 알았다. 먼저 하늘거리는 코스모스 꽃잎으로 이끌었다. 그녀는 천천히 만졌다. "음……. 무슨 이름이 좋을까요?" 꽃잎 탐색을 시작하면서 벌써

작명을 염두에 두었다. "꽃잎이 아주 얇네요. 색깔은 어때요?" 빛깔이 다양해 한 가지로 말할 수 없지만, 눈앞에 보이는 대로 알려줬다. 그게 내가 그녀에게 해야 할 역할이다. 보라색도 있고, 흰색도 있고, 자주색, 분홍색도 있다고 했다. 색깔 이야기를 들은 그녀는 마치 촉각으로 색깔을 가름하려는 듯 진지하고 신중하게 꽃잎을 더듬었다.

"이름을 뭐라 붙여줄까요? 아주 귀여운 꽃으로 느껴지는데요. '귀요미'라고 할까요?"라면서 김예지는 혼자 깔깔거렸다. 자신의 작명에 스스로도 마뜩지 않아 쏟아낸 쑥스러움의 표현이었다. 꽃송이 아래쪽의 하늘거리는 잎사귀도 만져보기를 권했다. 하염없이 흔들거리는 코스모스 줄기를 더듬어서 잎사귀 쪽으로 그녀의 손

코스모스

Cosmos bipinnatus Cav.

국화과 한해살이풀

여름부터 가을까지 우리나라의 길가 어디에서라도 흔히 볼 수 있는 멕시코산 초본식물이다. 가는 줄기가 1미터 넘게 자라고, 그 끝에서 지름 6센티미터 크기의 꽃이 여러 색깔로 피어난다. 꽃잎의 끝부분은 톱니 모양으로 얕게 갈라진다. 대개의 국화과 식물과 마찬가지로 꽃대 끝에서 꽃자루 없이 작은 꽃이 6~8개씩 모여서 피어나 하나의 꽃차례를 이룬다. 이 같은 꽃의 형태를 두상화(頭狀花)라고 부른다. 한방에서 눈 건강과 종기 치료를 위한 약재로 쓰기도 한다. '살살이꽃'이라는 이름으로 오랫동안 불러왔으나 최근에는 우리말 이름이 거의 쓰이지 않는다.

길이 내려갔다. 그러고는 "잎도 참 조그마하네요. 줄기가 가늘어서 그런가요? 계속 하늘거려요. 그러면 '하늘이'라는 이름은 어떨까요?"라고 두 번째 이름을 지었다.

꽃잎이나 잎새가 늘 살살거린다는 특징에서 붙은 이름 '살사리꽃'을 꼭 맞추지는 않았지만, '하늘이'라는 이름도 나름대로 괜찮았다. 하늘거리는 가는 줄기와 잎의 특징을 담았을 뿐 아니라, '우주'를 뜻하는 이 식물의 학명 코스모스와도 어느 정도 이어지지 싶다. 식물 이름을 지어본 경험이 전혀 없을 뿐 아니라, 식물을 시각으로 관찰한 경험 없이 촉감만으로 지은 이름으로는 더없이 훌륭하다. 마침내 '살사리'라는 이름이 나오기를 기대하지 않은 것은 아니지만, 그 정도면 충분했다. 이제 김예지와 나는 저 하늘거리는 꽃을 코스모스가 아니라 '하늘이꽃'이라고 부르게 되리라.

마당 가장자리에는 느티나무 한 그루가 서 있다. 자세히 살펴보아야 할 나무다. 계획대로라면 우선 주변의 나무를 살펴본 뒤에 우리나라를 대표할 만큼 크고 아름다운 나무를 찾아갈 예정이다. 거기 큰 나무 앞에 서서 그녀의 온몸에 닿는 나무의 느낌을 들을 것이다. 그 대상으로 염두에 두고 있는 나무가 느티나무다. 그녀의 집에 있는 어린 느티나무와는 규모나 분위기를 비롯한 모든 면에서 다른 나무이지만, 그래도 느티나무의 특징을 최대한 가까이에서 느낄 필요가 있다. 마당 한쪽에 서 있는 느티나무는 대략 삼십 년이 채 안 돼 보이며, 높이는 4미터 남짓, 가슴높이 줄기둘레는 1미터를 조금 넘는 정도의 어린 나무다.

그 느티나무 앞에 김예지가 찬미와 함께 섰다. 그녀의 나무 관찰 요령은 숙명여대 캠퍼스에서와 다를 게 없다. 달라진 건 내 쪽이다. 대상과 세계를 탐색하는 그녀만의 방식이 있다는 걸 이제 알기 때문이다. 내가 할 수 있는 것이라고는 시각이 자유롭지 않은 그녀를 나무 가까이 다가서게 하고, 전형적인 모양으로 매달린 나뭇잎을 찾아서 짚어주고, 열매는 어디에 달려 있으며 꽃은 어디에 피어 있는지 알려주는 정도가 전부다. 나머지는 그녀가 모두 알아서 한다.

다들 자신만의 방식이 있다

그렇게 김예지가 줄기를 탐색했다. 나이가 좀 든 느티나무라면 줄기가 너덜너덜 벗겨지는 특징이 있겠지만, 이 느티나무 줄기 껍질은 매끈하다. 어려서 그렇다. 어제 내린 비에 젖은 줄기의 습한 표면을 김예지가 손으로 탐색한다.

김예지의 손을 한창 맺어가는 중인 느티나무 열매로 이끌었다. 잎겨드랑이마다 조롱조롱 맺힌 숱하게 많은 열매 가운데에 도톰하게 여물어가는 열매를 찾아주었다. 시각으로 여러 나무를 관찰했던 사람들이라면 느티나무에도 열매가 있고, 그 열매가 나무의 크기에 어울리지 않게 앙증맞다는 사실을 생경하고도 흥미롭게 받아들이겠지만, 김예지로서야 느티나무 열매를 남다르게 느낄 리 없다. 신기하다는 표정으로 엄지와 검지를 이리저리 비벼가며 탐색한다. 덜 익어 연둣빛을 띤 느티나무 열매를 떼어 김예지의 손바닥에 올려주었다. 그녀가 생명의 근원인 씨앗을 담은 느티나무 열매의 속성을 정성껏 손바닥 안에 담는다.

이파리를 느껴야 할 차례인데, 가뭄 탓인지 나뭇잎의 상태가 그리 좋지 못하다. 비교적 온전한 모양을 갖춘 나뭇잎을 찾아 자리를 옮겨서 여러 크기의 잎들이 달려 있는 가지로 그녀의 손을 이끌었다. 잎의 표면에 집게손가락을 대어서 나무와 체온을 교환하고 그녀는 잎의 생김새를 탐색할 요량으로 잎 가장자리의 톱니를 하나하나 짚어본다. 무언가를 이처럼 사랑스럽게 만진다는 게 얼마나 아름다운 일인지.

미국의 산악자전거 선수인 대니얼 키시 이야기를 끄집어냈다.

느티나무

Zelkova serrata (Thunb.) Makino

느릅나무과 낙엽성 큰키나무

소나무·은행나무와 함께 우리 민족이 좋아하는 대표적인 나무다. 사람살이와 가장 가까운 자리에서 오랫동안 친근하게 자랐다. 넓게 펼치는 나뭇가지가 지어내는 그늘이 좋아 마을의 천연 정자로 활용되어왔기에 아예 '정자나무'라고도 부른다. 산림청 자료에 따르면 1천 살을 넘은 느티나무가 19그루나 되며, 지정된 보호수는 5천 그루를 넘는다. 주로 중부지방 아래쪽에서 자라지만, 북부지방에도 적은 수가 있다고 한다. 양지나 음지를 구별하지 않고 잘 자랄 뿐 아니라 추위에도 강하지만, 소금기에 약하고, 공해에도 견디는 힘이 약해서 바닷가나 도시에서는 보기 어렵다.

험준한 산악 지형에서 자전거를 타고 달리는 키시는 김예지와 마찬가지로 두 살 때 시력을 잃었다. 대신 다른 감각이 발달했다. 키시는 청각을 이용해 사물을 인식하는 능력을 스스로 개발했다. 혀를 튕겨 '탁탁' 소리를 내고, 사물에 부딪쳐 돌아오는 소리의 반향으로 사물의 상태와 위치를 파악한다. 잠시도 한눈을 팔 수 없는 산악 지형에서 자전거를 탈 때에도 그는 혀를 탁탁 치며 달린다. 놀랍게도 키시는 그런 방법으로 산길을 곡예 하듯 잘 달리는 매우 특별한 산악자전거 선수다. 대니얼 키시의 사물인식 방법을 '반향정위'라고 부른다. 반향을 통해서 사물을 인식하는 방법이다.

김예지에게 대니얼 키시를 아느냐고 물었다. 처음엔 모른다고 하다가, 시각장애인 산악자전거 선수라고 하니, 안다고 했다. 그의 반향정위에 대해 이야기했다. 내가 반향정위를 이야기한 것은 손에 닿지 않는 높이로 뻗어 나온 나뭇가지의 생김새나 위치를 파악하여 나무 전체의 생김새를 파악할 수 있도록 유도하기 위해서였다. 김예지는 그러나 반향정위에 대해 긍정적이지 않았다.

"물론 훌륭한 방법이에요. 하지만 그건 그 사람만의 방식이에요. 나에게는 사물을 파악하는 나만의 방식이 있어요. 대니얼 키시의 방식을 참고할 수는 있지만, 그것이 나에게 가장 좋은 방법이라고 할 수는 없어요."

"그렇다면 예지 씨는 이 느티나무의 손에 닿지 않는 가지 부분을 어떻게 느낄 수 있을까요? 나무가 얼마나 넓게 가지를 펼쳤는지 알려면 어떻게 해야 하나요?"

잠깐 머뭇거리던 그녀가 나무 그늘 바깥쪽으로 걸으며 나뭇가지가 펼친 그늘을 느끼면 되지 않겠느냐고 했다. 김예지를 따라 걸으며, 그러면 나무가 드리운 그늘의 경계를 타고 걸어보겠느냐고 했다. 나무 그늘의 넓이가 곧 나뭇가지의 넓이이니 그렇게 알 수 있다면 더할 나위 없다. 한번 해보겠다며 그녀가 발맘발맘 걸었다. 유난히 뜨거운 팔월 중순의 햇살과 삽상한 느티나무 그늘의 대비가 큰 때문일까. 김예지의 걸음걸이는 느티나무 그늘의 경계선과 거의 일치했다. 걷는 김예지의 얼굴에 햇살이 따갑게 비쳐들면 그녀는 그늘 바깥으로 빠져나왔음을 알아채고, 멈칫했다가 이내 그늘 안으로 걸음을 옮겼다. 어린 느티나무 그늘에서의 이 경험은 나중에 찾아볼 큰 나무에도 똑같이 적용해 탐색할 수 있으리라. 김예지는 자기만의 방식으로 나무를 탐색하는 데에 차츰 익숙해졌다.

느티나무 맞은편 울타리에는 자귀나무가 한 그루 있다. 열흘 전에 찾았을 때에 시들어가던 몇 송이의 꽃은 이미 다 떨어지고, 그 자리에 기다란 콩깍지 모양의 열매가 맺혔다. 김예지를 자귀나무 앞에 세우고, 메일로 예고했던 퀴즈라며 앞의 나무가 무슨 나무인지 맞혀보라고 했다.

정답을 맞히려는 의지가 담긴 김예지의 손이 나뭇가지를 찾아 허공으로 잽싸게 날아갔다. 춤추듯 하늘거리던 그녀의 손이 먼저 닿은 건 수평으로 뻗친 자귀나무 가지의 이파리였다. 즐거워하는 눈빛으로 나뭇잎을 만지작거리기 시작하더니 그녀가 곧바로 "이 나무 알아요."라며 기억 속의 나무 이름을 더듬어 찾으려 했다. 자귀나무라는 이름이 발음되는 데까지는 몇 초 걸리지 않았다. 맞힐

김예지는 자기만의 방식으로 나무를 탐색하는 데에 차츰 익숙해졌다.

줄이야 알았지만 생각보다 빨랐다. "정답!"이라며 박수를 쳐서 그녀의 정답을 축하했다.

그녀의 손길을 따라 한들거리는 자귀나무의 시각적 상태를 내가 말했다. 학교 캠퍼스에서 관찰했던 그 신비로운 모양의 꽃은 다 떨어졌다. 열흘 전에 나 혼자 왔을 때만 해도 몇 송이 있었건만, 지금은 한 송이도 남지 않았다. 꽃이 지면 다음 순서는 그 자리에 열매가 맺힌다. 자연히 자귀나무 꽃 진 자리에도 열매가 맺힌다. 바로 지금 이 자귀나무가 열매를 매달고 익혀가는 중이다. 한번 찾아보라고 했다. 나뭇가지를 더듬던 김예지의 손가락이 콩꼬투리 모양의 자귀나무 열매에 닿았다. 긴가민가해하며 "이건가요?"라고 물었다. "이거 콩깍지랑 비슷해요."라고 했다. 콩깍지의 경험이 있는 것이다. 콩꼬투리 모양의 열매를 맺는 자귀나무는 콩과의 나무다. 그래서 같은 과인 아까시나무, 회화나무 같은 나무들도 콩꼬투리 모양으로 열매를 맺는다. 꽃과 열매는 식물을 분류하는 가장 중요한 기준이다.

나무들이 열매를 완전히 성숙시키기에는 아직 이르다. 대개의 식물이 여름 들어서면서 열매를 맺기 시작해서 뜨거운 여름 햇살 받으며 뭉근히 제 생명의 씨앗을 익혀간다. 가을바람 불어올 즈음에 완전히 잘 익은 열매를 내놓으려면 서둘러야 한다. 목련 열매가 그래서 눈에 들어왔다. 대문 앞의 목련 곁으로 자리를 옮겼다. 나뭇잎보다 줄기보다 열매로 그녀의 손길을 이끌었다. 시각적으로는 징그럽다 할 만큼 울퉁불퉁한 생김새의 열매다. 그러나 시각으로 감지하지 못하는 그녀는 목련 열매를 징그러워하지 않는다.

가만히 어루만지던 열매가 톡 하고 부러지며 김예지의 손을 벗어나 땅바닥으로 떨어졌다. 그녀는 깜짝 놀라는 표정을 지었고, 나는 땅에 떨어진 열매를 주워들었다. 바라보고 만져보고 향기를 맡아본 뒤에 김예지에게 건넸다. 그녀도 내가 그랬던 것처럼 만져보고 향기도 맡아봤다. 별다른 향기는 없었다. 잠시 침묵이 흐르고, 그녀가 나뭇가지 주변을 스스로 더듬었다. 목련의 넓은 잎이 그녀의 손가락 끝에 잡혔다.

널찍한 잎사귀를 탐색하는 동안 내가 그녀에게 말했다.

"대개의 사람들은 목련의 화려한 꽃을 좋아해요. 꽃 지면 그리

관심을 끌지 못하죠. 그런데 목련은 잎이 넓고 싱그러워서, 꽃 없는 여름과 가을까지 참 좋은 나무예요."

시각을 내려놓고 사유를 시작하다

이야기를 들으며 손을 가만가만 움직거리던 그녀의 손에 새로 맺힌 꽃봉오리가 거치적거렸다. 그건 꽃봉오리라고 알려줬다.

"목련은 봄에 꽃을 피우잖아요. 꽃은 곧바로 떨어져요. 그러고는 내년 봄에 피울 꽃을 준비하기 위해 벌써부터 꽃봉오리를 맺은 거예요. 가을과 겨울도 온전히 넘겨야 봄에 화려한 꽃을 피울 수 있지요. 그래서 얘들은 꽃봉오리를 솜이불로 덮었어요."

꽃봉오리의 솜털을 손가락 끝으로 느끼던 김예지가 뜻밖의 이야기를 꺼냈다.

"한 생애를 마친 열매는 아주 단단해요. 그리고 새로 다음 생애를 시작하려는 꽃봉오리는 말랑말랑하네요. 꽃봉오리 안쪽에는 틈이 많은가 봐요. 새 생명을 탄생시키려면 그런 틈, 여유가 필요하다는 생각이 들어요."

시각으로 목련 열매를 탐색하는 경우에는 열매를 직접 만져보려 하지 않기 십상이다. 시각 경험의 결과를 머릿속에 담고 그를 대상의 전부인 것처럼 단정하는 게 대부분이다. 시각 체험은 언제나 그만큼 절대적이니까. 절대적인 만큼 시각은 그 이상의 사유를 필요로 하지 않는다. 목련의 열매는 이렇다, 꽃봉오리는 저렇다 하면 끝이다. 그러나 시각이 아닌 다른 감각으로 사물을 탐색한 그녀에게는 깊은 사유가 동반되었다. 딱딱한 열매와 말랑말랑한 꽃봉오리 사이의 거리를 촉각으로 감지한 김예지는 삶과 죽음의 거리를 측량했고, 그 안에서 생명의 의미를 찾아냈다.

현관 옆에 발코니처럼 마련한 공간에 넝쿨 지어 자라고 있는 포도 열매를 찾아보는 게 다음 순서였다. 꽤 잘 자란 포도 넝쿨이지만, 열매는 많지 않다. 잘 익은 열매는 이미 따낸 듯하고, 아직 덜 익어 부실해 보이는 열매가 몇 송이 달려 있다. 이미 꼼꼼히 관찰했던 능소화처럼 덩굴을 이루며 자라는 식물이기도 하고, 누구나 잘 먹는 과일이 포도다. 사람과 더불어 살아가는 식물로 함께 이야

목련
Magnolia kobus DC.

목련과 낙엽성 큰키나무

봄의 전령사라고 할 만큼 이른 봄에 잎 나기 전에 화려한 꽃을 먼저 피운다. 중국에서 들어온 백목련과 자목련을 많이 심어 키우는데, 잘 자라면 20미터까지 자란다. 목련과의 식물은 무려 3억 년 전에 이 땅에 뿌리내린 식물이어서, '화석 식물'이라고도 부른다. 꽃도 좋지만, 넓은 계란형으로 돋아나는 잎도 싱그러워 꽃 지고 난 여름과 가을에도 정원수로 좋다. 꽃과 잎은 물론이고 줄기가 은은한 향기를 품고 있다. 옛날에는 장마철에 목련 장작을 때어 집 안의 퀴퀴한 냄새를 없애는 데에 쓰기도 했다. 제주도에서 자생하는 우리나라 토종의 목련도 있지만 개체수는 많지 않다.

기하기에 알맞춤한 식물이라는 생각에서 그녀를 이끌었다.

넝쿨진 포도 줄기의 한쪽 끝에서 시작했다. 다른 나무줄기를 타고 오르는 자연 상태의 능소화와 달리, 수평으로 4미터 정도를 뻗은 포도 넝쿨은 얼기설기 엮은 철제 구조물을 타고 올랐다. 사람이 일부러 심어 키우는 대부분의 식물과 마찬가지다. 현관의 넓은 창에 그늘을 드리우려는 생각이 보태진 구조물이다. 철제 구조물을 휘감으며 자란 포도가 열매를 맺었다. 포도 넝쿨을 훑어내리던 김예지의 손길이 어설프게 맺힌 포도송이에 이르렀다. 금세 알아맞히리라는 예상과 달리 그녀는 쭈뼛거리며 포도송이를 몇 차례 되짚어 만져보았다. 향기도 맡았다.

시각 신호에 의한 대상의 인식 과정에는 무리가 있다는 생각이 갈수록 깊어진다. 일별만으로 쉽게 단정하는 시각 신호만으로는 대상을 완벽하게 이해하기 어렵다. '자세히 보아야 예쁘다, 오래 보아야 사랑스럽다'는 시구에 환호하는 것 역시 우리의 시각 신호가 지나치게 단정적인 때문이다. 자세히 보고 오래 보라는 것은 결국 시각 신호 외의 다른 신호를 대상으로부터 얻으라는, 그리 대단할 것 없는 단순 권유다. 그것만으로도 시각 신호의 단정적이고 즉각적인 반응에 익숙했던 사람들은 감동을 얻게 된다.

시각의 즉각적 반응을 일찌감치 잃어버린 김예지에게 포도송이는 먼저 촉각으로 감지된다. 촉각에 감지된 대상을 유추하기 위해 그녀는 긴 세월 제 몸에 쌓인 온갖 스토리들을 연상한다. 느리지만 선명하게 이야기가 떠오른다. 따라서 입가에 미소가 배어난다. 미소는 이내 파안대소로 바뀐다. 손 안에 잡힌 대상의 실체를 알

딱딱한 열매와 말랑말랑한 꽃봉오리 사이의 거리를 감지한 김예지는
삶과 죽음의 거리를 측량했고, 그 안에서 생명의 의미를 찾아냈다.

았다는 표시다. 드디어 '자신이 잘 아는 열매'라고 말문을 열었다. 답부터 이야기하지 않는 건 언제나 분위기를 유쾌하게 이끌어가려는 그녀의 천성에 따른 의도가 섞여서다. 어쨌든 싱거운 건 싫다.

"먹는 건 다 좋아해요. 이 열매, 먹는 거잖아요. 포도 맞죠?"

먹기만 했던 포도를 집에서 길러 먹을 수도 있다는 건 처음 알았다고 덧붙인다. 더구나 자신의 집에서 포도가 자라고 있다는 건 몰랐단다. 그동안 이 포도 덩굴에서 열린 열매는 가족이 함께 나눠먹을 만큼 넉넉지 않았던 모양이다.

"포도 넝쿨 줄기의 느낌이 참 좋아요. 매끈하고 포근해요. 잎 하나하나도 널찍해서 편안하게 느껴지는걸요. 보기에도 그렇지 않은가요?"

시각 경험이 궁금했던 모양인지 한마디 물었지만, 대답을 독촉한 건 아니다. 눈에 담지 못한 나무를 알려고 그녀는 넝쿨 줄기를 손으로 만졌고, 줄기 곁의 잎사귀에 귀를 댔으며, 열매 송이에 코를 들이밀었다. 그리고 그의 이름을 말하기 위해 긴 세월 동안 제 몸에 자리 잡힌 미각의 추억을 끄집어냈다. 하나의 대상을 알고, 그를 사랑하는 모든 절차가 김예지의 손과 귀와 코와 입에 고스란히 담겼다.

뜰 가장자리에는 단풍나무가 있었다. 잎 모양에 특징이 있는 단풍나무를 김예지는 금세 알아맞혔다. 학교 캠퍼스에서 만져보며 새겨둔 탓이었다. 낮게 드리운 단풍나무 가지에는 나비 모양의 열매가 조롱조롱 달려 있었다. 여느 나무와 마찬가지로 갈무리의 계절을 준비하는 나무의 여름 나기다. 그녀가 손끝으로 '시과(翅果)'

라 불리는 단풍나무 열매를 탐색하는 곁에서 열매의 모양이 나비를 닮았다고 이야기했다. 이유를 내가 설명하기 전에 그녀가 먼저 "멀리 날아가려는 거군요."라고 했다. 생존 영역을 확장할 뿐 아니라, 어미 나무 곁에서라면 경쟁력이 떨어져 살아남기 어렵다는 이유를 부연했다.

"어미를 편하게 해주려는 거라면, 예의가 바른 거네요."

김예지가 깔깔거렸다.

손끝으로 만나는 생명의 알갱이

정오를 넘기자 햇살은 머리 위로 폭격하듯 폭염을 쏟아부었다. 햇살을 피해 나무 그늘의 테이블에 앉았다. 테이블 위에 '학습 자료'를 펼쳐놓았다. 집 안 곳곳에 서 있는 나무의 열매를 한두 개씩 떼어내 한자리에 모은 것이다. 목련, 느티나무, 단풍나무, 자귀나무, 소나무, 비자나무, 모과나무, 꽃사과나무에서 따온 열매들이다. 아직 김예지에게는 알려주지 않은 한 가지 열매가 더 있었다. 울타리 바깥에 일부러 나가서 따온 밤나무 열매다.

밤송이를 대관절 어쩌자는 건가. 그녀에게 밤송이까지 체험하게 할 필요가 있을까 하는 생각도 있었다. 생김새를 모르는 상태에서 밤송이를 촉각으로 느낀다는 건 좀 위험하다. 밤송이에 돋친 가시는 사람의 몸에 일쑤 상처를 남긴다. 손으로 밤송이를 만지는 일은 누구에게라도 위험한 일이다. 그 위험을 무릅쓰고 굳이 밤송이를 탐색할 필요는 무엇일까.

밤송이는 여느 나무의 열매에 비해 매우 이례적인 형태여서 전체적으로 나무의 이미지를 감지하는 데에 꼭 필요한 건 아니다. 밤송이를 모른다고 해서 다른 나무를 탐색하는 데에 지장이 있을 리 없다. 그러나 나는 그녀와 나무를 관찰하기 시작하면서부터 밤송이처럼 열매에 난 가시라든가 주엽나무나 음나무처럼 줄기에 난 가시를 염두에 두고 있었다. 나무만의 방어 기제에 대해 이야기하고 싶었고, 그것이 그들의 살아가는 방식이라는 걸 말하고 싶었다. 그저 편안하게만 보이는 게 나무이지만, 사실은 살아남기 위해 얼마나 치열한 싸움을 벌여나가는가를 함께 체험하고 싶었다. 모든 생명력은 자신을 둘러싼 환경 요소에 대한 치열한 투쟁과 방어 과정에서 생성되는 것이라는 생각에서다. 대문 바깥까지 나가서 밤송이를 달고 있는 밤나무 가지를 수북하게 꺾어온 이유다.

밤송이를 빼면 테이블 위에 가지런히 놓인 열매는 모두 오전에 관찰한 열매들이다. 제가끔 시간의 차이를 두고, 따로따로 관찰한 결과를 가까이 놓고 비교하자는 생각이다. 느티나무의 자디잔 열매에서 시작해서 그윽한 향기 품은 목련 열매, 나비 모양의 날개를 단 단풍나무 열매, 콩꼬투리 모양의 자귀나무 열매가 앞에 놓였고, 주변에서 쉽게 찾아볼 수 있는 꽃사과나무 열매, 모과나무 열매, 비자나무 열매, 소나무 열매인 솔방울이 다음 자리에 놓였다. 제가끔의 생김새에 담긴 생명의 원리를 설명해주는 건 내 몫이었지만, 오전에 관찰하지 않은 나무들은 생김새의 별다름만 느끼자고 했다. 이야기가 지루해질 뿐 아니라, 열매만으로 나무의 느낌을 온전히 받아들이는 건 불가능하지 싶어서다. 열매 모양이 저마다 다르다는 것, 모든 생명은 저마다 서로 다른 모습으로 살아간다는 정도만 확인해도 충분했다. 하나둘 짚어보며 정확하게 열매의 특징들을 감지해냈다. 문제는 밤송이였다.

어떤 방식으로 김예지에게 밤송이를 보여주어야 할까. 그녀의 집을 홀로 찾았던 때부터 고민스러웠다. 억세게 날카로운 가시를 보지 못한 상태에서 밤송이에 손을 들이밀다가는 상처를 입는다. 상처를 입게 놔둘까. 그래야 나무의 열매에 대해 더 강력한 느낌을 남길 수 있지 않을까. 심지어 그녀의 하얀 손에 빨간 피가 맺히는 장면을 머릿속에 그려보기까지 했다. 그러나 그렇게 하지 못했다.

밤나무
Castanea crenata Siebold & Zucc.

참나무과 낙엽성 큰키나무

우리나라 곳곳에서 열매를 얻기 위해 심어 키운다. 대개는 15미터 정도까지 자란다. 암갈색이나 암회색의 줄기는 껍질이 불규칙하게 세로로 갈라진다. 길이 10~20센티미터, 너비 5센티미터 정도의 잎은 가장자리가 물결 모양이며 날카로운 톱니가 있다. 6월이면 암꽃과 수꽃이 한 그루의 나무에서 동시에 피어나며 독특한 향기를 뿜어낸다. 길쭉한 꼬리 모양의 꽃차례가 수꽃이고, 암꽃은 그 밑에 2~3개씩 달린다. 9월 지나면 열매가 익는데, 하나의 밤송이에 2~3개씩 밤이 들어 있다. 이 밤 전체가 씨앗이기 때문에 이를 보호하기 위해 밤송이 겉에는 무성한 가시가 돋친다.

'조심하지 않으면 다친다.' '혼자 만지려 하지 말고, 내가 만져주는 정도로만 살살 만져야 한다.' 등으로 되풀이해서 주의를 주고서야 비로소 그녀의 손을 아주 조심스럽게 밤송이에 가까이 가져갔다. 밤송이의 아주 날카로운 가시 끝에 손가락 끝이 닿는 순간, 김예지는 '앗!' 하며 소스라치듯 놀라 손을 뺐다. 예상했던 상황이다. 지금까지 나무를 관찰하는 동안에도 그처럼 놀라는 일은 많았다. 아무리 나를 믿고 만져보라고 이야기해도, 그녀 나름대로의 판단력이 있는 법. 본능적으로 스스로를 방어해야 할 대상은 있다. 때로는 가늣한 거미줄 한 가닥에도 그녀는 소스라치듯 놀랐다. 사물의 실체를 온전히 확인하기 전까지의 낯섦은 필경 공포의 대상일 수 있다. 그녀에게 밤송이의 가시는 공포의 대상이었다.

김예지가 잠시 숨을 돌리는 동안 밤송이를 들어 내 손 위에 올려놓았다. 익숙할 정도로 잘 아는 실체임에도 밤송이의 가시는 따갑다. 아프다. 손바닥 전체에 퍼지는 따가움을 참기는 쉽지 않다. 그런 밤송이를 그녀의 여린 손으로 만지게 한다는 건 아무래도 무리이지 싶었지만, 물러설 수 없었다.

'놀라지 않아도 된다. 내가 시키는 대로만 따라하면 된다.'고 진정시키면서 다시 또 밤송이로 손을 이끌었다. 바르르 가는 떨림이 고스란히 내 손으로 전달됐다. 모른 체하고 다시 밤송이의 가시 가까이 김예지의 손이 닿게 했다. 내가 조심한 건지, 그녀가 공포감을 이겨내고 나를 믿은 건지, 이번에는 손을 빼지 않았다. 내가 꼭 잡은 때문인지도 모르겠다. 따가움을 견디기 힘들어하는 표정은 하릴없다. 골고루 만져볼 수 없기도 하고, 밤송이의 크기를 알려면 손 전체로 밤송이를 감싸는 수밖에 없으나, 그녀가 그리 하지 않을 게 뻔하다. 손바닥을 둥글게 하여 두 손을 모아 하늘을 향하게 한 뒤, 밤송이 하나를 그 안에 살그머니 내려놓았다.

"아! 따가워요. 뭐예요? 테니스공만 하네요. 왜 이렇게 가시가 많아요? 꼭 밤송이 같아요."

그녀가 던진 말이다. 밤송이를 만져본 적은 필경 없으리라. 그는 이미 여러 형태의 학습을 통해 밤송이를 알고 있었던 것이다. 그건 대부분 글로써 말로써 알게 된 밤송이의 실체일 것이다. 그러나 밤송이를 손수 만져보고 느껴본 것은 이번이 처음일 것이다. 내가 이게 바로 밤송이라고 말하자 그녀가 의아해했다.

"밤송이는 좀 넓적하지 않나요? 덜 익어서 그런가요?"

가시 돋친 밤송이를 오래 들고 있기가 어려울 듯해 나는 곧바로 그녀의 손에서 밤송이를 꺼내어 내 손에 올려놓았다. 그녀의 손이 감지한 통증의 느낌을 나도 오래 느끼고 싶었다. 그리고 밤송이는 넓적하지 않고, 동그랗게 열리는데, 열매 껍질에 아주 억센 가시가 무성하게 돋아서 위험하다는 이야기를 들려줬다. 가시를 많이 단다는 건 특별한 일이라며, 질문을 던졌다.

"대개의 열매들은 짐승들의 먹이가 되기 좋게 맺히는데, 밤송이는 왜 이렇게 위험한 가시를 많이 돋울까요?"

어쩌면 간단히 대답할 수 있는 질문이다. "자기를 보호하려는 본능 아니냐?" 정도가 뻔한 대답이다. 그러나 단순하지 않다. 자기를 보호하려고 가시를 돋웠다면 밤나무는 어떻게 멀리 퍼져나갈 것인가. 앞에서 본 다른 열매들은 누군가의 힘을 빌려 멀리 퍼져

도심의 나무와 시골의 나무 사이에는 적잖은 차이가 있으리라.

우리는 그 차이를 얼마나 이해하고 있을까.

나간다는 사실을 그녀에게 상기시키며 질문을 이어갔다. 밤송이는 도대체 누구도 접근하기 어려울 정도로 날카롭고 억세 가시를 가졌다. 어쩌자는 건가.

김예지의 추리력을 기대했다. 역시 그녀도 보호 본능에 의한 방어기제라고만 이야기했다. 이야기가 복잡해진다. '이걸 과연 모두 설명해야 할까?' 하는 생각이 문득 들었다. 밤송이의 독특한 생김새를 느끼게 하는 건 이 정도면 되겠지만, 밤송이에 맺힌 가시의 이유에 대해서까지 이야기할 필요는 없어 보였다. 그래서 다음에 언제 또 이야기를 할 수 있을지 모르겠지만, 이 문제는 숙제로 남겨두자고 했다. 김예지는 혹시라도 생각이 나면 내게 이메일로 전해주겠다고 했다. 어쨌든 매사에 적극적이다.

한적한 시골집에서의 나무 탐색은 그렇게 하루 종일 이어졌다. 그녀의 시골집 뜨락은 아름답다 할 건 아니지만, 다양한 나무가 곳곳에서 저마다의 아름다움을 뽐내고 있었다. 세심하게 보살핀 게 아니어서 조금은 제멋대로 자란 나무들이 오히려 정겨웠다. 오가며 스쳐 지나는 나무들을 하나하나 놓치지 않고 만져보고 맡아보고 들어보고, 가슴 깊은 그곳에 담긴 나무의 옛 기억을 끄집어내며 저무는 해를 맞이했다.

밤송이를 끝으로 여주에서의 나무 이야기를 마무리했다. 해가 뉘엿뉘엿 서쪽으로 넘어가고 있었다. 우리의 나무 이야기도 무더운 여름날 나무의 열매들처럼 붉게 붉게 무르익어갔다.

천리포수목원의

생명들을 꿈꾸며

여주에서의 즐거운 나무 관찰이 있고 며칠 뒤, 김예지의 이메일이 도착했다. 반가웠다. 그녀만의 글쓰기 도구가 따로 있는 건 알지만, 그래도 이건 온몸으로 쓴 편지라는 생각까지 들어 더 반가웠다.

안녕하셨어요.
처음으로 이메일을 드립니다. 수목원 촬영 때 뵙고 여쭈어보면 되겠지만 잊어버릴 것 같아서 이메일로 간단히 여쭈어요.
선물로 주신 치자나무를 기르다 궁금한 점이 생겼어요. 어떤 잎사귀는 무척 얇고 힘이 없고, 어떤 것들은 두꺼운 데다 잎맥이 뚜렷하게 만져지는데, 이런 차이점은 어떤 요인에서 오는 건가요? 또 영양이나 광합성 등, 제가 더 신경 써야 할 부분은 뭔지 궁금합니다. 지난번에 말씀드렸던 벌레는 오늘 제충제로 다 처리했어요.
직접 보신 게 아니라서 답변하시기 어렵겠지만, 제가 보완할 게 있으면 알려주세요. 더 잘 길러보려고요.
그럼 곧 수목원에서 뵙겠습니다! 안녕히 계세요.

김예지 올림

다음에 만날 스케줄을 염두에 두고 미리 보낸 편지다. 내게는 난감한 질문이다. 나무를 보고 그 느낌을 받아 적는 일을 전업으로 하고는 있지만, 나무를 키우는 일은 젬병인 까닭이다. 사실 김예지에게 치자나무를 선물하고, 나 또한 똑같은 치자나무 화분을 하나 키우고 있지만, 내 몫의 치자나무 돌보는 일조차도 버거워하는 중이다. 그녀의 화분 상태까지 돌본다는 건 내 깜냥을 넘는 일이다. 그래도 반가운 편지에 답장은 써야 했다.

김예지의 그 편지가 내 편지함에 도착할 즈음에 나는 천리포수목원 숲을 거닐고 있었다. 그녀와 나무를 관찰하기 전에 나무와 숲의 상황을 살펴보려는 의도였다. 눈이 보이지 않는 그녀와 천리포수목원을 답사한다는 건 어려운 일이다. 만오천 종류의 식물이 자라고 있는 천리포수목원의 다양한 나무가 드러내는 미묘한 차이를 시각 외의 감각으로 느낄 수 있도록 한다는 건 사실상 불가능한 일이다.

나무가 행복하게 살아가는 곳이라는 뜻에서 수목원으로 초대는 했으나 불안했고 난감했다. 그저 몇 그루의 나무를 소개하는 것이라면 굳이 천리포수목원이 아니어도 되는 것 아니겠는가. 어느 수목원에서는 시각장애인을 위한 관람로를 만들기도 했다는 이야기를 들은 적도 있긴 하다. 김예지도 그곳에 가본 적이 있다고 했다. 그러나 걷기에 편리한 정도의 시설을 마련했지만, 시각장애인의 입장에서 나무를 느끼게 한 건 아니라고 했다. 그 수목원 관계자들이 무신경했기 때문이 아니라, 관찰이라는 행위는 철저하게 시각 위주로 이루어지는 행위라는 고정관념 때문이지 싶다. 시각을 이용할 수 없는 김예지와 천리포수목원 숲을 느끼고 관찰하는 일은 어려울 수밖에 없다.

예지 씨.

편지, 잘 받았어요.

치자나무를 잘 키우는 특별한 요령을 내가 아는 건 없고, 몇 가지만 전해드릴게요.

얇고 허약한 잎이 있는가 하면 두껍고 잎맥이 뚜렷한 잎이 있는 건 간단히 생각하시면 됩니다. 잎 돋아난 자리에 따라서 생육 상태가 달라진 거죠. 일테면 빛이 잘 드는 자리에서 돋아난 잎이라면 도톰하고 건강하게 자랍니다. 하지만 빛이 모자란 자리에 돋은 잎은 잘 자라지 못하죠. 또 잎이 잘 자라려면 뿌리로부터 잎까지 물을 끌어올려야 하는데, 가끔은 잎까지 물을 끌어올리는 과정에 문제가 생기는 경우도 있다고 합니다만, 흔한 일은 아닌 걸로 압니다. 예지 씨가 돌보는 치자나무는 지금 상태로 보아 정상적인 겁니다. 작은 벌레까지 모두 퇴치했다니, 더 신경 쓸 일 없지 싶어요. 지금처럼 마음으로 잘 보살펴주시기만 하면 됩니다.

오히려 내 치자나무가 문제입니다. 내가 제대로 돌아보지 못한 게 가장 큰 원인이겠지만, 그래도 돌본다 생각했거늘, 안타깝게도 거의 죽어가고 있어요. 아직 생명이 남아 있어서 어떻게든 살려보려고 애를 쓰고는 있지만, 기대하기 어려운 상태가 돼버렸어요. 예지 씨의 치자나무가 내 치자나무 몫까지 잘 자라기를 바랄 뿐입니다.

수목원 촬영 때 뵈어야 하는데, 사실 수목원 촬영에 대해서는 적지 않은 걱정도 있습니다. 나무는 많이 있지만, 예지 씨가 손수 만져보고 느낄 수 있는 조건은 도시나 예지 씨 집보다 그리 좋지 않다고 생각되어서요. 그래도 나무가 많은 곳이니, 다른 곳에서 느끼지 못하는 분위기라도 꼭 느낄 수 있으면 좋겠습니다.

예지 씨. 제가 쓴 글을 보고 싶다고 하셨죠? 뭘 보여드려야 할까 생각하다가, 우선 한 꼭지 보내드립니다. 그 한 꼭지를 txt 파일과 사진이 첨부된 원래의 html 파일로 함께 첨부할 텐데요. 두 개의 파일에 들어 있는 텍스트는 똑같으니, 아무거나 보시면 됩니다.

그 글에 앞서 드릴 말씀이 있습니다. 나는 나무를 찾아다니기 전인 1988년부터 1999년까지 〈중앙일보〉에서 기자 생활을 했어요. 그건 아시죠? 1999년에 사표를 내고 나오면서부터 나무를 찾아다녔어요. 나무를 찾아다니면서, 나무에 대한 느낌을 글과 사진으로 여러 사람과 나누고 싶었어요. 그래서 그때부터 지금까지 '나무편지'라는 걸 만들어서 인터넷 이메일로 띄운답니다.

이 나무편지는 누가 시킨 것도 아니고, 누가 원고료를 주는 것도 아니에요. 적어도 한 주일에 한 통 이상을 띄우고 있는데요, 한 주 빠뜨린다고 해서 야단치는 사람도 없고, 빨리 보내라고 독촉하는 사람도 없지요. 그냥 내가 한 주 동안 보았던 나무의 느낌을 더 많은 분과 나누고 싶은 겁니다.

이 나무편지가 알음알음으로 알려지면서 지금은 무척 많은 분이 받아보고 계시답니다. 받아보시는 분들이 많아지면서, 요즘은 제가 이 나무편지를 보내려면 유료 메일링 솔루션을 이용해야 해요.

원고료를 받는 게 아니라, 발송료를 내면서 띄우는 편지라는 이야기입니다.

이야기가 길어졌는데요. 오늘 첨부 파일로 보내드리는 글은 바로 엊그제 월요일에 띄운 나무편지입니다. 한번 받아보세요.

오늘 하루도 평안하고 즐겁게 보내세요.

고규홍 보냄

〔덧붙임〕

아, 참. 예지 씨. 내 이름이 '규용'이 아니라 '규홍'이에요. 발음이 어려워서 내 이름을 한 번에 정확히 부르는 사람은 거의 없습니다. 심지어는 나도 내 이름을 정확히 발음하기 어려우니까요.

치자나무에 대한 이야기에서 시작한 편지가 길어졌다. 그녀가 내 글을 보고 싶다고 했던 이야기를 떠올리고, 나무편지 한 통을 그녀가 보기 좋은 txt 파일과 html 파일로 변환하여 첨부했다. 마침 며칠 뒤면 김예지와 함께 떠날 천리포수목원의 풍경을 담은 나무편지여서, 다음 답사의 사전 학습 차원으로도 쓸 만하다는 생각에서였다. 편지를 보내면서 그녀에게 편지를 확인해보라는 문자 메시지도 보냈다. 답장을 독촉한 게 아니었는데, 속달로 답장이 도착했다.

교수님!

성함을 계속 틀리고 있었다는 사실을 알고, 혼자 얼마나 창피해했

나 모릅니다. 그게 꼭 김예지를 김애지라고 누가 잘못 알고 있었던 것과 같잖아요. 정말 죄송해요, 교수님!
우선 상세히 제가 알아듣기 쉽게 설명해주셔서 정말 감사합니다! 교수님을 만나 그동안 알지 못했던 여러 식물에 대한 정보를 접하게 되어 마치 제가 신세계에 들어선 느낌이에요.
보내주신 글 잘 읽었습니다. 우와~ 그렇게 아름다운 일을 하고 계셨는지 몰랐어요. 사람들에게 아름다운 감상과 감정을 전하시면서도 직접 유료 서비스까지 이용하신다는 사실이 정말 안타까웠습니다.
접근성까지 이모저모 고려하시어 일반 텍스트와 인터넷 html 문서까지 두 가지 포맷으로 보내주시는 교수님의 배려와 애쓰심에 놀랐습니다.
글 읽으면서 팜파스그래스라는 하얀색 꽃나무도 상상해보고, 때 아니게 피어난 목련도 상상해보고, 녹색 잎이 살짝 노랗게 변해가는 모습도 상상해보니, 교수님께서 걱정하시는 점들은 별로 문제가 될 것 같지 않아 보이는걸요!
벌써부터 팜파스그래스 꽃과 목련을 만날 생각에 설레고 있어요. 제가 갈 때까지 그 아이들이 기다려주면 안 될까요! 꽃 필 철이 아닌데 피어난 목련 생각하면서 잠시 이런저런 생각을 했어요.
기온이나 습도가 목련 나무를 헛갈리게 한 거겠죠. 그게 자연스럽게 일어난 거라면 좋았겠지만, 우리가 만들어내고 있는 환경 문제가 원인일 수도 있다는 생각에 마음이 가볍지는 않습니다. 하지만 이렇게 때를 혼동하는 나무들도 변해가는 환경에 적응해가겠지요? 확실히 알고 있는 내용은 아니지만, 어디선가 들은 얘기도 생각났어요. 나무가 너무너무 힘들어 죽을 위기에 처하면, 마지막 힘을 내어 꽃을 피운다는 이야기요.
그게 사실인지는 모르겠어요. 사람도 중병에 걸리면 처음엔 체념했다가도, 최후의 순간에는 살고 싶어 안간힘을 쓰잖아요. 이런 게 생명이고 삶이 아닌가 했어요. 지금 핀 목련은 뭐 잠시 온도가 맞아서 핀 건강한 나무들이겠지만, 뭔가 불편함이나 위협을 느낀 나무들이 "그럼에도 나는 계속 잘 건강하게 살고 싶어."라고 외치는 소리는 아닐는지 추측해보았어요. 그러다 그걸 잘 견뎌내고 내년 봄에 다시 예쁘게 꽃을 피우는 나무들은 이런 이상 기후에 적응을 잘해서 더욱 건강한 나무가 되겠지요. 그렇지 못하고 계속 헛갈려 하며 힘겹게 생명을 유지하는 나무들은 점점 약해져갈 테고요. 보통은 전자를 긍정적인 것으로, 후자를 부정적인 것으로 여기겠지요? 어떤 것이 더 좋다고 할 수는 없겠지만요. 어쨌든 생명은 시작이 있으면 끝이 있을 테니까요. 그게 죽음이든 탄생이든, 건강함이든, 고난이든, 극복이든 모든 게 그냥 경이롭고 아름다운 삶의 한 부분일 거라는 생각을 문득 해봤어요.
제가 원래 쓸데없는 생각을 많이 하는 편이에요. 양해해주세요.
제가 수목원에 갈 때까지 꽃들이 저를 기다려주면 저도 꽃이랑 꼭 사진 찍어두어야겠어요. 천리포수목원 촬영으로 만나뵐 때까지 안녕히 계세요.

김예지 올림

김예지에게 보낸 편지에 첨부한 '나무편지'에는 천리포수목원의 가을 풍경이 담겨 있었다. 천리포수목원 가을 풍경의 치명적 아름다움의 상징이랄 수 있는 팜파스그래스를 글과 사진으로 그렸고, 가을 가까이에 피어난 목련 꽃 이야기도 풀어냈다. 철을 잊은 채 피어난 목련 꽃을 보며 그녀가 많은 생각을 떠올렸던 모양이다. 가을에 피어난 목련 꽃 앞에서 나도 적잖은 생각을 떠올렸다. 그 목련 꽃 맞은편에서 한들거리는 팜파스그래스의 환상적인 아름다움을 김예지에게 보여주고 싶었다. 아직 따가운 햇살 아래 불어오는 가을바람은 싱그러웠다. 그녀를 생각한 때문이었을까. 팜파스그래스를 스쳐 지나는 바람 소리가 바라다보였다. 눈에 보이는 바람 소리를 어떻게든 김예지에게 전하고 싶었다. 휴대전화를 꺼내 바람 소리를 담았다. 몇 차례 거듭해 팜파스그래스를 스치는 바람 소리를 촬영했다.

몇 개의 파일이 휴대전화의 저장 공간에 쌓였지만, 기계는 역시 자연을 온전히 담지 못한다. 대개는 마뜩지 않았다. 그래도 천리포수목원 촬영을 하루 앞두고 김예지에게 천리포수목원을 안내하기 위한 글과 함께 팜파스그래스의 바람 소리를 첨부 파일로 보냈다.

예지 씨.

고규홍이에요. 내일은 천리포수목원에서 촬영을 하게 됐네요. 수목원에서 하루 묵고 이른 아침에 숲을 산책하면 더없이 좋을 텐데, 그렇게 하지 못하는 건 아쉬워요. 하지만 언젠가 그런 좋은 날이 오기를 바라면서 아쉬움 달랩니다.

저는 어제 수목원에 다녀왔어요. 매주 월요일에는 수목원에 가거든요. 제가 할 일도 있지만, '식물분류학' 강의를 수강하는 중이에요. 조금 어려운 공부이지만, 나이 들어서 하는 공부가 여간 재미있는 게 아니랍니다.
내일 수목원 숲에서 더 많은 느낌을 나눌 수 있으면 좋겠다는 생각에서 먼저 천리포수목원에 대해 조금 알려드리고 싶어요. 제가 썼던 어느 칼럼 가운데에 천리포수목원을 소개한 글이 있어서 미리 보여드리렵니다.
몇 해 전의 여름날 어느 잡지에 썼던 칼럼인데요. 천리포수목원과 소록도 중앙공원을 비교하며 쓴 글입니다. 천리포수목원 이야기가 넉넉한 건 아니지만, 일단 이 글이 찾아지기에 보내드립니다.
그리고 어제 천리포 숲의 정경은 참 좋았습니다. 한낮의 햇살이 따갑기는 했지만, 바람이 참 상큼했어요. 내일도 그렇게 좋은 날씨이기를 바랍니다. 어제 숲을 산책하는 중에 맞이한 바람 소리는 더없이 좋았습니다. 이 바람을 예지 씨에게 전해드리고 싶은 마음이 들어서 그 상큼한 바람을 제 휴대전화에 담았습니다.
기계에 담은 바람을 얼마나 느끼실지 모르겠습니다만, 조금이라도 느껴보시라고……. 가만히 귀 기울이면, 풀벌레 소리, 새 소리도 함께 들으실 수 있을 겁니다.
한번 들어보시고, 내일 더 즐겁게 만나요.

고규홍 보냄

여주 집에서 만나고 보름 정도 뒤에 이어지는 천리포수목원의 나무 관찰이다. 나무는커녕 자연에 대해 영락없는 청맹과니였던 내가 나무에, 자연에 처음 눈을 뜨게 된 곳이다. 천리포수목원에 그녀를 초대한 뜻은 다른 사람들에게 그러는 것과는 사뭇 다르다. 다양한 식물을 보여주기 위한 것은 아니다. 천리포수목원의 나무를 관찰할 때의 가장 큰 기쁨은 나무들 사이의 미묘한 차이를 찾아내는 일인데, 이는 대부분 시각에 의해 발견되는 미묘함에서 온다. 눈을 치켜뜨고, 때로는 식물관찰용 돋보기를 이용해야만 겨우 감지되는 세밀한 차이들이다. 그건 그녀가 감지할 수 없다. 나무를 손수 만져보는 것도 쉽지는 않다. 대개의 수목원이 그렇듯이 나무를 잘 보호하기 위해서 나무에서 좀 떨어진 자리에 서서 눈으로만 관찰하도록 돼 있다. 일반 관람객이 있는 상황에서 중뿔나게 울타리를 타넘어 들어가 나무를 만져보는 데에는 제약이 있다. 큰 소득을 기대하기보다는 여러 종류의 나무가 울창하게 자라고 있는 숲을 느낄 수만 있다면 좋으리라.

천리포수목원의 비공개 구역을 염두에 두긴 했다. 그나마 일반 관람객의 눈치를 보지 않고도 나무와 식물의 느낌을 다양하게 체험할 수 있는 공간이라는 판단에서였다. 그렇다고 해서 그 다양한 식물의 미묘한 차이를 느낄 수 있을지는 미지수다. 특별한 느낌을 줄 수 있는 몇 가지 식물을 사전에 짚어두기는 했지만 걱정이 앞섰다. 결과를 예단할 수 없기 때문이다. 그런 이유에서 김예지와 나무의 만남 과정에는 언제나 설렘이 동반되었다.

특별히 천리포수목원에서 할 수 있는 관찰 프로그램의 하나를 미디어소풍의 양진용 피디가 제안했다. 김예지가 화분의 치자나무를 돌보는 것에서 한 걸음 더 나아가서 손수 화분의 분갈이를 해보면 어떻겠느냐는 것이다. 양진용 피디는 화분에 담긴 작은 나무를 만져보는 데에서 시작해서 그 나무를 다른 화분으로 옮기기 위해 화분에서 꺼낸 뒤에 뿌리 부분을 느껴보게 하자고 했다. 분갈이는 나에게도 흔치 않은 일이어서 큰 기대는 없었지만, 김예지에게는 좋은 경험이 될 수 있겠다 싶었다.

온몸으로 천리포 숲을 거닐다

9월, 초가을이라 하지만 바람결은 아직 후텁지근하다. 천리포 바닷가에서 수목원으로 불어오는 바람의 계절은 아직 여름이다.

"역시 시원하네요!"

수목원 입구의 곰솔 길을 걸으며 김예지가 수목원의 느낌에 대해 맨 먼저 꺼낸 말이다. 햇살 따갑던 날이어서, 무성한 곰솔 그늘에서라면 누구라도 청량감을 느낄 수 있을 만하다. 숲에 들어온 안내견 찬미는 억눌렸던 본능이 발현되는 탓인지 마음이 바빠졌다. 볼 것도 많고, 할 것도 많다. 김예지의 걸음을 안내하는 일을 우선하는 건 아무것도 없지만, 오가는 길에 돌아보고 싶은 게 많은 모양이다. 평소와 달리 두리번거리느라 바쁘다.

가장 먼저 김예지와 찾은 천리포수목원의 나무는 '실바티카니사'다. 오랫동안 우리 수목원에서 '닛사'라고 불러온 비교적 큰 키의 나무다. 누구에게나 좋은 방법이 될 수는 없다고 했던 '반향정위법'을 실험하기에 안성맞춤인 나무다. 닛사는 눈을 감고도 느낌을 알 수 있는 나무다. 닛사는 곧게 솟아오른 줄기의 일정한 높이에서 사방으로 멀찌감치 땅에 닿을 만큼 늘어뜨린 나뭇가지 안쪽에 들어서면 마치 포근한 천막 안에 들어온 듯한 느낌이 든다. 관람객들마다 나무 안쪽에 들어서고 싶어 하는 통에 아예 나뭇가지 안쪽에 데크를 놓고 들어설 수 있게 한 나무다.

나뭇가지 안과 밖을 흐르는 바람결의 차이

몇몇 관람객이 오가는 닛사 앞에 멈춰 섰다. 우선 나무의 생김새를 이야기했다. 큰 키로 잘 자랐으며, 줄기에서 사방으로 뻗어 나온 나뭇가지가 땅에 닿을 만큼 늘어졌다. 위로 올라가면서 펼친 가지의 폭이 조금씩 줄어들기 때문에 전체적으로 고깔 모습이긴 하지만, 꼭대기가 뾰족하지는 않다. 닛사는 가을에 단풍 들 때에 유난히 아름다운 모습을 보여준다. 단풍이 나무의 꼭대기에서부터 아래쪽으로 그러데이션 형태로 서서히 물들기 때문에 무지갯빛 단풍이라고 할 만큼 신비롭다. 만일 손에 닿을 수만 있다면 김예지에게 같은 모양의 잎이지만 빛깔이 다를 때의 느낌을 살펴보라고 하고 싶다. 색깔을 촉각이나 후각으로 느낄 수는 없을까 하는 아쉬움이 솟구친다. 시각장애인에게 빛깔을 알려주는 방법을 알 수 없는 지금으로서는 하릴없이 닛사의 나뭇가지 안쪽에 들어섰을 때와 바깥에서의 느낌이 주는 차이를 느끼는 데에만 집중할 생각이다. 나무 그늘 안과 밖의 차이를 느껴본다는 것이다.

김예지가 닛사 앞에서 바람결을 어루만졌다. 그녀의 공연 안내지 표지의 사진처럼 긴 머리가 흩날렸다. 닛사의 휘늘어진 가지도 낯선 그녀를 맞이해 살랑였다. 그녀는 나무가 지어내는 그늘이 넓은 걸로 봐서 닛사가 아주 큰 나무 아니냐고 물었다. 그러나 그녀가 들어선 그늘은 닛사를 포함해 근처에 빽빽이 들어선 여러 나무가 얽히고설키며 지어낸 그늘이다.

주변 그늘에 대한 느낌을 안고 나뭇가지 안의 느낌을 비교해보자고 했다. 김예지의 키보다 훨씬 낮게 드리운 나뭇가지 사이를 비집고 그녀와 함께 나무 그늘 안으로 들어섰다.

"우선 소리가 달라요. 나뭇가지가 사방에서 막아주고 있어서 몸을 아늑하게 덮어준다는 느낌을 받을 수 있어요."

아늑한 분위기나 소리의 변화는 시각만으로도 느낄 수 있으리라. 나뭇가지 밖의 환함과 안의 어둠은 선명하게 비교된다. 차이를 선명하게 인식하는 시각의 느낌이 다른 느낌을 압도한다. 시각이 어둠 속에 들어서서 잠시 멈칫하면 얄궂게도 청각, 후각도 따라서 멈칫한다. 그러나 어둠과 밝음의 차이가 선명하니 그늘 안팎의 차이는 또렷하게 감지된다. 그러나 지금 이 순간 시각이 아닌 다른 감각으로 세상을 인식하는 김예지의 느낌은 시각으로 감지한 차이와 사뭇 다르리라. 그녀의 느낌을 공유하는 건 쉽지 않으리라. 다만 시각 못지않게 또렷이 그늘의 차이를 느낀다는 것만 알 수 있을 따름이다.

나무 그늘 안쪽에 설치한 데크 위에서 나뭇가지에 부딪치지 않도록 조심하며 천천히 한 바퀴 돌았다. 대강의 너비를 짐작하게 하려는 의도에서이긴 하지만, 나무 그늘 안에서 닛사의 가지가 펼친 너비를 측량하는 건 어렵다. 나뭇가지가 우리의 키보다 낮게 드리워진 까닭이다. 우리가 함께 걸으며 지은 동그라미에서 적어도 일 미터씩은 바깥으로 더 나뭇가지가 펼쳐졌다는 이야기로 너비를 짐작하게 했다. 닛사는 줄기의 삼 미터쯤 높이에서부터 위로 오르며 촘촘히 뻗은 나뭇가지를 일제히 땅바닥으로 늘어뜨렸다. 그 안쪽 공간이 아늑하다.

나무의 아늑함을 가득 안은 표정으로 그녀가 나무줄기 가까이 다가섰다. 늘 그랬던 것처럼 줄기 표면을 가만가만 어루만졌다. 부드러워서 좋다고 했다. 줄기에 살그머니 닿은 손을 떨어뜨리지 않은 채 이곳저곳을 만져보던 그녀가 두 팔을 펼치더니 줄기를 끌어안았다. 딱 한 아름이었다. 맞은편에서 겨우 손끝이 닿았다. 동화 속 주인공의 대사처럼 그녀가 "이 나무는 친절한 나무예요."라고

실바티카니사
Nissa sylvatica Marshall

층층나무과 낙엽성 큰키나무

천리포수목원의 여러 나무 가운데 명물급에 속하는 나무다. 잘 자라면 25미터까지 자라는 닛사는 암나무와 수나무가 따로 있는 암수딴그루의 나무다. 물을 좋아하는 특징이 있어서 주로 연못 가장자리에 심어 키운다. 꽃은 6월에 지름이 1센티미터도 안 되는 크기로 앙증맞게 피어난다. 10월 들어서면서부터 단풍이 드는데, 나무의 위쪽에 먼저 밝은 자색의 단풍 물이 오른 뒤 서서히 아래쪽으로 붉은빛이 내려온다. 곧게 솟아오른 줄기에서 뻗어 나온 가지는 하나같이 땅에 닿을 만큼 축 처져서, 나무 그늘 안쪽은 마치 천막 안의 공간처럼 아늑한 느낌을 가진다.

했다.

친절하다니? 나무를 가슴 가득히 안자, 따뜻한 느낌이 들어서라고 그녀가 덧붙였다. 나무줄기 껍질 부분이 부드럽기도 하고, 약간의 쿠션도 있어서 따뜻하다는 느낌, 달리 말하자면 나무가 사람을 편안하게 해준다는 걸 그녀는 '친절하다'고 표현한 것이다. 따지고 보면 세상의 모든 나무가 사람을 편안하게 해주지 않던가. 시각으로든 촉각으로든 후각, 청각, 미각으로든. 그냥 바라보기만 해도 편안한 존재로 느껴지는 가장 대표적인 자연물이 나무라고 해도 되지 않을까. 보행에 지장을 준다는 이유로 나무를 장애물로 인식하던 그녀가 부드럽고 따뜻해서 나무를 친절하다고 했다. 달라져가는 기미다. 그녀는 장애물이 됐든 친절한 벗이 됐든 제 나름의 방식과 느낌으로 다가서고 있는 게 분명하다.

닛사에서 벗어나 수목원 동산 위의 소사나무집 정자 쪽으로 자리를 옮겼다. 내게는 바다가 내다보이는 곳이고, 그녀에게는 바닷가 해조음이 들리는 곳이다. 가는 길에 천리포수목원 설립자 민병갈의 흉상 앞을 지날 즈음, 그녀가 마치 그 작달막한 흉상을 바라보기라도 했다는 듯 민병갈이라는 분에 대해 알고 싶다고 했다. 나이 마흔 되어 겨우 나무에 눈을 뜨게 한 천리포수목원과 민병갈. 들려주고 싶은 이야기는 헤아릴 수 없이 많다. 죽어서 자신의 묘가 될 자리에 나무 한 그루를 더 심으라고 했던 그 사람 민병갈을 이야기했다. 제2차 세계 대전 때에 일본에 주둔한 미국 해군 부대의 통역장교로 복무했고, 전쟁이 끝난 1945년에 우리나라에 들어와서 그대로 눌러앉았다. 미국 이름 칼 페리스 밀러. 한국 문화를

내가 김예지에게 눈앞에 있는 걸 왜 못 보느냐고 묻지 않듯,

그녀도 내게 코를 간질이는 향기를 왜 못 맡느냐고 묻지 않는다.

좋아했지만, 그때만 해도 식물에 대한 생각은 그리 많지 않았다. 대학에서 전공한 분야도 식물이 아닌 화학이었다. 민병갈은 1960년 즈음, 이곳 천리포 지역에 땅을 마련했고, 1970년대 들어서면서 터를 넓히며 수목원을 이루기로 마음먹었다. 더불어 그는 한국인으로 귀화했고, 일생 동안 수목원 조성을 위해 헌신하다가 2003년에 돌아가셨다고 간단히 이야기했다. 어제 그녀에게 보낸 편지에 첨부 파일로 함께 보낸 글에도 민병갈에 대한 이야기가 있었기 때문에 짧지만 알갱이를 강조해 이야기할 수 있었다. 그녀는 살아계실 때의 그분을 자주 뵈었다는 이야기에 흥미를 보였다.

가을맞이로 피어난 맥문동 꽃이 즐비한 길섶을 지나면서 김예지가 멈칫하고 안내견 찬미의 하네스를 잡아끌었다.

"좋은 향기가 나는데, 어디서 나오는 향기죠?"

내게는 익숙한 길이어서인지 특별한 향기가 느껴지지 않았다. 향기의 정체를 이야기할 수 없어 머뭇거렸다. 필경 어느 꽃이 벌과 나비를 불러 모으기 위해 공들여 지어낸 향기이겠지만, 근원을 정확히 짚어내는 건 어렵다. 더구나 그녀가 감지한 향기를 나는 정확히 감지하기도 어려웠다.

"어느 한 가지 꽃이나 나무에서 나오는 향기라고 하기는 어려워요. 이 근처에는 다양한 나무가 있는데, 그 나무들이 한데 섞여서 지어내는 향기로 봐야 할 거예요. 게다가 예지 씨가 말하는 그 좋은 향기가 어떤 건지 나는 정확히 알 수 없기도 하고요."

내가 김예지에게 눈앞에 있는 걸 왜 못 보느냐고 묻지 않듯, 그녀도 내게 코를 간질이는 향기를 왜 못 맡느냐고 묻지 않는다.

소리를 따라가며 사진을 찍다

비탈길을 걸어올라 파도 소리 들리는 언덕 마루에 올랐다. 민병갈이 이곳에 천리포수목원을 조성할 마음을 갖기 훨씬 전에 지었던 한옥 두 채가 놓인 곳이다. 지금은 바다가 내다보이는 전망 좋은 자리여서 흔히 '전망대'라고 부른다. 바닷바람이 느껴졌다. 단정하게 설치된 데크 위로 이끌자 김예지는 이내 고개를 젖히고 상큼하다는 표정으로 바닷바람을 온몸으로 받아 안았다. 그리고 그녀가 뜻밖의 행동을 시도했다. 휴대전화를 꺼내더니 이리저리 바라보며 사진을 찍는다. 시각문화의 절정이랄 수 있는 사진을 시각을 활용할 수 없는 그녀가 활용한다.

처음엔 바다 쪽을 향해 휴대전화의 셔터 버튼을 누르더니, 다음에는 고개를 들어 하늘 쪽을 향한다. 사진을 처음 찍는 게 아닌 듯, 그녀의 손길은 능숙하다. 그녀의 휴대전화에서 셔터 음이 찰카닥 소리 낸다. 휴대전화 화면에 드러나는 구도를 엿봤다. 놀라웠다. 그녀가 손을 들어 바다를 향하면 천리포 바다의 먼 수평선이 화면에 들어왔고, 고개를 들고 하늘을 향하면 자신에게 그늘을 드리운 곰솔의 무성한 가지들이 담겼다. 근사했다. 내가 사진을 찍는다 해도 그 구도와 크게 다를 바 없었다. 곰솔이 늘어선 곳에서 곰솔의 가지와 그 가지 사이로 빗겨드는 햇살, 파란 하늘. 그녀의 구도에는 빠진 게 없다. 파도 소리가 철썩철썩 이어지는 사이로 김예지의 휴대전화에서 새어나오는 셔터 음이 찰칵찰칵 이어진다.

"페이스북에 올리려고요. 앞에서 다가오는 바닷바람과 파도 소리를 들으니 사진을 찍고 싶었어요. 느낌으로 찍는 거죠. 앞으로 멀리 개방돼 있다는 느낌이거든요. 그리고 소리가 닿는 느낌이 좀 다르다고 생각한 건 바로 머리 위쪽이었어요. 뭔지는 모르겠지만, 분명히 그늘을 드리운 게 있겠지요. 여기가 수목원이니까 나무 아닐까요? 그래서 그 나무들도 사진으로 찍고 싶었어요."

소리가 닿는 느낌을 따라서 사진을 찍는다고 했다. 내가 보기에 지나칠 정도로 정확한 느낌이었다. 최상이랄 수야 없지만, 구도도 좋았다. 소리의 느낌으로 찍는 사진이라니. 개방된 바다 쪽을 향한 사진의 구도는 조금 모자라 보이기도 했다. 화면 속의 수평이 어긋난다든가, 수평선의 위치를 바로 잡지 못했다든가 했다. 그러나 방풍림으로 조성한 곰솔의 나뭇가지 모습은 훌륭했다. 그녀의 사진 촬영은 그 뒤로도 곳곳에서 여러 차례 훌륭하게 이어졌다.

여러 종류의 나무가 어울려 살아가는 천리포수목원의 숲 산책은 한나절 넘게 이어졌고, 우리는 수목원의 온실로 자리를 옮겼다. 예정한 대로 화분의 분갈이를 위해서다. 더불어 나무의 뿌리를 탐색할 차례이기도 하다.

온실에는 수목원의 젊은 정원사들이 김예지를 기다리고 있었다. 몇 주 전부터 미리 준비한 일이기는 하지만, 젊은 정원사들에게도 긴장한 분위기가 감돌았다. 천리포수목원에는 경험 많은 정원사가 있지만, 김예지의 분갈이를 도와주는 데에는 젊은 정원사들이 함께하기를 부탁했다. 촬영을 염두에 둔 준비이기도 하지만, 그보다는 시각장애인과의 나무 체험이 나름대로 그들에게 의미 있는 경험이 되리라는 생각에서였다. 그들에게도 내가 처음 김예지를 만나 나무를 관찰할 때와 엇비슷한 설렘이 있었으리라.

나무가 감춰놓은 뿌리를 만나다

서너 개의 화분, 분갈이용 흙, 분갈이할 작은 나무가 김예지를 맞이할 준비를 마치고 있었다. 찬미와 함께 김예지가 온실에 들어섰다. 긴장된 침묵이 흘렀다. 주변 사람들의 긴장감에 아랑곳하지 않고 그녀가 당당한 걸음걸이로 작업장 쪽으로 다가왔다. 그리고 화분에 가까이 하기 위해 낮은 의자에 앉았다.

우선 분갈이할 나무를 소개했다. 정원사들과 함께 골라낸 나무는 완도호랑가시였다. 천리포수목원의 상징이랄 수 있는 나무라는 점에서 김예지에게 기념할 만한 나무이기도 했다. 완도호랑가시는 설립자 민병갈이 완도를 여행하는 중에 발견한 특이종으로, 세계 식물학계에 완도라는 이름을 알리게 된 의미 있는 식물이다.

먼저 완도호랑가시를 만져보기로 했다. 그녀가 화분에 담긴 사십 센티미터 크기의 나무를 줄기에서부터 잎사귀까지 꼼꼼히 어루만졌다. 완도호랑가시는 호랑가시나무의 한 종류여서 잎 가장자리에 가시가 나 있지만, 그리 억세지 않다. 그녀가 잎 가장자리의 가시에 살짝 반응하기는 했지만 별다른 놀라움은 없었다. 나뭇잎 가장자리에 살포시 비어져 나온 가시를 만져보면서, "이 정도면 위험하진 않겠네요. 밤송이에 비하면 아무것도 아니에요."라고 했다. 여주 집에서 만져보았던 밤송이의 충격이 적지 않았던 모양이다. 흔히 느껴보지 못한 위협이었을지도 모른다. 그 뒤에도 그녀는 조금이라도 날카로운 걸 만지게 되면 늘 밤송이를 떠올렸다.

본격적으로 분갈이를 할 차례다. 먼저 나무를 화분에서 분리해야 한다. 그때 김예지가 분갈이를 해본 적이 있다고 했다. 집에 커피나무를 사오면서 해봤다면서 원래 화분의 흙을 털지 않고 새 화분에 그대로 옮겨주는 게 좋다고 알고 있는데, 맞느냐고 물었다. 새 흙에 적응하기에 유리한 것 아니냐는 질문이다. 물론 흙이 좋지 않다거나 뿌리가 엉켜서 기존의 흙을 모두 털어내고 옮겨주어야 할 때도 있지만, 토양 적응을 위해서는 흙을 털지 않는 게 좋다. 그

완도호랑가시

Ilex x wandoensis C. F. Mill. & M. Kim

감탕나무과 상록성 중간키나무

천리포수목원의 설립자인 고 민병갈 님이 남해안 지역을 여행하던 중에 완도에서 발견하여 국제식물학계에 보고한 희귀종이다. 우리 토종 나무인 완도호랑가시는 호랑가시나무와 감탕나무가 자연 상태에서 교잡하여 이루어진 자연교잡종이어서 생태와 생김새가 호랑가시나무를 빼닮았다. 봄에 피어나는 자잘한 꽃은 물론이고 겨울에 맺히는 빨간 열매까지 호랑가시나무와 똑같다. 그러나 잎 모양이 호랑가시나무와 달리 비교적 부드러운 편이며, 가장자리에 난 가시도 작고 억세지 않다. 학명으로 우리 식의 이름을 가진 몇 안 되는 귀중한 식물이다.

러나 오늘 우리는 뿌리에 붙어 있는 흙을 모두 털어내야 한다. 뿌리의 곳곳을 일일이 만져보아야 하니까.

정원사가 분갈이의 과정을 차근차근 설명하면서 시연했다. 정원사로서는 순식간에 해치울 수 있는 간단한 작업이지만, 친절하고 상세한 설명과 함께 천천히 보여주었다. 김예지는 정원사의 설명을 잘 알아듣고 있다는 듯 고개를 끄덕이거나 '네'라고 대답하며 몸으로 정원사의 시연 과정을 바라보았다.

이제 김예지 차례다. 먼저 김예지와 함께 옆에 쌓아놓은 새 흙을 손으로 느꼈다. 곱게 자란 그녀는 흙을 직접 만져본 경험이 많지 않다. 때문에 처음에는 머뭇거리는 듯했지만, 이내 흙 속에 손을 집어넣었다. 부드럽고 곱다고 했다. 우리가 그런 흙을 마련했기 때문이다. 새로 옮길 화분에 담을 흙이다. 김예지가 새 화분에 흙을 담고 정원사의 안내대로 줄기 밑동을 꽉 잡고 화분을 거꾸로 들어 나무를 뽑아냈다. 어려움은 없었다. 이어서 분리한 나무를 바로 세우고, 뿌리에 붙어 있는 흙을 털어냈다. 뿌리를 속속들이 만져보려면 실뿌리까지 드러나도록 흙을 다 털어내야 한다. 뿌리 안쪽에 어떤 벌레들이 꿈틀거리고 있을지 모른다. 나무뿌리를 체험하기 위해서 그 정도는 문제될 수 없다. 그녀의 손이 천천히, 그러나 쉼 없이 움직였다.

나무의 뿌리를 바라보거나 만져본 경험이 얼마나 되겠는가. 나무를 찾아서, 나무를 바라보고, 나무와 함께 살려 애쓰는 나에게도 뿌리를 손수 만져보는 일은 흔한 일이 아니다. 더구나 나무를 장애물로 여기고 살아온 시각장애인이라면 더 그럴 수밖에 없다.

나무의 뿌리를 만져보는 일은 내게도 흔한 일이 아니다.
이 새로운 경험에 김예지가 미소를 짓는다.

김예지가 잔뿌리와 굵은 뿌리를 따로따로 나누어 만진다.

"이 가느다란 뿌리들도 시간이 지나면 단단해지겠지요?"

그러나 세월 지나도 실뿌리는 남는다. 뿌리의 부드러움이 유지된다는 이야기다. 뿌리를 만져보는 김예지가 무슨 의미에서인지 얼굴에 미소를 띠운다. 즐거워 보인다. 하지만 진지함을 놓치지 않는다. 이제 흙을 다 털어내고 나신이 된 나무를 새 화분에 옮겨 심어야 한다. 화분 가운데에 나무를 바로 세우고, 적당한 양의 흙을 채웠다. 물을 주고 저절로 물이 빠지기를 세 차례. 정원사들이 김예지 곁에 바투 앉아서 도와준 이 과정을 김예지는 잘 따라 했다. 똑같은 과정을 한 번 더 누구의 도움 없이 그녀 혼자서 했다. 만족한 듯한 표정으로 두 번의 분갈이를 마쳤다. 스스로 완성한 두 개의 분갈이 화분과 정원사들이 시연한 하나의 화분이 새로 키워줄 임자를 기다리는 듯 우리 앞에서 방긋 웃었다. 이제 화분 세 개에 심어진 완도호랑가시를 키우는 건 모두 손수 분갈이를 하고 뿌리를 느껴본 김예지의 몫이다. 부담스러울 수도 있는 선물을 그녀에게 건네주었다.

가을꽃의 찬란함과 그 속에 숨은 가시

천리포수목원을 찾은 목적은 여기가 끝이었다. 그러나 그냥 돌아서기에는 햇살이 아직 좋다. 긴 시간을 들여 나선 길인 탓에 그냥 떠나기 아쉬웠다. 그래서 비공개 구역 쪽으로 들어서면 볼 수 있는 팜파스그래스를 만나기로 했다. 천리포수목원의 가을 풍경을 담은 '나무편지'를 보고 그녀가 궁금해하던 식물이다. 삼백여 개체의 팜파스그래스가 길섶에 무리 지어 자라는 비공개 구역으로 들어섰다.

팜파스그래스는 눈으로 보는 것만으로 매우 아름다운 가을 식물이다. 그러나 촉각을 이용할 때 특별한 느낌을 가질 수 있어서 김예지가 식물에 다가서기에는 꼭 필요한 식물이다. 그녀에게 먼저 이 식물에는 가시가 있기 때문에 만져볼 때에는 조심해야 한다고 이야기했다. 다시 또 그녀가 밤송이를 이야기하면서 머뭇거렸다. 밤송이 가시의 충격은 그녀에게 앞으로도 오래 남을 듯하다.

김예지에게 팜파스그래스에 앞서 갈대와 억새를 아느냐고 물었다. 잘 안다고 했다. 갈대와 억새는 우리나라에서 잘 자라는 식물이지만, 팜파스그래스는 외국에서 들여와 우리 수목원에서 심어 키우는 식물이다. 특히 가을이면 치명적인 풍경을 연출하는 가장 가을을 닮은 식물이다.

가을바람에 산들산들 흔들리는 풍경이 매우 좋지만, 가까이에서 만져보는 데에는 문제가 있다. 잎 가장자리와 잎맥 부분에 날카로운 가시가 촘촘히 나 있어서, 무심하게 만졌다가는 다칠 수도 있다. 조심해야 한다는 이야기와 함께 바람에 춤추는 잎을 잡아 만

선닝데일실버 팜파스그래스
Cortaderia selloana 'Sunningdale Silver'

벼과 여러해살이풀

천리포수목원 가을 풍경의 치명적 아름다움이라 할 만한 식물. 우리 땅에서 자라는 억새·갈대와 마찬가지로 벼과의 식물로, 가을에 피어나는 꽃차례가 우리 억새에 비해 훨씬 풍성하다. 주변 풍광을 꾸미기 위해 조경용으로 많이 심는다. 같은 팜파스그래스에 속하는 식물이 20여 종 있으며, 새로운 품종이 계속 선발되고 있다. 하나의 개체가 대개 3미터 이상 높이 자라며, 줄기 끝에서 20~40센티미터 정도의 꽃차례를 피워내는데, 이들을 한데 모아 심으면 좋다. 줄기에는 작지만 날카롭고 억센 가시가 촘촘히 돋아 있어서 함부로 손을 댔다가는 다치기 십상이다.

져보라고 했다. 가시에 대한 두려움으로 쭈뼛거리면서 천천히 길쭉한 잎에 손을 가져갔다. 가시가 느껴졌다. 따가웠다. 하지만 밤송이 가시의 아픈 추억이 있는 그녀에게 이 정도의 가시는 아무것도 아니다. 그녀의 손길이 편안하게 팜파스그래스의 신비로운 꽃송이가 달린 쪽으로 오를 수 있도록 줄기를 비스듬히 뉘어주었다. 김예지의 손이 꽃송이 쪽으로 옮겨졌다. 드디어 하얗게 피어난 꽃송이에 그녀의 손이 닿았다.

억센 줄기의 날카로운 가시와 정반대되는 느낌의 꽃송이에 닿은 김예지의 손길이 꽃송이 맨 아랫부분을 만지며 멈칫했다. 놀라움이었으리라. 예측한 반응이었다. 하나의 생명체가 이처럼 정반대되는 느낌을 더불어 갖췄다는 사실에 그녀가 뜻밖이라고 받아들인 모양이다. 칠십 센티미터 정도 되는 탐스러운 팜파스그래스의 꽃차례를 전체적으로 만져볼 수 있도록 줄기를 조금 더 뉘었다. 그녀가 부드러운 꽃차례에 볼에 비볐다. 그리고 말했다.

"좋아요!"

내가 이야기했다. 세상의 모든 아름다운 생명체는 많은 유혹과 위험으로부터 스스로를 보호하기 위해서 어디엔가 알게 모르게 날카로움을 무장한다. 그래서 일정한 정도의 아픔과 위험을 감수하지 않고서는 생명의 신비로움이나 아름다움을 느끼기 어렵다. 초등학교 교과서에나 나올 법한 이야기이지만, 시각으로만 세상을 바라보던 내가 시각을 활용하지 못하는 그녀에게 지금 이 순간 전할 수 있는 특별한 이야기일 수밖에 없었다.

비공개 구역을 돌아 나오며 우리는 여름내 온갖 빛깔로 세상을 아름답게 하고는 이제 서서히 시들어가는 무궁화 동산을 지났다. 긴 시간 동안 꽃을 피우고도 무궁화는 아직 더 피워야 할 꽃송이가 남았나 보다. 스쳐 지날 수 없어 고단해하는 김예지를 무궁화 동산으로 이끌었다. 몇 남아 있는 꽃송이를 차례차례 만져보았다. 향기도 맡았다. 삼백 여 종류의 무궁화가 있는 무궁화 동산에 아직 남은 몇 송이의 꽃을 만져보는 일은 같은 무궁화이지만 다양한 생김새를 갖춘다는 걸 느끼기 위해서였다. 또 벌레가 많이 생기는 무궁화 잎사귀에서 벌레 먹은 자리를 하나하나 확인해보며, 더불어 살아가는 생명 공동체 이야기도 자연스럽게 할 수 있었다.

그녀에게 핏빛 일몰을 선물하다

숲길을 무던히도 많이 걸었다. 같은 길을 같은 걸음걸이로, 따로따로 혹은 함께, 하염없이 걸었다. 방송용 촬영을 위해서이기도 했지만, 나는 나대로 숲을 걸을 때 나 홀로 느꼈던 미묘한 아름다움을 그녀도 느끼기를 바랐다. 일일이 묻거나 요구하지는 않았다. 그러나 표정으로 보아 분명 그녀도 더불어 살아가는 나무들이 한데 모여 이룬 숲의 아름다운 정경을 마음 깊은 곳에 간직하는 좋은 날이 되지 않았을까 생각했다.

일반 관람객이 퇴장할 시간이다. 수목원에 사람들의 기척이 사라지고 새들의 울음소리와 파도 소리만 철썩인다. 멀리 수평선으

멀리 수평선으로 해가 넘어가고 있었다.

일몰 앞의 석양을 바라보니 내 마음도 서서히 가라앉았다.

태양이 온 바다를 붉게 물들인다.

로 해가 넘어가고 있었다. 지는 해를 바라보며 바닷가 전망대에 함께 앉았다. 저녁 해가 빠른 속도로 바다를 향해 돌진하는 중이다. 하루의 피로가 몰려왔다. 졸음까지 쏟아졌다. 홀로 나무를 바라보는 일만으로도 충분히 힘들어할 만큼 걸었고, 하루치라고 하기에는 너무 많은 나무를 바라보았다. 그동안처럼 눈으로만 바라본 관찰이 아니라, 김예지와 함께 귀와 코와 손으로 나무를 바라본 몸에 내린 달콤한 노곤함이다.

일몰 앞의 석양을 바라보니 마음도 서서히 가라앉았다. 태양이 온 바다를 붉게 물들인다. 침묵의 시간을 반기지 않는 그녀도 하루 동안의 나무 관찰이 선사한 노곤함을 어쩌지 못하는 모양이다. 말없이 바다를 바라본다. 파도 소리에 집중한 건지도 모른다. 시간이 흘렀다. 일순 바다를 향한 태양의 속도가 빨라졌다. 떠오르는 이야기가 있었다. 바로 어느 맹학교 선생님의 석굴암 수학여행 이야기였다. 저절로 그때 그 선생님의 사연을 이야기했다. 우리가 나무 여행을 떠나게 된 것도 그 맹학교 선생님의 사연에서 비롯됐다고 했다.

그리고 이번에는 내가 바로 그 맹학교 선생님 흉내를 냈다. 바다를 향해 돌진하는 석양을 그대로 그렸다. 맑은 하늘 저 멀리로 수평선이 내다보여요. 우리가 앉아 있는 맞은편으로는 조그마한 섬이 하나 있거든요. 둥글게 솟아오른 그 섬은 온통 초록빛의 소나무로 덮여 있어요. 섬 앞으로 마침 자그마한 고기잡이배가 지나가는 중인데, 마침 붉은 태양 안으로 스며들었어요. 태양이 지금 빠르게 바닷물 속으로 돌진하고 있어요. 빠르게 내려간다는 거죠. 바다 쪽으로 석양이 가까워지니까 붉은빛이 더 붉어지네요. 그리고 붉은 태양은 온 바다를 핏빛으로 물들이고 있어요. 아, 지금 그 태양의 아래쪽 끝부분이 수평선에 살짝 닿았어요. 이건 예쁘다고 표현하는 건 맞지 않겠어요. 장엄하다고 해야 할 거예요. 세상이 온통 붉어졌어요. 그러고 보니 예지 씨 얼굴까지 빨개졌네요. 물에 닿은 태양이 물 속으로 차츰차츰 잠기는 게 보여요. 그 빠른 움직임 말이에요. 거대한 태양이 저만큼 빠르게 움직인다는 게 놀라워요. 조금씩 스며들어요. 아, 어쩌면 좋죠? 이대로 빠져버릴 모양이에요. 장관이네요. 이제 절반 가까이 잠겼어요. 반달 모양으로 딱 절반 남았네요. 물 속으로 스며드는 속도가 더 빨라졌나 봐요. 아쉬워서 그렇게 느끼는 건지도 모르겠어요. 이제 손톱 끝만큼 아주 조금 남았어요. 아! 빠져들어 가네요. 빠져요. 들어가요. 아하! 조금, 조금……. 아! 이제 완전히 다 빠져들어 갔어요. 예지 씨, 이제 해는 한 오라기도 보이지 않아요. 다 사라졌어요. 하지만 그 태양이 남긴 붉은빛은 아직 우리 곁에 남아 있어요. 물 속에서 여전히 우리를 비춰주는 거예요. 예지 씨, 저 황홀찬란한 붉은빛이 느껴지시나요?

가만히 나의 그림을 귀 기울여 바라보던 김예지가 머뭇거리지 않고 예전 어느 맹학교 어린아이들처럼 담담하게, 그러나 즐겁게 대답했다.

"빛은 느껴요."

시각이 아닌
다른 감각으로 나무를 본다는 것

세계는 눈을 통해 들어올 때 가장 풍부한 정보와 가장 즐거운 느낌을 제공한다. 추상적 사고는 눈이 본 것을 이해하기 위해 부단히 노력하는 과정에서 발생했는지도 모른다. 인체의 감각 수용기의 70퍼센트는 눈에 모여 있으므로 우리는 주로 세계를 봄으로써 그것을 평가하고 이해한다.

— 다이앤 애커먼, 《감각의 박물학》(백영미 옮김, 작가정신 펴냄) 340쪽에서

본다는 것 혹은 시각이란 무엇인가. 나무를 본다는 것은 무얼 뜻하는가. 본다는 것을 곧 안다는 것과 동일시해도 괜찮은가. 우리 몸의 감각 수용기의 70퍼센트가 모여 있다는 시각을 통해 세계를 평가하고 이해하는 것 외에 더 현명한 방법은 없을까. 김예지와 함께 나무 앞에 서는 일이 늘어나면서 풀리지 않는 의문들이다.

시각이 청각, 후각, 미각, 촉각에 비해 절대 우위에 놓이게 된 건 그리 오랜 일이 아니다. 입에서 입으로 진리를 전하던 시대에는 진리를 파악하는 중요한 감각이 청각일 수밖에 없었다. 구술문화 혹은 구술시대라고 부르던 근대 이전의 시대가 그랬다. 그러나 진리를 말이 아닌 글로 전하는 시대가 오면서 세상은 창졸간에 바뀌었

다. 이른바 문자시대의 개막이다.

미디어학자 마셜 매클루언(Marshall Mcluhan, 1911~1980)은 시각이 지식세계를 지배하는 중요한 감각으로 떠오른 가장 중요한 계기를 문자의 발명으로 설명한다. 그러나 문자가 발명됐다고 해서 곧바로 시각이 다른 감각을 압도할 만큼의 영향력을 가진 것은 아니라고 덧붙인다. 인류가 문자를 활용하면서 드디어 시각의 비중이 커진 것만은 사실이지만, 문자가 활용되던 초기에는 구술시대의 감각, 즉 청각의 중요성이 한꺼번에 떨어지지 않았다고 한다. 시각이 마침내 다른 감각들, 특히 이전 시대까지 중요한 감각이던 청각을 압도할 만큼 강력한 지위를 획득한 것은 인쇄의 발명에서 비롯됐다고 매클루언은 주장한다. 이어서 그는 이 같은 시각의 지배는 르네상스 시대 이후의 서구 사회를 특징짓는 결정적인 계기라고 강조했다.

시각이 절대 지위에 오르는 과정에 대해서는 예수회 신부이자 영문학자인 월터 옹(Walter J. Ong, 1912~2003)도 매클루언과 입장을 같이한다. 옹도 문자 그 자체가 아니라 인쇄 기술의 발달이 곧 시각을 절대 감각으로 강화시켰다고 한다. 그는 덧붙여 인쇄술이야말로 이탈리아의 르네상스를 유럽 전체의 르네상스로 확장시켰고, 종교개혁 실현의 바탕이었으며, 나아가 자본주의 발전에도 영향을 미쳤다고 강조한다. 또한 인쇄술은 정치·사회·문화뿐 아니라 가정생활까지 바꾸어놓았고, 근대 과학을 발전시키는 기초를 이루었으며, 인류의 지적 생활까지 뒤흔들었다고 했다.

근대 이후의 서구가 시각이 지배하는 사회라는 건 어느 모로 보나 분명하다. 그러나 우리의 나무 관찰이 굳이 이 같은 미디어 이론을 따라야만 하는 건 아닐 게다. 시각 외의 다른 감각이 지배하는 사회 문화 형태의 사례는 충분히 찾아볼 수 있다.

이를테면 감각 변천사 연구의 대가인 미국의 사학자 마크 스미스(Mark M. Smith)는 그의 저서《감각의 역사》에서 초기 그리스 문화와 북유럽 신화를 예로 들며 시각에 대한 의문을 이야기한다.

> 지혜에는 눈이 없으며, 호메로스, 오이디푸스와 같은 현자들은 선천적 맹인이거나 나중에 시력을 잃는 것으로 묘사되는 경우가 많았다. 북유럽 신화의 오딘도 자신의 눈과 지혜를 맞바꾸었다. 이는 통찰력이 모두 시각적인 것만은 아니라는 것을 시사한다.
>
> — 마크 스미스,《감각의 역사》(김상훈 옮김, 사람의무늬 펴냄) 60쪽에서

덧붙여 그는 예수회의 창립자인 이그나티우스 로욜라(Ignatius de Loyola, 1491~1556)가 신을 체험하는 과정에서는 시각뿐 아니라 오감을 동원해야 한다고 했던 이야기를 들어 진리를 파악하는 과정에서의 감각 활용법을 이야기한다.

> 로욜라는 지옥을 이해하려면 담배와 황, 찌끼, 악취가 나는 것들의 냄새를 맡아보라고 했다. 미각, 촉각, 청각 역시 그 역할이 전부 있었지만 로욜라는 기억을 되살리고 신과의 교감을 촉진할 때 특별히 후각과 미각에 관심을 보였다. 그는 청각은 신앙 감각이며 신앙에 대한 통찰력은 시각에 힘을 부여하고, 촉각은 사랑의 결합으로 파생

되며, 사랑의 즐거움에서 미각의 힘이 생겨나고, 희망에서 후각의 힘이 파생된다고 강조했다.

— 같은 책 126쪽에서

성급히 결론 내릴 수야 없는 일이지만, 시각은 서구의 근대 과학 발전 과정과 함께 그 지위가 강화된 감각이라는 것만큼은 분명하다. 그러고 보면 나무 관찰을 과학 행위라고 전제할 경우, 시각에 가장 큰 비중을 두어야 한다는 건 자명하다. 그러나 애당초 과학적인 성과를 위해 김예지와 나무 관찰에 나선 건 아니었다. 나무라는 하나의 거대한 생명체를 더 온전히 만날 수 있는 방법을 찾고 싶었을 뿐이다. 아무리 바라보고 또 바라보아도 알 수 없는 신비로운 나무라는 생명의 알갱이를 알고 싶었다. 그래서 다른 모든 감각을 압도할 만큼 절대적인 영향력을 지닌 시각으로부터 자유롭고 싶었고, 그게 불가능할 만큼 오랫동안 학습되어온 나의 한계를 완전히 뛰어넘을 수 있는 시각장애인 김예지의 지혜를 구하고 싶었다.

시각이 아닌 다른 감각으로 나무를 본다는 것. 그건 현대 과학 세계에서는 이미 불가능한 일이라 할 수 있을지 모른다. 그러나 나무라는 거대한 생명체를 온전히 만나기 위해서 시각 이외의 감각을 활용하여 나무에 다가서는 행위는 필경 지금이 과학의 시대이기에 더 필요하지 않을까 싶다. 나무라는 거대한 생명체는 현대 과학의 정밀한 관찰만으로는 풀 수 없는 오묘한 신비를 지닌 생명체라는 점에서 그럴 수밖에 없는 노릇이다.

바람이 차가워졌다는 느낌이 드는 초가을. 다시 김예지와 나무 답사를 떠나야 한다. 지금까지 찾아보았던 나무들의 변화를 살펴보아야 했다. 아직 깊은 가을이라 할 수는 없지만, 나무들은 시각을 벗어난 자리에서 새로운 계절을 준비하고 있을 것이다. 계절의 변화가 채 뚜렷하지 않은 이즈음 나무의 변화를 시각 외의 감각으로 살필 요량이다. 봄이나 여름의 나무와 이 계절의 나무가 보여주는 눈에 보이지 않는 변화를 김예지의 감각을 통해 알아보는 게 이번 답사의 주요 과제다.

그녀와 전화로 일정을 조정한 뒤, 그동안 그랬던 것처럼 답사를 앞둔 나의 생각을 메일로 적어 보냈다. 가을을 맞이하며 나무가 보여줄 변화에 대한 사전 지식을 전해준다는 생각에서 며칠 전에 써서 어느 잡지에 넘겼던 원고를 첨부 파일로 함께 보냈다.

예지 씨.

가을이 깊어가네요.

여주에서 나무를 여러 가지로 느껴보고, 또 수목원에서 나무뿌리의 속살을 만져보던 때만 해도 언제 가을이 오나 싶을 만큼 더운 날씨였는데, 이젠 아침저녁 바람이 꽤 차네요.

잘 지내시죠? 예지 씨 목소리야 언제 들어도 늘 활기차고 건강하지만, 어제 전화기를 통해 들려온 목소리는 참 건강하게 들렸습니다. 나도 뭐, 별 문제 없이 잘 지냅니다. 여름에서 가을로 넘어가는 환절기마다 어김없이 생기는 피부 트러블 때문에 조금 성가시기는 하지만, 별 문제 없이 잘 지냅니다. 피부 트러블이라는 거, 해마다

이맘때면 피부가 지나치게 건조해지며 생기는 환절기 증상이어서 시간 지나면 저절로 좋아질 겁니다. 지금 당장 성가실 뿐입니다.

지난번에 이야기했는지 잘 기억나지는 않는데요. 나는 요즘 《소나무인문사전》이라는 책의 원고를 마무리하는 중입니다. 지난 초여름부터 시작한 일인데요. 모두 이백 자 원고지로 삼천 장 분량의 원고를 써야 하는 일이라 부담이 적지 않답니다. 그동안 제가 돌아다니면서 보았던 나무 가운데에 소나무 이야기만을 정리하고, 덧붙여 우리나라의 한시 가운데에 소나무가 등장하는 한시를 번역하는 게 주요 작업입니다.

그 작업 때문에 토요일, 일요일은 물론이고, 심지어 추석 명절 연휴 때에도 딱 하루 쉬고, 야근 작업까지 하며 매달려 있어요. 다행히 이제 대개의 원고를 거의 마쳤고, 몇 가지 기계적인 작업만 남겨놓고 있습니다.

그동안 함께 나무를 관찰하면서 예지 씨가 보여준 감각의 놀라운 힘은 제게 참 많은 걸 돌아보게 했습니다. 나는 십칠 년째 나무를 찾아보러 길 위에 올랐고, 나무 앞에 오래 머무르며 나무를 보다 깊이 느끼려 애썼지요. 하지만 예지 씨와 몇 차례에 걸쳐 나무를 관찰한 경험은 그동안 느끼지 못한 새로운 느낌을 많이 남겨주었습니다. 내게는 나무를 만나는 새로운 경지를 개척하게 된 계기라고 해도 될 듯한 날들이었습니다.

모레 9일 아침에 다시 여주 집에서 만나게 됐네요. 아직 보지는 않았지만, 아마 여주 집의 나무들도 지난여름과는 많이 달라졌을 겁니다. 나무들도 겨울 준비를 해야 하거든요. 그래서 나무들이 자

기의 몸을 어떻게 바꾸었는지 확인하고, 그 의미를 짚어보는 시간을 가져볼까 합니다.
특별히 새로운 건 없으니까, 그리 오래 걸리지는 않을 겁니다. 정오 전에 끝낼 수 있으리라 생각됩니다. 번거롭고 힘들더라도 이번 우리의 작업이 큰 결실을 이룰 수 있도록 애써보자고요.
따로 미리 전할 말은 없고, 며칠 전에 어느 잡지의 청탁으로 쓴 '나무의 겨울 채비'에 관한 글을 예지 씨에게 보내드릴게요. 나무들은 생각보다 더 철저하고 지혜롭게 계절의 흐름을 맞이하거든요. 단풍이라는 것도 그런 이유에서 나무가 치르는 겨울 채비이지요. 긴 글이 아니니, 읽어보시고 한글날 아침에 만나면 좋겠습니다.

고규홍 보냄

[첨부 파일]

빛으로 살아가는 나무의 가을나기

나무는 빛으로 살아가는 생명체다. 이즈음 나무들이 펼친 빛깔의 축제도 그들이 빛으로 살아가는 생명체임을 보여주는 아름다운 증거 가운데 하나다.
봄부터 여름까지 빛으로 살아온 나무들은 가을바람 불어오자 먼저 열매를 돋웠다. 차분하지만 한 해 중 어느 때보다 옹골찬 몸짓이다. 너나 할 것 없이 모든 나무에 조롱조롱 열매가 맺혔다. 아직 온전히 익지 않은 채 매달린 열매의 초록에서 시작한 빛깔은 가을의 걸음걸이를 따라 빠른 속도로 표정을 바꾼다. 노란빛에서 붉은빛, 혹은 영롱한 보랏빛에서 칠흑처럼 검은빛까지 나무들은 제가끔 저마다의 빛깔로 열매를 키운다.

열매보다 먼저 빛깔을 바꾼 건 잎이다. 단풍이다. 이 땅에 가을바람 스며들면서 창졸간에 잎 위에 떠오른 빛깔은 헤아릴 수 없을 만큼 다양하다. 은행나무 잎은 노랗게 물들고, 갈참나무와 굴참나무 잎은 붉은 갈색이 또렷하며, 단풍나무 잎은 새빨갛다. 흙먼지 뒤집어쓰고 지난 계절을 살아온 도심의 플라타너스 넓은 잎에도 갈색 단풍 빛깔이 선명하다.

시골 마을 동구 밖 느티나무는 붉은빛으로 수천의 잎사귀를 물들였다. 느티나무는 같은 종류 사이에서도 잎 위에 오른 단풍 빛깔이 사뭇 다르다. 느티나무만의 유별난 특징이다. 붉은빛으로 단풍 드는 느티나무가 있는가 하면, 환하게 밝은 갈색으로 가을을 보내는 느티나무도 있다.

하루가 다르게 나무들이 피워올리는 빛깔의 변화가 축제처럼 흥겹게 사람의 마음에 파고든다. 봄꽃 못지않게 아름답다. 열매에서 잎까지 모두 그렇다. 속내까지야 알 수 없지만, 하나하나 돌아보자니 필경 모든 나무에게 이 가을은 여느 계절 못지않게 분주해 보인다.

까닭이 있다. 사람들의 눈을 즐겁게 하려는 건 물론 아니다. 나무 스스로 고행의 계절인 겨울을 단단히 채비해야 하는 때문이다. 에멜무지로 가을을 보낸다면 곧 닥쳐올 북풍한설을 견뎌내는 게 불가능할지도 모른다.

봄부터 나무는 제 존재 이유인 씨앗 맺기에 온 힘을 기울였다. 처음엔 저마다 제 몸에 어울리는 빛깔과 향기를 담은 꽃을 피우고 벌 나비를 불러모았다. 깊은 설렘과 긴 기다림 끝에 애면글면 이룬 혼인으로 나무들은 서서히 씨앗을 담은 열매를 키웠다. 이 정도면 한 해 농사는 거뜬히 치른 셈이다. 꽃 피고 열매 맺는 데에 꼭 필요한 양분을 짓느라 애쓴 노동의 수고를 내려놓고 긴 휴식에 들어가도 될 법하다.

때마침 가을바람 불어오고, 뒤이어 눈보라 몰아치는 겨울이 다가올 참이다. 겨우내 이어질 긴 휴식을 위해서 나무에게는 아직 재우쳐 준비해야 할 일이 남았다. 무엇보다 매운 겨울바람에 대비해야 한다. 대를 이어 수천 번의 겨울을 이겨낸 나무들이 이 가을에 펼쳐낼 가을나기 전략이다.

본능적으로 겨울의 조짐을 눈치챈 나무가 가장 먼저 한 일은 잎사귀와 나뭇가지를 잇는 잎자루의 안쪽에 떨켜라는 새로운 조직을 키워낸 일이다. 떨켜가 돋은 자리는 뿌리에서부터 잎 위에 가늣이 펼쳐진 잎맥까지 물을 끌어올리는 중요한 통로다. 하늘의 빛을 받아 지어낸 양분을 나무의 몸통으로 옮겨주는 생명의 통로이기도 하다.

떨켜는 미세하지만 단단하게 몸피를 키웠다. 떨켜로 생명의 통로를 막고 물을 끌어올리지 않는 건, 더는 광합성의 노동으로 양분을 짓지 않아도 충분히 열매를 키워나갈 수 있으리라는 자신감을 드러낸 나무 특유의 표현이다. 한 해 동안 지어온 노동과 갈무리에 대한 자신감을 안고 나무는 다가오는 겨울 동안 여느 짐승들처럼 겨울잠에 들 태세다. 드디어 잎자루 안쪽에 키운 떨켜가 물과 양분이 드나드는 통로를 완전히 틀어막았다.

물은 이제 올라오지 않는다. 사람의 핏줄 못지않게 촘촘히 뻗어 있는 줄기와 가지의 물관에 남아 있던 물기는 목적지를 잃고 허공으로 빠져나간다. 물은 나무의 몸통 바깥의 기온 변화에 가장 민감하게 반응하는 줄기 껍질 부분의 물관을 타고 오르내리는데, 기온이 영하로 떨어지기 전에 이 물관에 남아 있던 물을 모두 덜어내려는 전략이다. 물관 속의 물이 얼면 물관이 터져 자칫 생명을 잃을 수도 있기 때문이다.

시나브로 잎이 마른다. 햇빛과 이산화탄소, 그리고 반드시 물이 있어야 할 수 있는 광합성을 이제는 할 수 없게 됐다. 그러자 세상의 모든 생명올 먹여 살리는 광합성을 담당했던 초록빛의 엽록소는 활력을 잃고 스러진다. 엽록소의 초록이 아닌 다른 빛깔들이 드러나는 건 자연스러운 순서다.

나무들이 단풍 든 잎으로 빛깔의 축제를 벌일 차례다. 나무마다 성분에 차이가 있어서 노랗거나 붉거나 갈색 등 가지각색이다. 은행나무나 아까시나무처럼 노란색이 강하게 오르는 나무는 카로티노이드 성분을, 단풍나무와 화살나무같이 빨간색이 화려하게 오르는 나무는 안토시아닌 성분을 많이 포함한 때문이다.

한 해 내내 이 땅의 모든 생명을 먹여 살리기 위해 쉼 없이 양분을 지어왔던 나무들이 이제 노동의 수고를 내려놓고 겨울잠에 들어갈 참이다. 나무는 무수히 많은 열매를 허공에 남긴 채 한해살이를 마무리할 채비를 마쳤다. 나뭇잎에 오른 단풍 빛은 그래서 단순한 빛깔이 아니라 생명의 애옥살이가 빚어낸 황홀 찬란한 생명의 축제일 수밖에 없다. 바라보는 사람과 더불어 즐기기 위해 나무가 벌이는 큰 잔치다.

겨울잠에 평온히 들기 위해 아직 마무리해야 할 일이 남았다. 빛깔의 축제를 지내며 나무들은 화려하게 물들었던 단풍잎을 땅 위에 가만가만 내려놓는다. 바짝 마른 채 붉게 물든 나뭇잎으로 뿌리 근처의 땅을 소복이 덮어야 한다.

여러 빛깔의 단풍 가운데에 안토시아닌이 지어낸 붉은 빛깔로 단풍 물을 올린 잎들의 전략은 더더욱 놀랍다. 땅에 떨어져 뿌리 부분의 흙을 살며시 덮었던 붉은 낙엽은 얼마 지나지 않아 언제 붉었던가 싶을 정도의 회갈색으로 바뀐다. 잎 위에 올라왔던 붉은 빛깔의 안토시아닌은 나무뿌리 근처의 흙에 스며들었다.

안토시아닌은 강력한 항산화 효과를 내는 물질인데, 진딧물을 비롯한 해충의 침입을 막아주는 데에도 탁월한 효과가 있다. 결국 나무는 생명 활동을 중지하고 동물처럼 겨울잠에 드는 무방비 상태에서 스스로를 보호하기 위해 제 몸에 가지고 있던 해충 방제 요소를 한껏 끌어올려 뿌리 부근에 내려놓은 것이다.

말없이 지나온 나무의 한해살이는 그렇게 마무리된다. 바람 서늘해지던 초가을부터 나무들이 힘겹게 이뤄온 겨울 채비를 모두 마쳤다. 고요히 잠들 차례다. 눈보라 몰아치는 벌판에서 홀로 찬 바람 이겨내야 하는 건 하릴없이 나무에게 주어진 숙명이다. 고요해 보이지만 치열할 수밖에 없는 잠자리다.

세상의 모든 생명은 제가끔 자기만의 멋과 아름다움을 가진다. 그 아름다움에는 살아남기 위한 간절함이 들어 있게 마련이다. 꽃도 열매도 단풍도 모두 이 땅에 하나의 생명으로 살아남기 위해 나무가 펼쳐낸 아우성이다. 나무가 이 계절에 펼친 화려한 빛깔의 축제도 결국은 오랜 세월을 거치며 나무가 체득한 간절한 생존 전략의 흔적이었다.

이 가을, 붉게 물든 단풍나무 그늘에 들어서서 나무들이 부르는 생명의 노래에 오래오래 귀 기울여야 할 절실한 이유다.

고규홍(나무칼럼니스트)

다시 찾은 여주 시골집의 가을 풍경

여주 시골집을 다시 찾은 건 갈바람 선선한 시월 초였다. 오전 일찍 시작해서 점심식사 전까지만 나무의 가을맞이 변화를 찾아볼 요량으로 약속을 잡았다. 그러나 그날은 사흘 동안의 한글날 연휴가 시작되는 첫날이었다. 교통 사정이 좋지 않으리라는 걸 짐작은 했지만, 그날의 정체는 예상을 훨씬 넘었다. 혹독한 정체였다. 한 시간 반이면 충분히 닿을 수 있는 거리를 무려 네 시간이나 걸려 도착했다. 오전 중에 끝내려는 계획은 시작부터 어그러졌다. 점심시간 다 되어 도착한 여주 집에서의 나무 관찰은 단풍나무에서 시작했다. 가을이니까.

울타리에 다른 나무들과 어울려 서 있는 키 작은 단풍나무가 있었지만, 아직 붉은 가을 단풍은 일렀다. 서쪽에 서 있는 다른 한 그루의 나무에서 새빨갛게 물든 단풍잎이 눈에 띄었다. 가을이어서가 아니라 나뭇가지가 부러진 결과다. 뿌리에서 끌어올리던 물이 잎까지 올라오지 못하자 나뭇잎들은 광합성을 멈추었고, 광합성을 하던 엽록소가 활동을 마치자 애초에 나뭇잎에 담겨 있던 안토시아닌 성분이 드러난 것이다. 전혀 다른 이유이지만 상처에 의한 단풍도 가을 단풍과 다름없다.

김예지와 함께 크고 작은 잎을 나누어 천천히 만져보았다. 상처에 의해 붉어진 단풍잎은 뒤로 미루고 초록 잎부터 탐색했다. 그런데 김예지가 놀랍게도 "곧 단풍이 들겠네요."라고 했다. 눈으로는 전혀 눈치 챌 수 없는 조락의 조짐이다. 잎 가장자리가 말라가는 중이어서 그렇게 판단했다는 이야기다. 시각으로 확인되는 빛깔에는 별다른 변화를 찾을 수 없다. 그러나 김예지는 자기만의 촉각으로 말라가는 잎의 변화를 감지해냈다. 나뭇가지 사이로 손을 휘휘 저어 여러 이파리를 번갈아 만져보면서 같은 나뭇가지에 달린 잎사귀 사이에도 차이가 있다고 덧붙였다.

"어떤 잎은 아직 아무런 변화를 느낄 수 없지만, 어떤 잎은 가장자리가 말라가는 게 분명하게 느껴져요. 잎 가장자리가 안쪽으로 살짝 말려든 것도 있잖아요."

김예지가 마치 그 차이를 증명하려는 듯 내 쪽으로 밀어내는 가지 끝의 단풍나무 잎에 가을 햇살이 반짝 빛난다. 햇살 바른 곳의 잎이 먼저 지난 계절 동안의 수고로운 노동을 접는 중이다.

대개의 단풍나무 잎은 초록색이지만, 햇살 좋은 쪽 나뭇가지 끝의 잎이 그녀의 말처럼 살짝 말려들기 시작했으며, 초록 기운이 떨어졌다. 보기에 따라서는 갈색을 띠기 시작했다고 할 수 있는 미세한 변화다. 상처를 못 이겨 붉게 물든 잎이 있는 나무 쪽으로 옮겨 섰다. 초록색과 붉은색, 갈색의 세 가지 빛깔을 한꺼번에 살필 수 있는 나무다. 시각으로 분명히 가늠되는 빛깔의 차이가 있다. 그 각각의 잎을 따로따로 만져보고 그 느낌을 이야기해달라고 했다. 김예지가 빨간 잎을 만질 때에 나는 단풍이 드는 이유를 말했다. 겨울 채비로 나무들은 나뭇잎에 물이 오르지 않도록 준비한다. 그러면 광합성을 맡아 하던 초록색의 엽록소가 힘을 잃고 원래 그 안에 담겨 있던 안토시아닌 성분이 힘을 얻어 붉게 변한다. 그런데 우리 앞에 서 있는 이 나무의 잎은 겨울 채비로 붉은빛이 오른 게 아니라, 가지 중간에 상처를 입어서 겨울 채비와 같은 결과를 가졌다는 걸 알려주었다. 가지가 부러져 물이 오르지 않게 되자 광합성을 할 수 없게 됐고, 광합성을 할 수 없게 되자 잎에 초록색을 띄워 올렸던 엽록소가 힘을 잃었으며, 자연히 다음 순서로 그 밑에 가려졌던 안토시아닌 성분이 올라와 붉게 됐다.

나뭇잎을 천천히 만져본 그녀가 각각의 차이를 분명하게 가름해 이야기했다. 붉은빛이 올랐다고 이야기한 나뭇잎은 분명히 다른 나뭇잎에 비해 얇다고 했다. 세 종류의 잎 중에 김예지는 처음에 만져본 잎이 가장 통통하고, 붉은 잎은 얇으며, 또 하나의 잎은 그 중간 단계라고 했다. 세 종류의 두께가 분명히 서로 다르다고 했다. 중간 단계의 잎에 대해서는 아무런 설명을 하지 않았다.

"이건 좀 얇아진 걸로 보이는데, 왜 그렇죠?"

초록 기운이 떨어지기 시작해서 희미하게 적갈색을 띠기 시작한 잎을 잡고 그녀가 물었다. 단풍의 변화는 결국 시각으로만 감지할 수 있는 게 아니었다. 세상 모든 생명체가 어찌 홀로 변할 수 있겠는가. 빛깔을 바꾸려면 그의 몸체 안에도 필경 눈에 보이지 않는 화학적·물리적 변화가 있게 마련이다. 하지만 늘 눈으로만 모든 것을 판단했던, 시각의 압박으로부터 자유롭지 못한 나로서는 알지 못하는 변화가 많을 수밖에 없다. 시각이라는 권력으로부터 완벽하게 해방된 혹은 철저하게 자유로운 그녀는 그러나 절대화한 시각의 횡포 속에 숨겨진 나무의 속내를 하나하나 드러낼 수 있었다.

시각을 잠재우고 촉각과 청각을 깨우다

"가을 되면 바람 소리가 여름과 확실히 달라져요. 잎이 마르기 시작하니까 바람 소리가 더 크게 들려요. 소리에 귀 기울이면 나무의 전체적인 생김새를 짐작할 수도 있어요. 물론 나무의 높이라든가 규모를 정확히 알아내는 거야 내가 할 일이 아니겠죠. 하지만 그 규모도 대강 느낌으로 알 수 있어요."

다음에 높이가 삼십 미터 가까이 되는 매우 큰 느티나무를 만나러 가기로 한 사실을 김예지는 미리 떠올리면서 한 발 앞서서 나무 관찰법을 내게 이야기하고 있었다. 시각을 내려놓으니 촉각이 일어나고, 청각이 살아났으며, 후각이 요동쳤다.

나무 탐색에 온 감각을 집중하는 동안 바지 주머니의 전화기에서 진동 벨이 신경질적으로 울렸다. 발신자는 며칠 전에 아버지가 입원한 병원이다. 귀가 어두운 아버지와 소통하기 어려운 간호사가 보호자를 찾는 전화임을 나는 안다. 청각을 거의 상실한 아버지가 보호자인 아들을 찾으시는 중이다. 아버지 상태가 심각해서가 아니라, 아버지와의 소통을 위해 나를 필요로 하는 게 분명하다. 며칠 전부터 반복되는 똑같은 일이다. 화급한 상태가 아님을 잘 알기에 그냥 나무 탐색에만 집중했다.

느티나무 차례다. 단풍나무와 마찬가지로 나뭇잎에 습기가 줄어들었다. 잎겨드랑이에 맺힌 열매의 갈색은 짙어졌고, 지난여름보다 훨씬 도톰해진 것은 함께 감지할 수 있는 변화들이다. 지난번처럼 느티나무 그늘과 그늘 밖의 차이를 감지하는 연습을 또 해보자며 나무 그늘의 경계로 김예지를 이끌었다. 햇살 강한 날이어서 차이는 컸다. 밝음과 어둠의 극명한 차이야 구분하겠지만, 가장 밝은 어두움에서부터 가장 어두운 밝음까지, 빛과 나뭇잎이 이뤄내는 스펙트럼을 가름하는 건 아마도 불가능하리라. 김예지에게 가장 밝은 어둠과 가장 어두운 어둠, 가장 어두운 밝음과 가장 밝은 밝음을 구별해보라고는 이야기할 수 없다. 그건 내가 아는 느티나무 그늘의 가장 아름다운 특징이건만 그녀에게 그 미묘한 차이를 느끼게 할 수 없다는 점은 못내 아쉬웠다. 하지만 그건 나만의 아쉬움일 게다. 내가 감지하는 모든 느낌을 나 역시 말로, 혹은 글로 다 표현하지 못한다. 그것처럼 김예지도 어쩌면 가장 밝은 어둠과 가장 어두운 밝음의 미묘한 차이를 소리와 향기와 진동을 통해서 느끼고 있지만 그걸 말로 표현하는 데에 익숙지 않은 것일지 모른다.

"오늘 볕이 강해서 차이를 분명히 알 수 있어요. 그리고 바람 소리의 울림도 다르다는 걸 미세하게 느낄 수 있어요. 귀에 들려오는 걸음 소리가 무엇에 흡수되는지, 사방으로 흩어지는지의 차이가 크거든요. 그 소리의 차이에 따라 머리 위에 무엇인가 있다는 걸 느끼는 거죠."

그녀가 걸음을 멈췄다. 잠시 무엇인가 탐색하더니, 선 자리에서

직각으로 돌아서서 숨을 들이쉬었다. 다시 얼마 정도를 돌아서 큰 숨 한 번, 또다시 돌아 한 숨. 그렇게 한 바퀴를 조금 넘게 돌았다.

"소리뿐 아니라 다른 게 더 있어요. 그 느낌을 말로 표현하기는 어려운데, 방향을 달리하면 온도의 차이를 느낄 수 있지요. 바람도 달라요. 막힘없이 그대로 흘러가는 쪽과 나뭇가지에 부딪치며 흔들리는 움직임도 다르게 느껴져요."

느티나무 가지를 스치는 바람 소리를 타고 가을이 우리의 목덜미로 스며들었다.

나무가 하는 이야기와 내가 들은 이야기

다른 나무들의 가을 내음도 탐색했다. 지난번에 함께 관찰했던 나무 가운데에 궁금한 나무가 있냐고 내가 물었다. 제일 먼저 그녀는 포도나무를 이야기했다. 포도넝쿨은 그대로이지만, 초록을 덜어내 누렇게 변한 잎들은 이미 낙엽을 마쳤다. 잎 떨구고 텅 빈 넝쿨 줄기를, 노동의 수고를 덜고 땅에 추락해 쉬고 있는 누런 낙엽을 그녀는 일일이 귀로 보고, 코로 들으며, 손으로 맛봤다.

한 걸음 건너에 서 있는 키 작은 모과나무도 지나칠 수 없었다. 익지도 않은 채 땅바닥에 떨어진 모과 열매도 주워서 감각했다. 그동안 살펴보지 않았던 향나무는 그날 나무 관찰의 덤이었다. 한 그루의 나무에서 위쪽에는 물고기 비늘처럼 부드러운 잎이 나고,

줄기 아래쪽의 새로 나는 가지에서는 뾰족한 바늘잎이 난다는 것도 살펴보았다. 사람과 더불어 살면서 나무는 사람의 의도대로 바뀌는 경우도 있음을 가이즈카향나무의 예로 이야기했다. 아래쪽 가지의 뾰족한 바늘잎이 조경사들에게 성가신 존재여서, 일본의 가이즈카라는 사람이 바늘잎이 나지 않도록 선발한 품종이 가이즈카향나무다. 나무는 그렇게 사람의 뜻에 따라 다양한 변화를 거치며 사람 곁에서 오래오래 함께 살아간다.

나무 관찰은 그렇게 마무리하고 마당에 앉아 이야기를 나누기로 했다. 할 이야기가 많다. 연주회를 앞둔 상황에서 꼭 필요한 음악 이야기다.

"브람스가 좋아진 걸 보니, 가을인가 봐요."

향나무

Juniperus chinensis L.

측백나무과 상록성 큰키나무

향을 얻기 어렵던 옛날에 향기를 얻는 가장 중요한 재료로 쓰이던 나무여서 향나무라는 이름을 가졌다. 줄기에서 나는 향이 사람살이의 더러운 때를 씻어낸다는 이미지를 갖고 있어서 오래전부터 신성하게 여겨왔다. 그래서 고결한 이미지를 갖추려 한 선비의 집이나 절집에서 많이 심고 가꾸었다. 잘 자라면 20미터를 넘을 만큼 크게 자란다. 줄기 껍질이 세로로 갈라지고, 잘 벗겨지는 특징을 가졌다. 소나무·은행나무·느티나무와 함께 우리나라의 나무 가운데에는 가장 오래 사는 나무의 하나다. 중남부 지방에서 많이 심어 키우지만, 자생하는 나무는 울릉도에서만 볼 수 있다.

내가 먼저 이야기했다.

"그건 주관적인 거예요."

음악을 주제로 이야기를 시작하자, 유쾌하고 명랑하기만 하던 그녀의 표정이 사뭇 바뀌었다. 말 한 마디 한 마디에 전문가로서의 무게가 실린다. 유독 브람스는 가을에 어울리는 음악이라고 생각해왔던 내게 그녀는 동의하지 않았다.

"피아노 소나타 3번을 이야기하셨는데, 나는 그 곡에서 가을 분위기를 전혀 못 느끼거든요. 물론 브람스의 음악이 전반적으로 쓸쓸하고 우울하고 엄숙하고 심각하고 어두우니까 가을 분위기를 느낄 수 있겠지만, 그건 철저히 듣는 사람의 주관적 판단이에요."

김예지는 내가 좋아하는 브람스, 베토벤을 이야기하자, '어우! 무거워', '아우! 어두워'로 대거리한다. 그녀는 천성적으로 무겁고 어두운 걸 싫어한다. 브람스를 이야기한 건 나무를 이야기하기 위해서였다. 이야기를 이어갔다. 브람스를 비롯한 클래식 음악에 말은 없다. 글도 없다. 그런데도 나는 브람스를 통해 가을을 느끼고, 김예지는 존재의 무거움이나 어둠을 느낀다. 또 다른 사람은 우리가 느끼지 않는 또 다른 감정을 느낄 것이다. 결국 브람스는 글이나 말로 하는 것보다 훨씬 더 많은 이야기를 하는 셈이다. 나는 음악이 그런 것 아니냐고 이야기했다.

음악가들은 하고 싶은 이야기를 음악에 담아서 표현한다. 감상자는 음악가가 무슨 이야기를 하는지 정확히 모른다 하더라도 그가 듣고 싶은 만큼 느낀다. 때로는 음악가가 선율에 담아 전하려 했던 이야기와 다르게 받아들일 수도 있다. 내가 브람스의 음악에서 가을을 느끼지만, 그녀는 그렇지 않다고 이야기하는 것처럼. 결국 음악가는 단 한 마디의 말도 하지 않으면서도 음악 속에 굉장히 많은 텍스트를 담고 있는 것 아니겠느냐 생각한다. 음악은 말을 하지 않으면서 누구보다 많은 말을 한다.

피아니스트 김예지는 가만히 내 이야기를 들었고, 나는 전문가 앞에서 편안한 감상자로 음악 이야기를 이어갔다.

음악의 말 혹은 음악의 텍스트가 나무를 닮았다는 생각이 들었다. 나무도 음악처럼 언어로 말하지 않는다. 그러나 나무는 세상의 그 무엇보다 많은 이야기를 담고 있다. 예를 들어보자. 나는 오래된 나무를 찾아다니는데, 그런 나무들은 대개 시골에 많이 있다. 크고 오래된 나무가 많이 있는 시골에는 젊은 사람이 별로 없다. 나이 든 어른이 대부분이다. 그러다 보니 그 나무를 다음에 다시 찾았을 때에는 내게 나무 이야기를 조근조근 해주시던 어른이 세상을 떠나고 없는 경우를 많이 겪는다. 그때 나는 다시 나무를 바라본다. 그러면 나무는 사람의 언어로는 아니지만, 돌아가신 그 어른과 내가 나누었던 사람살이의 이야기를 하나둘 풀어낸다. 그래서 나는 말한다. 사람은 떠나도 나무는 남는다. 사람들은 늘 말을 하지만, 그 말은 금세 사라지고 만다. 그러나 나무는 한 마디 하지 않았지만 제 몸뚱이 안에 무수히 많은 말을 담고 바라보는 사람에게 들려준다.

한 가지 예를 더 들어볼 수 있다. 이 집에서 조금 더 골짜기 안쪽으로 이사할 계획이라는 이야기를 어머니께 들은 적 있다. 예지 씨가 이 집을 떠난 뒤에 만일 내가 이 근처를 지나게 된다면 아마도 나는 예지 씨가 생각나서 이 집을 찾아오게 될 것이다. 여기에서 나는 예지 씨와 함께 관찰했던 느티나무, 밤나무, 단풍나무, 포도나무를 바라볼 것이다. 예지 씨는 없지만, 내가 그때 바라보게 될 나무는 나에게 지금 우리가 나무 앞에서 나눈 이야기와 느낌들을 끄집어내 보여줄 것이다. 나무가 들려주는 게 아니라, 내가 기억을 끄집어내는 것이라고 해도 사정은 달라지지 않는다. 나무는 나의 기억력을 통해 많은 이야기를 전해주는 것이다. 그런 예에서처럼 바라보는 사람이 그 나무로부터 어떤 느낌 혹은 이야기를 받아들이느냐는 음악 감상의 경우처럼 다양하게 나온다. 나무와 음악. 그런 점에서 서로 통한다.

"아, 정말! 나무를 탐색하는 동안 저도 그런 생각을 했어요. 나무는 자기 나름대로의 생존 이유가 있을 것이다……. 사람들은 과학적으로 밝혀진 사실들에 따라서 해석하겠지요. 하지만 나무의 삶은 나무만이 아는 거죠. 우리는 관찰자에 불과하지 않은가요? 느티나무만 하더라도 어떤 사람은 줄기 껍질이 너덜너덜하고 축축해서 너저분하게 느끼고, 또 어떤 사람은 웅장하고 멋있고 아름답다고 느끼겠지요. 그게 음악과 똑같아요. 작곡가는 분명히 많은 이야기를 하고 싶었을 거예요. 나는 음악을 전문적으로 분석해서 작곡가의 의도를 파악하려 애쓰지만, 그 분석 결과를 정확하다고 확신할 수는 없어요. 작곡 의도는 작곡가만이 알 수 있죠. 우리가 분석한 건 주관적 관점일 뿐이에요. 느낌이죠. 나무도 마찬가지 아닌가요? 항상 열려 있다는 것 말이에요."

그렇다면 예지 씨에게 궁금한 게 있다고 이야기를 이어갔다. 오

세상에 다양한 삶이 존재한다는 걸
나는 피아노로 이야기하고 싶어요.

케스트라 연주회를 예로 들었다. 같은 악보를 연주한다 해도 빌헬름 푸르트벵글러와 아르투로 토스카니니의 연주는 극명하게 다르다. 그들이 연주한 악보는 분명히 한 작곡가가 어떤 이야기를 하기 위해 만들어낸 음악 언어다. 그런데 그 악보를 해석한 지휘자들은 분명히 같은 작곡가의 언어를 전혀 다르게 해석하고 연주한다. 지휘자는 지휘자대로 연주회에서 자신이 드러내고 싶은 이야기가 있을 것이다. 덧붙이자면 꼭 원래 작곡가의 이야기를 고스란히 옮기는 게 아니라, 자기가 하고 싶은 이야기를 하는 것 아닌가. 지휘자를 포함한 모든 연주자가 그런 거 아닌가. 그렇다면 예지 씨는 이번 연주회에서 무얼 이야기하고 싶은가?

"곡마다 다르죠. 제가 슈베르트를 좋아해요. 그의 삶보다는 그가 남긴 음악을 좋아하죠. 슈베르트의 다양한 음악 안에 내 생각과 딱 맞아들어가는 게 있더라고요. 이번 연주회는 독주회이다 보니, 내가 잘할 수 있는 걸 하고 싶었어요. 그냥 내 몸에서 흘러나오는 음악이요. 단순히 테크닉을 이야기하는 게 아니고, 내 삶을 이야기할 수 있는 곡을 연주하고 싶었어요. 이번 연주회 레퍼토리에는 삶의 희로애락이 다 들어 있어요. 불과 몇십 분밖에 안 되는 짧은 음악 안에 즐거움과 비통함 같은 게 다 들어 있어요. 심지어 아름답게 들리는 부분이라 해도 잘 들어보면 슈베르트가 느꼈던 고독과 실의 등 다양한 감정이 배어나오기도 해요. 내 삶도 그렇다고 생각해요. 사람들은 장애를 극복한 쪽으로 내 삶을 바라보죠. 그거야 저뿐이겠어요? 모든 사람이 다 적당히 극복해야 할 과제가 있는 거 아닌가요? 서로 조금씩 다를 뿐이겠죠."

이번 연주회를 넘어 궁극적으로 피아노를 통해서 세상에 이야기하고 싶은 것은 무엇이냐는 질문을 덧붙였다. 하나하나의 곡이 아니라, 피아니스트로서의 궁극적인 목적은 무엇이냐는 질문이다.

"나무에서 찾은 것과 크게 다르지 않을 겁니다. 피아노 연주가 한두 마디로 답이 딱 떨어지지 않아요. 내가 아무리 이야기하고 싶어도 듣는 사람이 꼭 그렇게 들어야 하는 건 아니거든요. 삶의 다양성이 있다는 거죠. 그걸 보여주고 싶어요. 나도 다른 사람들, 심지어 피아니스트들과도 다르잖아요. 지금 우리의 삶이 늘 정답은 아니다. 삶에는 다양함이 반드시 널려 있다. 세상에 그런 다양한 삶이 존재한다는 걸 나는 피아노로 이야기하고 싶어요."

간절함 혹은 성의가 문제다

주머니 속의 전화기가 다시 진동을 울린다. 아버지가 입원하신 병동은 전문 간호사들이 환자를 직접 수발하는 포괄간호서비스 병동이다. 가족을 필요로 하지 않는 현대식 병동이다. 그래도 처음 입원하실 때부터 거의 매일 연락이 온다. 치료를 거부하는 아버지의 고집 때문이기도 하지만, 무엇보다 청각을 거의 잃어버린 아버지와 소통하는 게 불가능한 까닭이다. 호출을 받고 병원에 달려가 봐야 병든 아버지께 몇 가지 치료 관련 사항을 전달하는 게 내 할 일의 전부다. 이야기를 잠시 끊고 전화를 받았다. 예상대로 별 일은 아니었다. 오후 늦게 병원에 방문하겠다고 이야기하고 전화를 끊었다. 김예지와의 나무 관찰을 먼저 마무리해야 했다.

아직 상의해야 할 중요한 이야기가 남았다. 달포 남은 세종문화회관 연주회에 관한 구체적인 준비 내용이다. 피아노 연주에 맞춰 영상을 함께 보여준다는 큰 그림은 확정했지만, 어떤 곡을 어떤 방식으로 보여줄지에 대해서는 아직 이야기한 비가 없기 때문에 진지할 수밖에 없었다. 영상 전문가인 양 피디와 서용원 촬영감독의 의견도 소중했다.

연주회는 중간 휴식 시간을 빼면 팔십 분 정도 걸린다. 모든 연주 음악에 영상을 함께 돌린다는 건 무리다. 음악에도 영상에도 집중하기 어려워진다. 일정 곡에만 영상을 돌리는 게 좋겠다. 여기까지는 모두가 금세 동의했다. 어느 곡에서 얼마 동안 영상을 돌려야 할지에 대해서는 의견이 분분했다. 처음 시작할 때의 가벼운 곡과 앙코르 곡에서만 영상을 돌리는 것은 어떨까. 관람객의 집중력을 음악으로부터 분산시키지 말자는 데에 우선 초점을 맞췄다. 영상 연주곡을 선택하는 데에는 김예지의 생각이 결정적이었다.

"이번 연주회에서 가장 집중적으로 연주하는 건 두 편의 즉흥곡 모음인데, 슈베르트는 각각 네 곡으로 구성한 각 편의 첫째 곡을 가장 중요하게 생각했어요. 그 곡이 시간도 길어서 각각 십 분 안팎이에요. 첫째 편이나 둘째 편 모두 죽음을 표현하는 건 마찬가지인데, 첫째 편에서는 죽음을 앞둔 고통을 종교적으로든 개인적으로든 극복하려는 느낌을 담았고, 둘째 편에서는 죽음을 초월한 아름다움을 담았어요. 그게 나무와 잘 연결돼요. 죽음을 바라보는 건 같지만, 하나는 고통스러워하는 쪽이고, 다른 하나는 아픔을 이겨내고 아름답게 받아들이는 쪽이에요. 그 두 곡을 영상으로 표현한다면 잘 어울리지 않을까요."

결국 십여 분 정도 걸리는 두 곡을 선택했다. 즉흥곡 모음 두 편의 각각 맨 처음 곡이다. 나무 영상으로 표현하기에 알맞춤한 곡, 곡 전체의 주제를 중심으로 곳곳에 에피소드가 삽입된 형식이어서 다양한 이미지를 표현하기 좋으리라는 게 그녀의 생각이었다.

영상을 돌리는 방식에 대해서도 다양한 의견을 나눴다. 나는 악보를 꼼꼼히 살펴보고 어느 소절에 어느 사진을 띄워야 할지를 궁리하고, 연주회에서는 프레젠테이션하듯이 악보를 보면서 하나하나 넘겨주는 방식을 제안했다. 악보를 제대로 공부해본 경험이 없는 나로서는 어려운 일이지만 해봄 직한 시도다. 자칫하면 음악의 이미지와 무관한 영상이 흘러나가는 우를 범할까 봐 두려운 때문이었다. 그러나 총 연주 시간인 십 분보다 좀 짧은 분량으로 영상을 완성해서 보여주는 게 더 좋은 방법이라고 결론을 맺었다.

이야기를 나눌수록 김예지와 진행해온 작업의 남다른 의미가 기분 좋게 다가왔다. 처음 그녀를 만날 때만 하더라도 여기까지는 생각하지 못했다. 그러나 늘 적극적인 성격인 데다 자신의 음악에 대한 자존감이 누구보다 강한 그녀의 추진력은 전체적인 프로그램을 진행하는 나를 압도하는 느낌까지 들게 했다. 한 달 반 정도 남은 연주회, 내게는 쉰 살이 넘어 새로운 무대에 데뷔하는 듯 소중한 의미의 무대다. 준비 상황을 구체적으로 점검하고 나니 마음이 설렜다.

여주에서 돌아오는 길에 아버지가 입원해 계신 병원을 찾았다. 치료는 물론이고 식사까지 거부하는 아버지를 간호사들은 설득하지 못했다. 거의 포기 상태였다. 가족의 간호가 필요 없다는 포괄간호병동에서 보호자를 자꾸 호출하는 것에 대해서도 그다지 미안해하지 않을 만큼 어쩔 수 없는 상황이라고 생각하는 듯했다. 소통이 불가능하다는 것은 제아무리 포괄간호병동이라 하더라도 제어할 수 없기 때문이리라.

아버지가 청각을 잃어간 것은 십 년도 훨씬 전의 일이다. 그때 이미 마련해드린 성능 좋은 보청기를 아버지는 이용하지 않는다. 내내 그랬다. 거추장스러울 뿐 아니라, 당신의 삶을 기계에 의존하는 게 불편하다는 생각에서라고 했다. 치료를 거부하는 것도 당신의 삶은 당신 스스로 결정하겠다는 뜻이다. 누구도 아버지를 설득할 수 없었다. 의사와 간호사를 모두 곤란하게 하고는 언제나 아들을 찾는다. 부리나케 병실을 찾아가지만 내가 할 일이라 봐야 청각을 잃은 아버지께 심각한 상태만 넘기면 곧 퇴원하실 수 있으니, 의사의 치료를 받으시라고 권하는 일이 전부다.

수완 좋은 간호사의 이야기도 듣지 않던 아버지는 내 이야기를 곧잘 알아듣는다. 청각을 상실했지만, 나를 바라보는 눈길은 언제나 간절했고, 그 간절함은 잃었던 청각을 되돌아오게 했다. 평소에는 귀에 대고 큰 소리로 이야기해도 무슨 말인지 알아듣지 못했지만, 이럴 때에는 누워 있는 아버지께 선 채로 찬찬히 이야기하는 정도로도 잘 알아들으신다. 간절함 혹은 성의가 문제였다.

시각이든 청각이든 감각의 활동은 그러니까 관심과 성의의 정도를 따를 수밖에 없다. 김예지가 맞았다. 김예지는 그날, 내가 어떤 감각으로 나무를 관찰하느냐고 물었을 때, 꼭 일정한 감각을 이용한다거나 누구에게나 효능이 있는 특별한 방법이 있는 건 아니고, 대상을 얼마나 알려 하는가 하는 관심, 그리고 대상에 대한 성의가 전제되어야 한다고 했다. 시각을 활용하는 사람이라 해도 관심도 없고, 성의도 들이지 않는 대상이라면 결코 제대로 파악할 수 없다는 게 그녀의 이야기였다. 아버지가 꼭 그랬다.

색종이로 오려낸
괴산 오가리 느티나무

괴산 오가리 느티나무를 찾아가야 한다. 수첩에는 괴산 오가리 느티나무 답사라고 써놓고, 줄표를 그은 뒤, 초등학교 도덕교과서의 진부한 표현처럼 '도전'이라고 써두었다. 진부하지만 도전은 도전이다. 괴산 오가리 느티나무는 내가 그동안 만난 모든 느티나무 가운데에 가장 아름다운 느티나무에 꼽힌다. 물론 시각 위주의 내 관찰에 따른 주관적 판단이다. 크고 아름다운 이 나무를 찾아가려 한 것은 이 프로젝트를 처음 시작할 때부터 염두에 둔 일이다.

낙엽 지기 전에 괴산 오가리 느티나무 앞으로 그녀를 이끌어야 한다. 대관절 시각 아닌 다른 감각으로 그 큰 나무를 어떻게 느끼도록 한단 말인가. 나는 그녀가 오감을 동원해 나무를 관찰한 뒤에 괴산 오가리 느티나무의 아름다움을 그대로 표현해줄 수 있기를 처음부터 바랐다. 그러나 시간이 갈수록 그건 잘못임을 깨달았다. 무려 오백만 장이나 되는 나뭇잎을 일일이 만져볼 수도 없는데다 손 닿지 않는 높은 곳에서 뻗어 나온 나뭇가지도 만져볼 수 없다. 어떻게 나무를 알겠는가. 전체적인 생김새를 어떻게 감지해낸단 말인가.

괴산 오가리 느티나무를 찾아가서 그녀로부터 들을 수 있는 건 가까이에 있는 나무를 어루만지며 나누었던 이야기를 넘어서기 어려울지도 모른다. 그렇다면 굳이 시간을 내서 멀리까지 갈 필요가 있을까. 바람결에 가을이 느껴져 곧 나무에 달린 오백만 장의 잎사귀가 다 떨어지리라는 걸 예측하면서, 갈까 말까 하는 마음으로 초조했다.

홀로 괴산 오가리 느티나무를 찾았다. 김예지와 어떤 방식으로 나무를 탐색해야 할지를 궁리하기 위해서였다. 그러나 아무리 생각해도 좋은 방법이 떠오르지 않았다. 붉은 단풍 물이 채 오르지 않은 나무줄기에 여느 때처럼 기대어 주저앉았다. 살아가는 일이 이유 없이 힘들거나 세상살이에서 부닥치는 갖가지 문제의 답이 보이지 않을 때, 지금처럼 나무줄기에 기대어 앉아 이런저런 생각을 해왔다. 그러나 지금 나무는 답을 주지 않는다. 난감했다. 하릴없이 시간만 흘려보냈다. 답답한 마음으로 돌아오는 길에 문득 소설《우리가 볼 수 없는 모든 빛》의 주인공인 마리로르의 아버지가 떠올랐다.

마리로르의 아버지는 딸이 스스로 살아갈 수 있는 지혜의 눈을 뜨게 하려고 정성껏 종이로 마을의 모형을 만들었다. 아주 정교하고 세밀하게. 그리고 아버지의 종이 모형을 만지며 자기의 생존 공간을 탐색하던 마리로르는 '무언가를 만진다는 것은 그걸 사랑한다는 것'이라는 메시지를 아로새겼다.

그것이다. 나무를 공작하자. 마리로르의 아버지처럼 나도 종이로. 소설 속의 아버지처럼 정교하게 만들어내지는 못하더라도, 최대한 괴산 오가리 느티나무의 생김새를 종이로 표현해보자. 할 수 있다면 나무의 윤곽이 그대로 드러나도록 입체적으로 해야 한다. 다양한 방향에서 바라본 나무의 모양을 여러 장으로 표현하는 것은 어떨까. 여러 컷의 나무 사진을 두툼한 종이에 오려 붙이고, 다시 그 두꺼운 종이를 오려내서 스케치북에 붙인다. 촉각이 예민한 김예지라면 약간의 요철만으로도 충분히 나무의 생김새를 알 수 있을 것이다. 그렇게 큰 나무의 생김새는 탐지할 수 있다.

규모는 어떻게 알려주나? 그렇다, 줄기 전체가 그대로 드러나고 그 곁에 사람이 있으면 사람의 크기와 나무줄기의 굵기를 비교할 수 있다. 또 사람을 포함시켜 나무 전체의 사진을 찍고, 나무와 사람을 함께 표현하면 나무의 높이와 전체 규모도 짐작할 수 있다. 할 수 있다면 사람 외에 자동차처럼 김예지가 잘 아는 다른 조형

괴산 오가리 느티나무

충북 괴산군 장연면 오가리 우령마을 어귀에 서 있는 세 그루의 느티나무를 한데 묶어 가리키는 것으로, 1996년에 천연기념물 제382호로 지정됐다. 마을이 형성되던 팔백 년 전에 심은 나무로, 오랫동안 마을의 수호목으로 살았다. 마을 사람들은 비탈 아래쪽의 나무를 하괴목, 그 위쪽의 나무를 상괴목이라고 부르며, 하괴목에서 당산제를 지낸다. 비교적 작은 편인 다른 한 그루에는 특별한 이름이 없다. 마을에서는 이 세 그루의 나무를 '삼괴정(三槐亭)', 즉 '세 그루의 느티나무 정자'라고 부른다. 이 가운데 가장 큰 상괴목은 높이 25미터, 가슴높이 줄기둘레 8미터쯤 된다.

물을 포함시키면 더 좋겠다.

머뭇거리지 않고 문방구로 달려갔다. 커다란 스케치북과 함께 두꺼운 색종이를 비롯한 종이 공작 도구를 넉넉히 구입했다. 참 오랜만에 만져보는 도구들이다.

먼저 나무 전체의 수형이 제대로 드러난 여러 장의 사진을 찾아냈다. 큰 차이는 아니라 해도 보는 방향에 따라 조금씩 다르게 보이는 나무 사진을 골라냈다. 가능하면 서로 다른 방향의 사진들을 우선해서 끄집어냈다. 완전히 드러난 나무줄기 곁에 내가 주저앉은 사진도 있었다. 어느 잡지의 인터뷰 때에 사진기자가 찍어준 사진이다.

전체적인 윤곽이 선명하게 드러나는 사진들을 프린터에 걸었다. 인쇄돼 나오는 사진에 골고루 풀칠을 해서 두꺼운 색지에 붙였다. 그리고 가위로 오리기 시작했다. 생각보다 쉽지 않았다. 예민한 촉각을 가진 그녀가 조금이라도 더 섬세하게 느낄 수 있도록 나무의 윤곽을 세밀하게 오려내고 싶었다. 아무리 바깥 윤곽이라고는 하지만, 나무는 어느 한 곳에도 직선이 없다. 온통 곡선인 데다 그것도 구불구불하다. 세심하게 바깥 곡선을 오려냈지만, 디테일에 집중하니 전체적인 윤곽이 오히려 방해되는 듯했다. 몇 차례의 실패를 거듭했지만 만족할 만큼의 작품은 쉽게 나오지 않았다. 초등학교 때의 미술 실기 수업을 더 열심히 해야 했다.

한 굽이 두 굽이, 나무의 윤곽을 따라 가윗날이 종이를 스칠 때마다 나는 소설 속 마리로르의 아버지를 생각했고, '무언가를 만진다는 건 그것을 사랑하는 것'이라는 마리로르의 이야기도 떠올렸으며, 김예지의 여린 손길을 상상하기도 했다. 두꺼운 색종이를 오려내는 가위질은 쉽지 않았다. 게다가 나무 사진을 프린트한 종이까지 겹쳐진 두 겹이니 더 그렇다.

긴 시간도 아니었는데 가위의 손잡이에 끼어 들어간 손가락 마디에 가벼운 통증이 실렸다. 두꺼운 종이를 살살 돌릴 때마다 가위를 잡은 손가락도 함께 좌우로 혹은 백팔십 도 반대 방향으로 돌려가며 절룩거린 탓일 게다. 기분 좋은 혹은 사랑 담긴 통증이다. 잠시 가위를 내려놓았다. 두꺼운 종이를 오려내 스케치북에 붙이는 목적은 나무의 디테일을 보여주기 위한 것이 아니라 나무 전체의 모습과 규모를 알려주기 위함이다. 어차피 나무의 모습 전체를 입체적인 조형물로 공작하는 게 아니라면, 세밀하게 오려내는 것보다는 애초의 의도에만 집중하자는 생각으로 다시 가위를 잡았다.

일정한 만큼의 디테일을 덜어내니, 가위질은 속도를 냈다. 한 장의 나무 모양이 만들어졌다. 스케치북의 한가운데에 붙였다. 눈 감고 가만가만 종이로 만든 나무의 윤곽을 김예지가 평소에 하는 것처럼 만져보았다. 숱하게 많은 나뭇잎 사이에 드러나는 나뭇가지나 나무줄기의 울퉁불퉁한 굴곡까지 느껴지지 않는다는 아쉬움이 컸지만, 나무의 전체적인 생김새는 짐작할 수 있었다. 그 이상은 내 능력으로 불가능한 일이다.

나무줄기가 선명하게 살아 있는 다른 사진을 찾았다. 이번에는 아예 잎사귀를 버리고, 나무줄기와 굵은 가지의 윤곽을 오려낼 생각이다. 김예지에게 전체를 알게 한 뒤, 줄기에서 뻗어 나온 나뭇가지를 하나하나 느껴보게 할 요량이다. 특히 수평으로 뻗으며 몇 개의 굵은 가지를 돋운 부분을 세심하게 오려냈다. 마침 그 굵은 줄기 곁으로 이어서 쌓은 석축 위에 내가 앉아 있는 사진이다. 나무를 한 겹으로 오려내고, 이번에는 석축을 다시 한 겹 더 오린 후 앞서 오려낸 나무 위에 덧대 붙여서 요철의 차이를 만들어냈다. 그 다음에는 앉아 있는 내 모습을 한 겹 더 오려내 세 겹으로 구분해 붙였다. 나무, 석축, 사람이 제가끔 다른 두께를 가지고 있어서 보지 않고 만져볼 때 각각의 다른 느낌이 전달되어온다. 좋다.

이제 사람이 포함된 사진을 오려낼 차례다. 나무 그늘에 사람이 서 있고, 다른 한쪽에는 자동차도 있다. 사람과 자동차를 모두 포함시켜 오려내면 금상첨화겠다. 크게 나무를 오려내고 나무와 떨어진 위치에 서 있는 사람과 자동차를 크기 그대로 오려내 원래의 위치에 붙였다. 보지 않고 만져봐서는 자동차와 사람을 구별할 수 없다. 그래서 더 좋다. 김예지가 손으로 만지게 될 때, 그 작은 조형물은 무엇인지를 물어가면서 분위기를 더 유쾌하게 만들 수 있다. 게다가 사람 키의 열 배가 넘는 나무의 규모를 짐작하는 데에는 더없이 좋다.

그렇게 하얀 도화지 위에 두툼한 색종이 나무를 붙인 페이지를 하나하나 만들어갔다. 초등학교 이후로 처음 하게 된 색종이 오리기 작업이었지만, 즐겁고 보람된 그 일은 밤을 넘어 이튿날까지 이어졌다.

색종이로 오려낸 괴산 오가리 느티나무를 바라보며 행복한 느낌으로 이번 김예지의 귀국 독주회 프로그램 안내지에 우리의 영상 작업을 소개할 짧은 문구를 정리해 이메일로 보냈다. 연주회 전반을 설명하는 글의 맨 뒤에 추가할 한 단락의 문장이다.

청각 이미지와 시각 이미지의 행복한 만남

이번 연주회에서는 김예지의 피아노가 빚어내는 청각 이미지와 말없이 많은 이미지를 보여주는 나무의 시각 이미지가 결합하는 특별 순서를 선보인다. 최근 나무 안에 담긴 음악-청각 이미지를 진지하게 탐색 중인 김예지가 청각과 시각의 결합을 시도한다. 국내 최초의 나무칼럼니스트인 고규홍 교수가 자신의 나무 사진을 피아노 연주에 알맞춤한 나무 영상으로 보여줄 예정이다.

도시의 나뭇잎에서 가을을 만지다

여주 집에서 나무를 관찰하고 나흘 뒤의 오후, 숙명여대 뒤쪽 한적한 길가에 섰다. 숙명여대 실기 강의를 마치고 집으로 돌아갈 김예지와 그녀의 앞길을 안내할 안내견 찬미를 기다렸다. 지난봄에 찾아본 나무들이 보여줄 계절의 변화를 확인하고 싶었다. 시월도 중순에 들어섰으니 나무에 변화가 있을 법도 하련만, 서울의 나무들에는 뚜렷한 가을 기색이 아직 오르지 않았다. 시각에서만 그런건지는 모른다. 여주에서 그랬던 것처럼 시각으로 확인할 수 없는 변화는 따로 있지 않을까 하는 생각에 그녀를 기다리는 마음은 설렜다.

길모퉁이에 서서 얼마쯤의 시간이 흐르자, 강의를 마친 김예지가 찬미를 앞세우고 나타났다. 개의 속내를 알 수야 없지만, 찬미가 나를 알아보는 눈치다. 내 쪽으로 다가오는 찬미의 꼬리가 흥겹다. 찬미는 김예지를 내 쪽으로 이끌어온다. 찬미는 나를 기억할 뿐 아니라, 신통하게 반가워할 줄도 안다.

김예지에게는 입으로, 찬미에게는 눈으로 인사를 건넸다. 모두 반가워한다. 그녀에게 오늘의 과제를 먼저 이야기했다. 가을이라 해도 될 만한 시월 중순이어서 나무들에게 변화가 있으리라 짐작했는데, 미리 와서 살펴보니 별다른 변화가 없다. 물론 시각으로 살핀 결과가 그렇다는 이야기다. 혹시 내가 눈으로 찾아내지 못하는 변화는 있지 않을까 한번 살펴보자. 그래서 지난번에 살펴본 나무들을 하나하나 짚어보자고 이야기했다.

지난봄과 같은 순서로 나무를 찾아갔다. 능소화가 제일 먼저다. 활짝 피었던 주홍색 꽃송이를 볼 수 없다는 것 외에 나는 별다른 변화를 찾을 수 없다. 그녀가 능소화 앞에 다가섰다. 스스로 능소화 덩굴을 찾아내 어루만졌다.

"지난번하고는 다른데요."

기대는 했지만, 반응은 예상보다 빨랐다. 줄기든 잎이든 한참을 탐색한 뒤에야 한두 마디 나무의 특징을 이야기하던 여느 때와 달리 덩굴 줄기에 손이 닿고 불과 몇 초 지나지 않아 곧바로 봄과의 차이가 느껴진다고 그녀가 말했다.

"껍질부터 달라요. 색의 변화는 알 수 없지만 껍질의 느낌은 분명히 알 수 있어요. 그때에는 촉촉하면서, 덩굴이 감고 오른 나무줄기에 바짝 붙어 있었어요. 그런데 지금은 나무줄기와 덩굴 사이가 좀 비었고, 덩굴 줄기의 겉껍질도 좀 떠올랐어요. 음, 마치 도배를 잘못한 벽지처럼요."

얼마 지나지 않은 사이에 나타난 나무의 변화가 신기하다며 그녀가 이야기를 이어갔다. 알아듣기 쉬운 비유도 재미있다. 그러나 나는 느껴지지 않았다. 정말 그러냐고 되물으며 그녀의 손이 닿았던 자리에 손을 가까이 댔다. 나는 잘 느껴지지 않는다고 하자, 꾹 누르면 안 되고, 살그머니 대고 느껴보면 알 수 있을 거라고 했다.

그녀는 내게 감각 사용법을 알려주었다. 그래도 언감생심이다. 예민한 촉각은 시각을 버린 자만이 얻을 수 있는 특권이었다.

꽃송이 떨어지고 앙상하게 남은 가지 쪽으로 김예지의 손을 끌었다. 여름 지나 꽃송이가 떨어졌다는 지극히 당연한 사실조차 그녀는 신기하다고 했다. 별다른 변화가 보이지 않는 잎도 찾았다. 몇 장의 잎을 만져보면서, 내가 먼저 "아무 변화가 없지 않느냐?"고 물었다. 그래도 변화가 있기를 바랐는지, 그녀는 색깔도 안 변했느냐고 물었다. 줄기에서는 분명한 변화가 느껴지는데, 잎에는 아무런 변화가 없다는 걸 그녀는 또다시 신기해했다.

시각과 청각의 행복한 만남을 향하여

백주년기념관 뜨락의 백송과 낙우송 쪽으로 걸음을 옮기다가 지난봄에 그랬던 것처럼 똑같은 자리에 앉았다. 나누고 싶은 이야기가 많아서다.

"우리는 어떤 사물을 대하게 되면 일단 보죠. 먼저 시각으로 감지하려는 거죠. 그런데 시각이 절대적이라 할 만큼 강렬한 까닭에 시각 경험의 결과를 대상의 전부인 것처럼 판단하게 돼요. '백문이 불여일견', 'Seeing is Believing'이라는 말이 죄다 그런 거죠. 그런데 옛날로 돌아가면 시각은 지금만큼 중요하지 않았다고 해요. 이를테면 신화나 옛이야기에 나오는 예언자나 점성술사, 지식인 가운데에는 맹인이 많거든요. 시각이 중요하게 여겨진 것은 근대 과학이 시작되면서부터죠."

차근히 이야기를 들으며 하나하나 반응을 보이던 김예지가 "산업화 시대에 그렇게 된 거죠."라고 덧붙였다. 나는 이야기를 계속 이어갔다.

"보는 게 전부인 것처럼 생각하게 된 건 이른바 구술 시대에서 문자 시대로 넘어온 결과라고 봐야 해요. 절대화한 시각, 그걸 시각의 권력화라고 이야기할 수도 있겠죠. 시각이 촉각, 청각, 후각, 미각 등 다른 감각을 완전히 압도하고 종속시켜버렸어요. 사물이든 사람이든 시각은 모든 걸 인식하고 판단하는 가장 중요한 기준이 된 겁니다. 그렇다면 이미지의 시대인 지금 시각을 활용하지 않는 예지 씨는 새로운 사물이나 사람을 대할 때 어떤 감각을 이용하는지 궁금해요."

"사물에 따라 다르죠. 어떤 사물은 손으로 만지면서 촉각의 특징을 먼저 새겨두고, 또 후각으로 느낄 수 있는 특징을 가진 사물이 있다면 당연히 그게 먼저 들어오죠."

나는 내게서 배어나올 담배 냄새 때문에 움찔했다.

"가능한 모든 감각을 동원하는 거예요. 사람을 만날 때는 그 사람의 말을 듣게 되니까 청각 이미지가 가장 먼저 들어와요. 예를 들어 교수님 말씀을 들으면서 음색뿐 아니라 이야기의 어느 부분에서 웃으시는지, 자주 쓰시는 표현은 어떤 것인지를 통해서 알려고 하죠."

지난봄 처음 만났을 때 그녀는 나의 목소리를 듣고 매우 엄한 선생님 분위기라고 했다. 그 생각이 변하지 않았느냐고 물었다. 변함없다고 했다. 그러나 잘 웃고, 재치가 있다거나 요즘 트렌드를 따르려고 애쓰는 사람이라는 느낌을 갖게 됐다고 덧붙였다. 엎드려 절 받기라고 하자, 그녀는 수업을 듣는 학생도 아닌데 굳이 잘 보이려고 과장할 일 없다고 대거리하며 활짝 웃었다.

"나무에 접근하는 감각에는 개인차가 있지 않을까요? 나무를 느끼려는 의지와 성의가 중요한 거지, 어느 감각을 이용하느냐는 중요하지 않다고 생각해요."

나무 관찰법에서 자신과 내가 다를 수밖에 없다면서 그녀는 내가 나무를 시각으로만 관찰하지만 자신은 시각 외의 감각을 공평하게 이용할 수밖에 없지 않느냐고 했다. 시각으로 나무를 관찰하는 사람이 시각 이상의 감각을 더 활용하지 않는 건 당연한 일 아니냐며, 시각 활용의 중요성을 강조했다. 시각의 권력화 현상은 시각장애인인 그녀에게도 영향을 미치고 있었다.

항의하듯 대꾸했다. 나는 나무를 시각 이상의 감각을 이용해 관찰하려고 애쓰는 편이다. 나무를 좀 더 잘 느끼기 위해 만져보는 것은 필수고, 꽃이나 잎의 향기를 맡아보고, 나뭇가지 스치는 바람 소리를 들어보는 건 물론이며, 때로는 나뭇잎이나 꽃잎, 열매를 입에 넣어 씹어보며 미각을 느껴보기도 한다고 했다.

"그러시군요."라고 그녀가 반응했지만, 그건 시각을 활용하는 다른 사람 모두에게 통용되는 게 아니라, 나무를 집중적으로 관찰하는 내게만 특별한 것 아니냐는 표정까지 거두지는 않았다. 하긴 그렇다. 얼마나 많은 사람이 솔잎과 은행잎의 텁텁한 맛을 기억하겠으며, 또 어느 누가 댓잎에 바람 스치는 소리와 갈대숲에 부는 바람 소리를 구별하려 애쓰겠는가. 볼 수 있는 특권을 가진 사람이 미각과 청각을 활용하는 건 오히려 군더더기로 여겨지리라.

자리에서 일어서며 그녀가 연주회 이야기를 꺼냈다. 내가 보내준 프로그램 안내지에 들어갈 문구를 잘 받았다고 했다. 그 짧은 글의 제목이었던 '시각과 청각의 행복한 만남'이라는 문구가 인상적이라고 했다. 앞으로 아예 이 제목으로 연주회를 해보고 싶다고도 했다.

보이지 않는 세상에만 존재하는 빛

낙우송과 백송의 가을맞이를 살펴볼 차례다. 눈으로는 변화를 찾을 수 없다. 봄과 가을의 변화는커녕 시각으로만 관찰한다면 사철 내내 변화가 없는 상록성 침엽수들이다. 내가 보지 못한, 그러나 그녀가 찾아낼 나무의 심드렁한 변화를 기대하며 먼저 낙우송에 다가섰다.

낙우송의 줄기와 잎을 골고루 만져본 그녀가 처음에는 아무런 변화가 없다고 했다. 눈으로 보는 것과 차이가 없다는 이야기다. 그러나 오래 자세히 손으로 나뭇잎을 바라보던 그녀는 잎이 약간 얇아졌고, 겹잎의 크기가 좀 쪼그라들었다고 했다. 그건 눈으로 확인되지 않는 변화다. 겹잎 안의 작은 잎들의 사이가 성글어졌다는 이야기도 덧붙였다. 다닥다닥 붙어서 난 작은 잎들의 몸피가 줄어들면 잎과 잎 사이의 공간이 늘어나는 건 자연스럽다. 조락의 계절을 준비하는 낙우송 이파리의 변화였지만, 내 눈으로는 확인하기 어렵다.

줄기에서는 변화를 찾을 수 없다던 그녀가 가만히 줄기 가까이에 코를 댔다. 나도 그녀처럼 낙우송 줄기의 향기를 탐색했다. 그러나 주변 식당에서 풍기는 음식 냄새 때문에 나무의 향기를 맡을 수 없었다. 그녀도 음식 냄새가 훼방을 놓기는 하지만, 나무 자체의 향기는 감지된다고 했다. 또 줄기의 피부가 나이 든 사람의 피부처럼 각질이 생겨 탈락하려는 것 아니냐고 물었다. 그건 계절의 변화라기보다는 나무 자체의 특징이라고 답했다.

가을이어서 나타난 뚜렷한 변화가 있었다. 시각으로도 확인되는 변화. 열매다. 동그란 열매가 곳곳에 매달렸다. 가지 끝을 끌어내려 김예지의 손에 닿게 했다. 열매를 만지자마자 그녀는 "리치 같아요." 했다. 열대과일 중의 하나인 리치를 상기한 것이다. 무슨 색이냐고 물었다. 아직은 초록색이지만, 시간이 지나면 갈색으로 바뀐다고 알려줬다. 잎이나 줄기보다는 열매에 호기심이 동했는지 열매를 어루만지는 데에는 훨씬 많은 시간이 소요됐다.

백송이야말로 아무런 변화도 없다. 내 눈에만 그런 건 아니다. 옛사람들이 사시사철 변치 않는 절개를 선비가 갖춰야 할 지조에 빗대어 노래한 것도 그래서였다. 우선 백송의 줄기가 그랬다. 단단한 껍질 안쪽이 떠 있다는 느낌도 없고, 심지어 촉촉함도 봄의 느낌과 다르지 않아 아무런 변화를 관찰할 수 없다. 그녀도 처음에는 내 관찰 결과에 동의했다.

계절의 변화라고 할 수는 없지만, 잎에서 나는 향기는 봄보다 훨씬 강하게 배어나온다고 했다. 향기 덕분에 가까이 다가서면서부터 나무의 존재를 알아챘다고 했다. 손을 들어 나뭇가지에 달린 푸른 솔잎을 만져보던 그녀는 솔잎이 더 딱딱해졌고, 끝부분은 더 억세졌다고 했다. 봄에는 잎의 끝부분을 만져도 그리 아프다거나 따갑다는 느낌이 없었는데, 지금은 따가워서 만지기 싫다며, '아얏!' 소리까지 덧붙였다. 한번 나서 두서너 해를 살다가 떨어지는 소나무 잎은 계절의 변화 때문이 아니라 아마도 그 짧은 기간 동안 제 몸을 더욱 크고 단단하게 키운 모양이다. 그녀가 한 것처럼 손바닥에 거꾸로 세워 찔러본 백송의 잎은 내게도 따갑게 느껴졌다.

다시 걸었다. 길 건너편의 제1캠퍼스로 넘어갔다. 앞장선 찬미는 거리의 사람들 사이를 헤치며 당당하다. 그 뒤를 우리가 따라간다. 지나는 사람들의 눈길은 김예지와 나에게보다 찬미에게 더 오래 머무른다. 단아한 화단이 정겨운 정원 안쪽의 단풍나무를 찾아갔다. 나흘 전 시골집에서 관찰한 단풍나무는 어린 나무여서 잘 자란 단풍나무의 줄기가 보여주는 미끈한 특징을 감지하기 어려웠다. 학교 안의 단풍나무는 꽤 잘 자란 나무다. 김예지가 단풍나무에 다가섰다. 더듬더듬 단풍나무 특유의 단단하고 매끈한 줄기를 어루만졌다. 단풍나무도 백송처럼 줄기에서는 가을의 변화가 감지되지 않는다는 게 그녀의 판단이었다. 그래서 잎을 찾았다. 크고 작은 잎을 나누어 만져보았다. 큰 잎을 만져보다가는 다시 허공을 더듬어 작은 잎을 찾아서 비교해보고, 동시에 크기가 다른 잎을 만져보려는 생각으로 김예지가 찬미의 하네스를 잠시 맡아달라고 내게 내주고는 두 손을 높이 치켜들었다. 한 손으로는 비교적 큰 잎을, 다른 한 손으로는 좀 작은 잎을 어루만졌다.

그녀가 "여주 집에서 본 잎과 비슷한 느낌을 또렷이 느낄 수 있어요. 이 잎은 곧 단풍이 들 잎으로 생각되고요."라더니, "낙엽 되어 떨어질지도 몰라요."라고 덧붙였다. 눈으로는 감지하기 어려운 빛깔과 조락의 조짐이다. 잎 가장자리가 말라가는 중이어서라는 이야기다. 시각에 의한 빛깔에는 아무런 변화가 없지만, 촉각으로는 말라가는 잎의 변화가 느껴진다는 것이다. 심지어 넓은 잎 중에 거치 부분만 말라가고 있다고 세분하여 감지해내기도 했다. 이미 단풍나무의 가을맞이를 한 차례 살펴본 경험이 있는지라, 단풍나무 잎의 변화에 대해 그녀는 머뭇거리지 않고 판단했다. 싱겁다 할 정도로 쉬웠다.

전체적으로 단풍나무 잎은 초록색이지만, 햇살 좋은 쪽 나뭇가지 끝의 잎들에는 붉은 기운이 올라왔다. 피아니스트 김예지는 피아노 건반 위를 춤추듯 나뭇잎들 사이를 가볍게 때로는 강렬하게 옮겨 다니며 가을의 노래를 불렀고, 시각장애인 김예지는 서로 다른 잎들이 보여주는 빛깔의 차이를 또렷하고 찬란하게 그려냈다. 빛깔을 보지 않으면서도 촉감으로 잎의 변화를 섬세하게 감지했고, 머릿속으로 알고 있는 단풍나무 잎의 변화를 짚어냈다. 촉감으로 읽어내는 단풍잎의 빛깔은 그녀의 여주 집에서 그랬듯이 정확했다. 시각 없이 살아온 그녀이건만 나무의 빛깔을 구분해내는 데에는 아무 문제가 없었다.

빛 없는 세상에는 빛의 세상에 없는 또 하나의 아름다운 빛깔이 살아 있었다.

나무와 피아노의 합주를 준비하며

'김예지 귀국 피아노 독주회'라는 이름의 연주회가 며칠 남지 않았다. 그가 연주할 슈베르트의 즉흥곡 가운데에 영상을 함께 연주할 두 곡을 귀에 박이도록 되풀이해서 들었다. 피아니스트에 따라 연주의 차이가 있기에 김예지의 연주를 녹음해서 듣는 게 가장 좋으리라. 연주의 분위기는 둘째 치더라도 연주 시간의 차이는 특히 그렇다. 연주 시간에 따라 영상을 맞춰야 하는 때문이다. 우선은 곡의 흐름을 익히기 위해 갖고 있던 음반을 찾았다. 블라디미르 호로비츠의 음반이 있었다. 다른 곡은 그냥 두고, 우선 영상을 맞춰야 할 두 곡을 MP3 파일로 추출해서 컴퓨터에 저장했고, 컴퓨터를 켤 때마다 곧바로 그 음악을 틀었다. 듣고 또 들었다.

악보도 구했다. 악보만으로 음악을 이해하는 연습은 익숙지 않았다. 음악을 들으며 악보에 점을 찍으며 넘기는 일은 마치 피아노를 한참 배우던 아이들 곁에서 악보를 넘겨주던 그때 그것과 다르지 않았다. 가끔은 메트로놈을 켜서 곡의 빠르기를 가늠하기도 했다. 음악에 대한 내 나름의 인상은 젖혀두고, 김예지가 이번 연주회에서 표현하고자 하는 이 음악의 이미지, 즉 죽음을 앞둔 두 곡의 상반된 이미지를 떠올리는 것도 당연한 연습에 속했다. 두 곡은 그렇게 청각 이미지로, 시각 이미지로 가슴 깊이 자리 잡았다.

정류장에서 오지 않는 버스를 한가로이 기다리면서 나도 모르게 흥얼대던 휘파람의 선율이 바로 그 음악이 될 즈음, 비로소 그 곡의 선율에 알맞춤한 나무 사진을 골라내는 작업을 시작했다. 음악이 들려주는 청각 이미지에서 떠올린 시각 이미지를 먼저 텍스트로 정리했다. 이를테면 첫 소절은 '겨울 숲이거나 침엽수림의 어두운 풍경', 다음 소절은 '거대한 느티나무의 단풍 든 모습' 같은 방식이다. 영상의 흐름도 텍스트로 먼저 구성했다. '어두운 숲에서 점차 하늘이 열린 숲으로', '단풍 든 느티나무의 전경에서 잎 한두 장의 디테일한 모습으로'처럼 곡의 흐름에 맞춰 시각 이미지를 일일이 텍스트로 정리했다.

다음 순서는 정리된 텍스트에 맞춤한 사진을 찾아내는 일이다. 지난 십칠 년 동안 촬영한 나무 사진이 담긴 외장 하드디스크를 열었다. 2테라바이트에 무려 이십만 장이 넘는 사진들, 그 안에서 김예지의 피아노 음악, 그리고 그녀가 피아노를 통해 노래할 메시지를 가장 잘 드러낼 나무 사진을 찾아내야 한다. 적잖은 시간이 필요했다. 나무 사진만 꺼내보며 며칠 낮과 밤을 보내고서 찾아낸 사진은 약 오백 장. 하지만 머릿속으로 떠올렸던 이미지에 꼭 맞는 상황은 아니었다. 어두운 숲이기는 하지만 부분적으로 초록 잎이 선명하다든가, 잎 하나를 선명하게 보여주는 사진이어야 하는데 주변에 푸른 잎이 남아 있다든가 해서 꼭 한구석이 모자랐다.

보정 작업이 이어졌다. 죽음을 고통스럽게 바라보는 영상이라면 채도를 낮추어 흑백 톤에 가깝게 하고, 죽음을 극복한 상황을 표현한 선율에 맞출 영상은 거꾸로 채도를 높이고, 선명도를 예리하게 조정했다. 단순노동이랄 수도 있는 사진 보정 작업이 며칠 동안 계속됐다. 일정한 수준의 만족도가 갖추어진 뒤에 애초에 생각했던 구성 시나리오에 맞게 사진을 배열했다. 그렇게 이어진 며칠 간의 작업은 리허설이 예정된 16일의 닷새 전인 11월 11일에 마무리되었다.

시각으로 영상을 확인할 수 없는 김예지에게 완성된 영상을 보여주기 위해 사진을 다시 텍스트로 정리했다. 내가 골라낸 사진이 자신의 음악에 얼마나 맞아드는지에 대한 최종 판단은 그녀가 할 일이어서다. 텍스트로 정리한 영상 시나리오를 이메일로 보냈다.

영상 구성 시나리오

1세트의 1번 곡

일흔네 컷 모두 간격은 동일하게 8초씩 총 592초

1 어두운 숲 정경 : 세 컷, 0~24초(24초)

- 겨울 숲 혹은 침엽수의 숲 어두운 풍경

2 단풍 : 네 컷, 25~56초(32초)

- 오가리 느티나무에서 시작해서 단풍 든 나무의 전체와 잎

3 낙엽: 여덟 컷, 57~120초(64초)

- 가지에 매달린 한 장의 잎과 바닥에 깔린 낙엽 풍경과 땅에서 올라오는 버섯

4 큰 나무 : 아홉 컷, 121~192초(72초)

– 침엽수이거나 낙엽 진 겨울나무 전체 모습

5 굵은 줄기 : 스물두 컷, 193~368초(176초)

– 굵은 나무줄기 디테일을 보여주는 데에서 시작해서 비틀리고 꼬인 줄기 모습

6 고사목 : 다섯 컷, 369~408초(40초)

– 죽은 나무의 장엄한 풍경

7 수피 : 일곱 컷, 409~464초(56초)

– 수피 디테일로 시작해서 수피에서 자라나는 새싹들의 꿈틀거림

8 하늘로 뻗은 가지 : 여섯 컷, 465~512초(48초)

– 하늘로 치솟아 오른 나뭇가지 모습, 로 앵글

9 안개와 노을 정경 : 다섯 컷, 513~552초(40초)

– 안개를 배경으로 한 나무에서 노을 배경의 나무

10 그늘에 비치는 빛 : 세 컷, 553~576초(24초)

– 나뭇가지 사이로 비쳐 들어오는 빛

11 메타세쿼이아 숲길 : 두 컷, 577~592초(16초)

– 멀리 빛이 보이는 출구를 상징할 수 있는 가로수 길

2세트의 1번곡

1번부터 18번까지의 간격 8초 : 8×18=144초

19번부터 65번까지는 간격 7초 : 7×47=329초

66번부터 79번까지는 간격 8초 : 8×14=112초

총 585초

1 숲 정경 : 두 컷, 0~16초(16초)

- 깊은 숲이지만 1세트와 달리 밝고 유쾌한 분위기의 숲

2 큰 나무 : 열 컷, 17~96초(80초)

- 희망찬 느낌의 큰 나무, 특히 주변에 다른 조형물 없어 시원한 느낌의 나무

3 큰 나무 굵은 줄기 : 여섯 컷, 97~144초(48초)

- 굵은 줄기이지만, 1세트와 달리 밝고 희망찬 느낌의 줄기 부분

4 잎 : 열 컷, 145~214초(70초)

- 원추리 새싹에서 시작해서 이끼, 은행나무 새싹 등 앙증맞게 돋아나는 생명들

- 여기서부터는 경쾌한 분위기를 위해 슬라이드 간격도 1초 빠르게

5 풀꽃 : 스물한 컷, 215~361초(147초)

- 작지만 아름답고 화려한 꽃

6 나무꽃 1 : 열여섯 컷, 362~473초(112초)

- 나무에서 피어난 탐스럽고 화려한 꽃

7 나무꽃 2 : 네 컷, 474~505초(32초)

- 꽃봉오리와 장미

- 여기서부터 다시 슬라이드 간격을 1초 느리게

8 접사 : 세 컷, 506~529초(24초)

- 꽃잎과 꽃술의 세밀한 부분 묘사

9 열매 : 세 컷, 530~553초(24초)

- 빨간 피라칸타 열매와 남천, 석류 열매의 화려함

10 억새 : 두 컷, 554~569초(16초)

- 분위기 묘사

11 마무리 : 두 컷, 570~585초(16초)

– 하늘 향해 쭉 뻗어 오른 메타세쿼이아와 대나무 숲 풍경

김예지는 이메일로 영상 시나리오를 받아보았다고 했으나 '좋다, 나쁘다' 이야기하지 않았다. 그녀의 답변은 오지 않았지만, 한 편의 영상으로 구성하는 데에도 시간이 필요한 까닭에 일단은 영상 작업을 시작했다. 정지 화면의 사진에 약간의 움직임 효과도 주고, 하나의 사진에서 다음 사진으로 넘어가는 장면 전환 효과도 넣어야 한다. 한 편의 완전한 영상으로 구성하는 작업은 미디어소풍의 양진용 피디가 도와주었다. 경남 지역에서 촬영 중이던 양진용 피디는 합천의 어느 여관방에서 밤을 도와 한 편의 영상으로 완성해냈다. 양 피디가 보내온 완성된 영상을 몇 차례 되돌려 보았다. 실제 연주회처럼 호로비츠의 연주 음악과 영상을 동시에 재생시키면서 음악의 흐름과 영상의 흐름을 비교해보기도 했다. 모자라고 아쉬운 점이 없는 건 아니었지만, 일단 리허설에 쓸 만큼의 품질은 되지 않겠느냐고 스스로를 위안했다.

피아노와 영상의 합동 연주, 완벽까지는 아니라 해도 시도만으로 의미를 부여할 수 있는 작업으로 생각하기로 했다. 또 처음에 나무를 장애물이라고 이야기했던 시각장애인 피아니스트가 자신의 음악에서 나무 이미지를 끄집어내 피아노 연주와 나무 영상을 합치시키려 시도했다는 것만으로도 나는 행복했다. 음악가들에게는 꿈의 무대라 하는 뉴욕 카네기홀 데뷔를 앞둔 어린 음악가처럼 설렘이 동반된 행복이었다. 보고 또 보고, 되풀이해서 보면서 보완

해야 할 문제점들을 일일이 기록했다. 아직 답이 없었지만, 곧 보내올 그녀의 의견을 받아 한 차례 수정을 거칠 때에 반영할 생각을 적어두었다.

음악이라는 청각 이미지가 영상이라는 시각 이미지와 만나는 행복한 결합을 흐뭇이 꿈꾸던 리허설 전날 밤이었다. 겨울맞이를 위해 아내가 사들인 마늘 포대를 풀고 한가로이 마늘 껍질을 벗기던 한밤중에 휴대전화에서 메일 도착 알림 벨이 울렸다. 흘긋 보자니 김예지의 편지였다. 열한 시 가까운 시각이었다. 당장 열어보지 않을 수 없었다. 마늘과 흙으로 범벅이 된 매운 손을 씻고 편지를 받아 읽었다.

안녕하세요, 교수님!
연주 시간을 초 단위로 재고 기록하는 일이 생각보다 어려워서 이제야 제 의견을 반영하게 됐어요. 순서나 내용 수정을 원하는 글 보내요.
보내주신 사진 설명을 토대로 제가 곡 형식과 분위기의 흐름에 맞게 초를 최대한 정확히(물론 1~2초의 오차는 연주 때 있을 수 있어요.) 잘라내 직접 연주하면서 든 생각을 적었어요. 미리 드렸으면 내일 리허설 전에 수정하셨을 텐데, 이제야 드리게 됐네요. 리허설 때는 그냥 넘어가더라도 나중에 꼭 고쳐주세요. 더 멋진 연주와 화면의 궁합일 것 같아서요. 적극 반영해주셨으면 해요.
할 일이 많아서 힘드시지요? 그래도 이 협동 과정을 통해 음악을 귀 말고 눈으로 듣는 새로운 경험을 줄 수 있으면 좋겠어요. 기대

되어요. 그럼 교수님, 내일 뵈어요.

김예지 올림

영상 구성에 대한 그녀의 생각은 첨부 파일로 포함돼 있었다. 사진을 보지는 못했지만, 텍스트로 묘사한 사진 설명을 꼼꼼히 살피고 피아노 연주의 각 소절과 세심하게 맞춰보면서 고민한 흔적이 역력했다.

1세트의 1번 Op. 90. No. 1

1 처음부터 2분 21초까지

- 가지에 매달린 한 장의 잎과 바닥에 깔린 낙엽 풍경과 땅에서 올라오는 버섯(꼭 가지에 매달린 한 장의 잎으로 시작해주세요.)
- 겨울 숲, 혹은 침엽수의 숲. 어두운 풍경

2 2분 21초부터 4분 22초까지

숲의 풍경, 천국 같은 느낌으로, 새싹 꿈틀거리고, 주신 것 중 관련 컷.

- 수피 디테일로 시작해서 수피에서 자라나는 새싹들의 꿈틀거림

3 4분 22초부터 5분 47초까지

단풍 관련 컷.

- 오가리 느티나무에서 시작해서 단풍 든 나무의 전체와 잎

4 5분 47초부터 6분 20초까지

큰 나무(침엽수 낙엽 진 겨울나무 등 관련 컷)

- 침엽수이거나 낙엽 진 겨울나무 전체 모습

5 6분 20초부터 7분 30초까지

- 굵은 나무줄기 디테일을 보여주는 데에서 시작해서 비틀리고 꼬인 줄기 모습
- 하늘로 치솟아 오른 나뭇가지 모습, 로 앵글

6 7분 30초부터 9분 44초까지

- 나뭇가지 사이로 비쳐 들어오는 빛으로 시작해서
- 안개를 배경으로 한 나무에서 노을 배경의 나무, 컬렉션

7 9분 44초부터 끝까지

- 멀리 빛이 보이는 출구를 상징할 수 있는 가로수 길.(희망 보이게 끝내주세요.)

총 시간 : 약 10분 47초가량

2세트 1번 Op. 142, No. 1

1 처음부터 1분 36초까지

- 깊은 숲이지만 1세트와 달리 밝고 유쾌한 분위기의 숲
- 희망찬 느낌의 큰 나무, 특히 주변에 다른 조형물 없어 시원한 느낌의 나무
- 굵은 줄기이지만, 1세트와 달리 밝고 희망찬 느낌의 줄기 부분(굵은 나무줄기 튼튼 & 희망 해주세요.)

2 1분 36초부터 5분 12초까지

새싹 모둠으로 시작해주세요.

- 원추리 새싹에서 시작해서 이끼, 은행나무 새싹 등 앙증맞게 돋아나는 생명들

- 작지만 아름답고 화려한 꽃
- 꽃봉오리와 장미
- 나무에서 피어난 탐스럽고 화려한 꽃

3 5분 12초부터 6분 54초까지

앞과 동일한 형식으로 돌아오지만 조가 바뀝니다. 그래서 앞과 동일한 순서로 밝고 유쾌한 숲에서 굵은 나무줄기까지 같은 순서로 진행됩니다.

- 깊은 숲이지만 1세트와 달리 밝고 유쾌한 분위기의 숲
- 희망찬 느낌의 큰 나무, 특히 주변에 다른 조형물 없어 시원한 느낌의 나무
- 굵은 줄기이지만, 1세트와 달리 밝고 희망찬 느낌의 줄기 부분(굵은 나무줄기 튼튼 & 희망 해주세요.)

이렇게 앞의 순서로 돌아가 주세요. 순서는 돌아가고, 내용은 같지만 다른 사진 보여주셔도 되고, 같은 거로 해주셔도 무관하고요.

4 6분 54초부터 9분 49초까지

이곳도 앞 형식의 두 번째인 평화롭고 아름다운 곳으로 왔으나 조가 달라요. 사진 순서는 역시 새싹으로 시작해주세요. 하지만 조금 내용을 다르게 하려고요. 새싹 모둠으로 시작해주세요.

- 원추리 새싹에서 시작해서 이끼, 은행나무 새싹 등 앙증맞게 돋아나는 생명들
- 꽃잎과 꽃술의 세밀한 부분 묘사
- 작지만 아름답고 화려한 꽃
- 나무에서 피어난 탐스럽고 화려한 꽃
- 빨간 피라칸타 열매와 남천, 석류 열매의 화려함

다시 반복되는 부분에서는 열매까지 보여주세요.

5 9분 49초부터 끝까지

단풍, 억새, 고사목으로 끝내주세요.

단풍으로 시작해서 죽은 나무로 장엄하게 끝내주세요.

– 죽은 나무의 장엄한 풍경

총 시간 약 10분 15초가량 됩니다.

리허설 전에 영상을 수정하는 건 불가능했다. 하릴없이 리허설은 그녀의 생각을 반영하지 못한 영상으로 시연해볼 수밖에 없었다. 아쉬웠지만 수정이 전제된 영상을 들고 그녀와 함께 리허설에 나섰다.

리허설에서는 무대의 어느 위치에 어느 정도의 크기로 영상을 보여주어야 할지를 찾아보는 데에 초점을 맞췄다. 다양한 위치와 다양한 크기를 시험해보았고, 가장 효과적이라고 생각되는 결과를 찾아내고자 했다. 세종문화회관 체임버홀 무대에는 따로 스크린 장치가 없어서 무대 뒤 벽에 영상을 비추어주어야 하는데, 이 벽에 굴곡이 있다는 건 치명적 약점이었다. 여러 시도를 해봤지만, 그 문제는 해소할 수 없었다. 무대 뒤 벽 전체에 빈틈없이 영상을 가득 채우는 게 가장 효과적이라는 최종 판단이 나왔다. 다시 수정해야 할 영상이기는 하지만, 실제 연주회에서와 똑같은 방식으로 김예지의 연주와 맞춰보는 것도 리허설에서 빠뜨릴 수 없는 과정이었다.

컴퓨터 모니터로 보았을 때와 대형 화면으로 보았을 때의 느낌이 전혀 다른 사진도 있었다. 그런 사진들을 하나하나 점검하고 기록해두었다. 큰 문제는 없었지만 특히 채도 부분은 고쳐야만 했다. 죽음의 이미지가 선명하게 드러나야 하는 대목에 뿌려지는 대형 화면의 영상은 컴퓨터 모니터로 볼 때보다 훨씬 밝았다. 또 모니터에서는 두드러지지 않던 사진의 한쪽 가장자리가 대형 화면에서는 중심 부분 못지않게 뚜렷하게 드러났다. 관객석의 위치에 따라 작은 부분에 시선이 집중될 수도 있다. 컴퓨터의 모니터가 아무리 크고 선명하다 해도 세종문화회관 무대 전면에 비춰지는 영상의 느낌과는 비교할 수 없었다.

많은 숙제를 남긴 리허설을 마치고 곧바로 사진 수정 작업에 들어갔다. 연주회까지 남은 시간은 고작 일주일이다. 그 안에 사진을 수정해서 그녀에게 최종 확인을 받아야 하고, 그렇게 확인된 사진들을 다시 양진용 피디에게 넘겨 영상 작업을 완성해야 하는 상황이다. 마음이 급했다. 그러나 생각보다 수정 작업은 금세 마무리됐다. 이미 한 차례 보정한 사진들인 데다 리허설 때 기록한 꼼꼼한 메모를 바탕으로 한 때문이지 싶었다.

무엇보다 김예지가 수정을 요구한 내용을 가장 먼저 영상에 반영하기로 했다. 리허설을 통해 수정해야겠다고 생각했던 나의 메모도 참고했다. 결국 김예지가 나눈 대로 첫 세트의 첫 곡은 일곱 단락, 두 번째 세트의 첫 곡은 다섯 단락으로 나누어 재구성했다. 사진 배열은 크게 달라지지 않았지만 시간 배열 때문에 순서가 약간 달라지기도 했다. 몇 차례의 수정을 통해 최종적으로 영상 구성 시나리오가 정리됐다.

피아노와 나무 이미지의 합동 연주.
시도만으로도 의미 있는 그 작업에
나는 데뷔를 앞둔 어린 음악가처럼 설렜다.

첫 세트의 첫 곡은 모두 마흔아홉 컷의 사진을 이용해 10분 47초로 구성했고, 각 단락의 내용도 다시 풀어서 정리했다. 이를테면 처음부터 2분 21초까지는 열다섯 컷의 사진을 이용해 구성했으며, 그 내용을 김예지에게 보여주기 위해 아래와 같이 정리했다.

"첫 부분의 '가지에 매달린 한 장의 잎으로 시작: 어두운 숲'에서는 어두움을 강조하기 위해 채도를 최대한 낮추어서 거의 흑백 사진에 가깝게 처리했습니다. 조락을 준비한 단풍 모습을 표현했지만, 역시 채도를 낮추어서 밝고 명랑한 분위기를 최대한 자제했습니다."

2분 21초부터 4분 22초까지의 둘째 단락은 여섯 컷의 사진으로 구성하고, "숲의 풍경, 천국 같은 느낌으로 하면 좋겠다고 했는데, 여기서 갑자기 밝은 천국으로 바뀌는 것은 지나치게 대조될 듯하여 곰곰 궁리하다가, 마침 안개가 자욱하게 낀 숲 정경이지만 매우 안온한 분위기여서 천국 비슷한 느낌이 드는 사진으로 골랐습니다. '수피 디테일로 시작해서 수피에서 자라나는 새싹들의 꿈틀거림' 부분은 예지 씨 이야기대로 고쳤습니다."라고 풀어 썼다.

사진을 일일이 확인할 수 없는 김예지에게 사진의 이미지를 텍스트로 풀어 보여주는 일은 보다 세심해야 했다.

비교적 짧게 이루어진 셋째 단락과 넷째 단락도 같은 방식이다. 각각 여섯 컷과 세 컷의 사진으로 구성하고, "셋째 단락의 '오가리 느티나무에서 시작해서 단풍 든 나무의 전체와 잎'에서는 약간 채도를 높여서 단풍 든 오가리 느티나무를 조금 선명하게 표현한 사진을 배열했습니다. 이어지는 넷째 단락의 '침엽수이거나 낙엽 진 겨울나무 전체 모습'은 예지 씨 생각대로 배열했습니다."라고 설명했다.

다섯째 단락과 여섯째 단락은 같은 분위기의 이미지가 비교적 길게 이어진다. 노거수 위주의 사진을 보여줄 수 있어서 내가 늘 촬영해온 사진들을 더 많이 보여줄 수 있는 단락이다. 역시 내용을 텍스트로 옮겼다.

"굵은 나무줄기 디테일을 보여주는 데에서 시작해서 비틀리고 꼬인 줄기 모습을 보여주는 단락입니다. 시간이 짧아 다섯 컷밖에 안 들어가는데, 한꺼번에 굵은 나무줄기 디테일에서 '하늘로 치솟아 오른 나뭇가지 모습, 로 앵글'까지 보여주기가 거의 불가능합니다. 그래서 자연스레 다음 장면으로 이어지도록 했고, 여기 다섯 컷은 굵은 나무줄기의 디테일 등, 줄기 모습을 위주로 했습니다. 하늘로 치솟아 오르는 나뭇가지 모습은 뒤쪽 장면인 빛의 이미지에 닿아 있기에 자연스레 연결했습니다. 열 컷으로 구성한 여섯째 단락은 밝은 빛이나 안개 등 빛과 나무가 어우러진 단락이어서 보다 주의를 기울였습니다. '나뭇가지 사이로 비쳐 들어오는 빛으로 시작해서', '안개를 배경으로 한 나무에서 노을 배경의 나무. 컬렉션'에서는 안개보다는 노을을 배경으로 한 나무 모습을 썼습니다. 안개는 앞의 두 번째 장면에서 썼기 때문에 다시 보여주지 않았습니다."

마지막 단락은 네 컷으로 희망적인 이미지를 보여주어야 하는 부분이다. 어둡지만 어둠으로 끝나는 것이 아니라 한 줄기 희망적인 빛이 드러나는 사진이어야 했다. 사진을 다시 골라내고 디테일하게 보정한 뒤 글로 이미지를 풀어 썼다.

"마지막의 '멀리 빛이 보이는 출구를 상징할 수 있는 가로수길.(희망 보이게 끝내주세요.)'은 하늘을 향해 쭉 뻗은 대나무 숲 사진으로 마무리했습니다. 이 사진이 아마 가장 희망적인 이미지가 될 것입니다."

그렇게 모두 10분 47초의 영상 시나리오를 완성했다. 두 번째 세트의 첫 곡 역시 같은 방식으로 완성해나갔다.

음악이라는 청각 이미지를 나는 처음에 텍스트로 정리했다. 그리고 그 텍스트에 맞는 이미지를 나의 나무 사진에서 찾아내고 그걸 영상으로 수정했으며, 이 과정을 다시 텍스트로 고쳐 김예지에게 보냈다. 사진 이미지를 확인할 수 없는 김예지는 나의 텍스트를 받아서 자신의 피아노 연주의 청각 이미지에 맞추어보고, 약간의 수정이 필요하다고 생각되는 부분을 나에게 텍스트로 옮겨 전해주었으며, 나는 그 텍스트를 바탕으로 이미지를 재구성해 영상으로 완성했다. 그리고 이 과정을 또다시 텍스트로 만들었다. 이제 마지막으로 김예지가 이 텍스트를 자신이 연주하는 피아노 연주의 청각 이미지에 맞추어보면 모든 준비는 끝난다.

이 모든 과정을 정리해 김예지에게 이메일로 알렸다. 문자 메시지로 '수정 파일을 메일로 보냈으니 확인해달라.'고 독촉까지 했다. 메일 받았다는 답 메시지는 곧 돌아왔다. 내가 보낸 최종 파일을 다 읽었으리라고 판단될 즈음에 전화를 걸었다. 텍스트 파일에 상세히 설명하기는 했지만, 전화를 통해 그의 요청을 어떤 식으로 바꾸어 반영했는지를 꼼꼼히 설명했다. 그녀는 내 설명을 듣기 전에 파일을 보고도 이미 만족스러웠다고 했다. 연주회 당일에도 드레스 리허설이 예정돼 있으니, 그때 다시 한 번 확인해보자고 했다.

세종문화회관 데뷔 채비는 그렇게 마무리했다. 별다른 문제는 없다. 마음이 더 설렜다. 나는 관객석 뒤의 어두컴컴한 어디에든 홀로 앉아 그녀가 연주할 아름다운 피아노 선율에 맞춰 준비된 영상을 돌리기만 하면 된다. 컴퓨터에 영상을 담아 가서, 피아노 소리가 울리는 순간 영상의 시작 버튼만 눌러주면 된다. 내가 아니라,

김예지의 귀국 독주회임이 분명한 무대임을 모르지 않지만, 나의 데뷔 무대인 것처럼 설렜다. 굳이 말하자면 이 연주회는 피아니스트 김예지의 피아노 연주와 나무의 시각 이미지에 천착해온 나의 영상 연주가 이뤄내는 행복한 무대임에 틀림없다. 설레지 않을 수 없다.

세상에서 가장 아름다운 느티나무를 찾아서

연주회 준비로 부산하던 날들은 가을바람 따라 빠르게 흘렀다. 머리를 식힐 요량으로 괴산 오가리 느티나무를 찾아가기로 했다. 대개의 준비를 마무리한 상태에서 한 번쯤의 외출은 필요한 일이지 싶었다. 김예지도 흔쾌히 수락했다. 그간의 답사에 비하면 사뭇 '도전'이라고 할 만한 의미 있는 나무 답사다.

연주회를 마치고 여유 있게 찾아갈 수도 있지만, 서둘러야 할 이유가 있었다. 나무가 사람을 기다려주지 않는 때문이다. 괴산 오가리 느티나무는 우리의 일정과 무관하게 단풍이 들 것이고, 연주회에 몰입해 있는 동안 낙엽을 마칠 수도 있다. 단풍은 둘째치고라도 잎 떨구기 전에 찾아보아야 했다. 잎을 모두 떨군 뒤의 텅 빈 나뭇가지만 남은 상태라면 시각 외의 감각으로 나무의 규모를 감지하기 어려워진다. 나뭇가지가 높은 탓에 단풍 든 느티나무 잎을 일일이 만져보는 건 어렵겠지만, 그래도 느티나무의 붉은 단풍 그늘 아래를 걷고 싶기도 했다. 서두르지 않을 수 없었다.

며칠 밤낮에 걸쳐 그녀를 생각하며 준비한 나무 스케치북을 가슴에 안고 일찌감치 괴산 오가리 느티나무를 향했다. 스케치북 안에는 두꺼운 색종이로 오려내 하얀 백지 위에 붙여놓은 오가리 느티나무의 볼록 튀어나온 사진들이 울멍줄멍 살아 움직이고 있다.

스케치북 위에서 춤추는 피아니스트의 손가락

느티나무의 붉은 단풍은 혼자 찾아왔던 열흘 전에 비해 훨씬 붉어졌다. 그러나 지나친 가뭄 탓에 단풍 빛깔은 예년에 비해 그리 곱지 않았다. 붉게 물든 잎이라 해도 빛깔이 탁한가 하면, 붉은 물도 오르지 않은 채 낙엽부터 서두른 잎이 나무 주변을 나뒹굴기도 했다. 또 절반 정도의 잎은 칙칙한 흑갈색으로 말라가는 중이었다. 게다가 하늘에는 겹겹이 낮은 구름이 드리워 있었고 바람은 찼다. 감기라도 들어 연주회를 앞둔 그녀의 컨디션이 나빠질까 촬영팀의 두 감독과 걱정을 나누는 중에 그녀가 도착했다.

곧바로 나무에 다가서려 서두르는 그녀를 나무 반대편의 벤치로 이끌었다. 나무를 감지할 수 있는 새로운 방법으로 준비한 스케치북을 먼저 전해주어야 해서다. 가슴에 안고 있던 스케치북을 무릎 위에 올려놓고 이야기했다.

"지금 만나보려는 나무는 워낙 커요. 예지 씨가 어떻게 저 큰 나무를 느낄 수 있을지 걱정이에요. 그래서 내가 나무의 모습을 새로운 방법으로 예지 씨에게 보여주려고 해요. 나무의 사진을 두꺼운 종이에 붙인 뒤에 오려내서 다시 스케치북에 붙여왔거든요. 한번 볼래요?"

김예지에게 스케치북을 건네줬다.

"와! 보여요, 보여요!"

김예지가 스케치북의 첫 페이지에 담긴 나무 사진을 만지자마자 곧바로 '보인다'며 즐거워했다. 분명히 '보인다'고 했다. 늘 그러했지만, 얼굴에는 환한 미소를 띠었다. 스케치북에 도톰하게 올라온 나무 사진의 윤곽선을 따라 그녀의 손가락이 쉼 없이 헤엄친다. 표정은 점점 더 환해진다. 그녀의 환한 표정을 바라보자니, 두꺼운 색종이를 오려붙이며 고민하던 지난 며칠 동안의 작업들이 즐겁게 스쳐 지난다.

"여기가 줄기겠네요. 그런데 왜 이렇게 작지요?"

무성하게 펼친 나뭇가지 아래쪽의 줄기는 당연히 짧다. 김예지의 손을 잡고 줄기가 실제로 어디까지 뻗어 올랐는지, 가지는 어떻게 뻗었는지를 눈에 보이는 대로 짚어주었다. 느티나무가 스케치북 전체에 가득 채워진 페이지가 열렸다. 붉게 단풍 든 느티나무가 그녀의 손 아래 펼쳐졌다. 그녀가 수시로 '오!' 하며 감탄사를 내놓았다. 나무 모형을 만져보던 김예지가 호기심이 발동했는지 서둘러 다음 장으로 넘어갔다. 이번에는 느티나무의 굵은 줄기가 가까이 잡힌 사진이다. 나무줄기와 수평으로 뻗은 굵은 가지, 그리고 그 가지 아래의 석축 위에 내가 앉아 있는 사진이다. 요철은 세 겹이다. 나무줄기를 먼저 붙이고, 그 위에 석축 부분을 따로 오려 조금 더 높게 붙였으며, 그 위에 사람을 또 한 겹 덧붙여 세 개의 층이 입체를 이룬 장이다.

이 사진은 설명이 필요하다면서 스케치북 위에서 춤추는 그녀의 손을 잡아 줄기 밑동부터 윤곽을 짚어나갔다. 어마어마하게 큰 줄기에서 수평으로 뻗어나간 굵은 가지를 따라가며 나무가 얼마나 무성하게 자랐는지 그 연륜을 짚어보라고 했다. 줄기에서 수평으로 뻗은 굵은 가지를 천천히 짚었다. 그러던 중에 그녀의 손이 내 손을 벗어나 나뭇가지 아래에 앉아 있는 사람, 즉 나의 모습에 닿았다.

"지금 만지는 게 뭔지 알겠어요?"

"나무."

김예지는 수직으로 감지되는 그 부분을 나무라고 짐작했던 모양이다.

"나무가 아니라 사람. 나야, 나!"

김예지의 흥겨운 분위기에 편승한 나의 어투는 어느새 반말 투로 바뀌었다.

"호호, 진짜요? 사람이라고요?"

내가 나뭇가지 아래의 석축에 걸터앉은 모습이라고 그녀의 짐작을 바로잡아주었다. 천진난만하게 그녀가 웃었다.

"정말 재미있어요."

웃음기가 사라지지 않은 얼굴을 한 채 그녀가 사진 속의 내 얼굴 부분을 톡톡 두들기고는 어깨와 몸을 만지며 전체적인 규모를 감지하려 했다.

"내 어깨 넓이와 나무줄기의 굵기를 비교해보면, 나무줄기가 얼마나 굵은지 알 수 있지 않을까?"

"엄청난걸요. 거리가 있어서 정확히 비교할 수는 없겠지만, 여덟

내가 김예지에게 할 수 있는 건 이게 전부다.
앞으로는 자신의 방식으로 나무를 마음껏 느껴보고,
그 느낌을 내게 말해주는 방식이 되길 바란다고 전했다.

배쯤 되네요. 와! 나무가 정말 큰가 봐요."

나무줄기나 가지를 하나하나 다 오려낼 수 있었다면 더 좋았을 텐데, 그럴 깜냥이 안 된다고 하자, 그녀는 그렇게까지 하지 않아도 자신이 만져보면서 상상하면 된다고 했다. 그녀의 손길을 따라 조금 재미있다 할 만한 다음 페이지로 넘어갔다. 나무 그늘 아래에 자동차와 사람이 따로따로 붙여진 페이지다. 앞에서보다 훨씬 빨라진 손놀림으로 그녀가 나무의 윤곽을 어루만졌다. 그러다가 손가락 끝이 자동차 부분에 닿으며 잠시 멈칫했다. 그게 뭔지 맞혀보라고 했다.

"떨어진 잎사귀 아닐까요?"

옆모습만으로 자동차를 짐작해내기는 어려웠던 모양이다.

"잎사귀가 그렇게 커요?"

나무의 규모를 알지 못하는 상태에서 나무 그늘에 작달막하게 표현된 조각을 단박에 자동차로 맞혀내기는 불가능했으리라.

"돌?"

잎도 돌도 아니고, 자동차의 옆모습이라고 알려줬다. 그녀가 "아, 자동차는 잘못 오렸어요."라며 활짝 웃었다. 내 잘못을 나무라는 게 아니라, 재미있다는 걸 그렇게 표현했다. 자동차 크기를 만져보면 나무줄기의 크기나 높이와 비교해볼 수 있을 듯해서 오려 붙였다고 설명해주었다.

"자동차 길이보다 나무줄기가 더 커 보이는데요. 정말 큰 나무인가 봐요."

말하지도 않았는데, 그녀의 손길이 스케치북의 곳곳을 탐지했다. 나무를 관찰할 때와 똑같다. 처음 시작만 내가 했을 뿐, 그다음은 그녀 스스로 알아서 했다. 나는 가끔씩 그녀의 손길이 닿은 부분에 대한 식물학적 정보를 보태주기만 하면 된다. 스케치북 속에서도 그렇게 한다. 피아노 치듯 혹은 춤추듯 스케치북 위를 돌아다니던 그녀의 손가락이 자동차 반대편 쪽에 서 있는 남자 사진의 가장자리를 톡 쳤다.

"얘는 뭐예요?"

"얘라니!"

"어? 그럼 뭐죠?"

"그 애는 저기 서 있는 양 피디."

그녀가 양 피디 쪽으로 얼굴을 돌리고 깔깔거렸다. 촬영에 몰두하던 양 피디도 즐거운 기색이다. 스케치북의 나무 그림을 손으로 바라보던 처음부터 그녀는 내내 나무의 규모에 크게 놀란다. 사람 사진의 너비를 신중히 재본 뒤, 나무줄기에 옮겨서 굵기를 가늠해 본다. 이어서 사람의 키를 나무 전체의 높이와 비교하면서 나무의 크기를 거의 정확히 짐작해냈다.

"사람의 키를 대강 이 미터라고 해도 이 사진대로라면 나무의 높이가 이십 미터는 넘는걸요. 열 배가 훨씬 넘지 않나요?"

'내가 예지 씨에게 할 수 있는 건 이게 전부다, 앞으로는 예지 씨 방식으로 나무를 마음껏 느껴보고, 그 느낌을 내게 말해주는 방식이면 좋겠다.'고 했다. 이 나무처럼 큰 나무를 보러 가게 되면 또 한 권의 스케치북을 만들어서 전해주겠다고 덧붙였다.

나무 그림을 이리저리 만져보면서 김예지가 "마음속에 전체적인 형태를 그려놓고, 나무를 가까이에서 보면 느낌이 다를 것"이라고 했다. 이 스케치북에서 미리 알아본 것을 머릿속에 잘 기억해둔 상태에서 실제 나무 곁에 다가섰을 때, 얼마나 성의 있고, 관심 깊게 나무를 느끼려고 애쓰느냐가 문제라고 했다. 스케치북은 언제든 오늘 보게 될 괴산 오가리 느티나무가 생각날 때면 꺼내 보리며 그녀에게 주었다. 그냥 형식적이기만 한 것은 아닌 듯한 '고맙다'는 인사말을 건네면서 그녀가 덧붙였다.

"스케치북의 그림을 만져보자니 연주회 생각이 나요. 내 연주회에는 시각장애인 지인들이 많이 올 거예요. 이번 연주회에서는 우리가 공들여 영상을 만들었지만, 그분들은 볼 수 없잖아요. 문득 이 스케치북처럼 시각장애인도 나무를 느낄 수 있는 무엇인가를 만들면 좋겠다는 생각이 들었어요. 종이로 만들어도 좋겠지만, 나무의 질감과 비슷한 소재로 만든다면 더 좋을 테고요."

고작 몇 장의 나무 사진을 오려내는 데에도 몇 날 며칠이 걸린 내게 무얼 하라는 이야기는 아니었다. 새로운 시도를 향한 의욕과 탐구심에서 저절로 흘러나온 이야기였다. 애써 준비한 스케치북이 그녀에게 기쁨으로 다가갔을 뿐 아니라 한 걸음 더 나아갈 수 있게까지 해주었다는 건 큰 보람이었다.

시각의 바깥에서 나무의 거대함을 느끼다

삼십 미터나 되는 우람한 크기의 나무를 바라보며 찬미를 앞세우고 김예지가 의연하게 섰다. 나무 가까이 다다르자 그녀가 앞에 나무가 있지 않느냐고 먼저 말했다. 그녀의 걸음을 멈춰 세운 거대한 나무의 덩치를 온몸으로 느낀 것이다.

마치 소풍 나온 어린아이처럼 흥겨운 걸음으로 머릿결을 찰랑이며 걷던 그녀가 괴산 오가리 느티나무의 듬직한 줄기 가까이에 다가섰다. 비 온 뒤여서 축축했지만, 거부감 없이 줄기에 손을 댔다. 오래된 느티나무에서 나타나는 벗겨진 껍질이 너덜거리는 줄기다. 조각나며 벗겨진 수피 하나를 조심스럽게 만져보면서 그녀는 감탄했다. 여주 집에서도 느티나무를 만져보기는 했지만, 그 나무는 아직 어린 나무여서 줄기 껍질이 벗겨지지 않았다. 너덜거리는 수피를 만져보기는 처음이라고 했다. 줄기 껍질 한 조각만으로도 나무 전체의 규모가 얼마만큼이나 거대한지 그녀는 필경 감지하고 있었다.

줄기 한쪽에 손을 대고 한 바퀴 돌았다. 그녀의 짐작으로는 곧 한 바퀴가 되지 싶었겠지만, 상상을 뛰어넘는 크기의 줄기 둘레를 돌아오는 데에는 시간이 걸렸다. 마침내 처음 시작 지점으로 돌아왔다.

"나무를 많이 보지 않아서 여주 집의 느티나무도 크다고 생각했는데, 이 나무는 정말 대단하네요. 큰 나무라고 여러 번 말씀해 주셨고, 조금 전에 스케치북의 그림을 통해서도 크다는 걸 알긴 했지만 정말 커요. 실제로 만져보니 줄기 표면도 참 다채로워요. 툭 튀어나온 부분도 있고, 우툴두툴한 곳도 있고, 껍질이 벗겨진 부분도 있고, 매끈한 부분도 있고요. 하나의 줄기에 이만큼 다양한 모습을 가지고 있는 걸 봐서 얼마나 큰 나무인지 충분히 알 수 있어요. 신기하네요."

동그라니 불쑥 튀어나온 옹이를 그녀는 재미있어했다. 둥글게 튀어나온 부분의 크기를 감지하기 어려워 그 시작과 끝부분을 손으로 짚어주었다. 줄기가 썩어 외과수술을 한 탓에 시멘트 느낌이 나는 부분에 대해 그녀가 드러내는 의문점도 간단히 설명해주었다. 줄기에 넉넉하게 달려 있는 금줄을 만지게 되자 김예지는 새끼줄의 이물감에 호들갑스럽게 놀랐다. 이 나무는 당산나무로, 마을 사람들을 지켜주는 나무여서 해마다 한 번씩 제사를 지내면서 금줄을 설치한다는 이야기도 그녀는 흥미로워했다. 줄기 앞에 놓인 제단을 만져보게 하고 그 용도도 알려줬다.

"나무의 기운을 느낄 수 있다고 말하면 믿으시겠어요? 뭐라고 딱 잘라서 이야기하기는 어렵지만, 나무의 크기뿐 아니라 나무의 생명 에너지 같은 기운이 분명히 내 주위에 드리워졌다는 느낌이 있어요. 사람을 압도하는 무엇인가를 뚜렷하게 느낄 수 있어요."

나무가 살아온 긴 세월의 풍진은 느껴지지 않느냐고 다그쳐 물었다. 잠시 느껴보겠다며 침묵으로 들어선 그녀가 큰 숨을 거듭해 들이쉬었다 내뱉었다. 내가 늘 느끼는 나무줄기에 담긴 세월의 풍진이 시각 느낌일 뿐인지 궁금했다. 나무줄기에 올라온 푸른 이끼 쪽으로 그녀의 손을 이끌었다. 축축함이 생경했는지 멈칫한 그녀를 몰아세우며 자세히 만져보라고 했다. 그녀의 말간 손을 이끼 위로 바짝 끌었다.

"살살 만지는 게 오히려 더 잘 느낄 수 있어요. 사람들은 제가 뭘 만지면 꾹 눌러야 한다고 생각하는데, 그렇지 않거든요."

감각을 활용하는 방법이 근본적으로 나와 다르다. 그녀가 가만가만 줄기 위에 보일 듯 말 듯 가늣하게 솟아오른 이끼를 그녀만의 방식으로 하나하나 어루만졌다. 이끼가 올라왔다는 것은 대개의 경우 나무가 오래 살아왔다는 여러 증거 가운데 하나일 수 있다고 알려줬다. 알았다는 듯 고개를 끄덕인 뒤 허리를 일으켜 세운 그녀

나무의 기운을 느낄 수 있다고 말하면 믿으시겠어요?
나무의 생명 에너지 같은 기운이 분명히 내 주위에
드리워졌다는 느낌이 있어요.

가 다시 큰 숨을 들이쉬다가 나무줄기를 바라보면서 물었다.

"지금 제가 서 있는 부분에 빈 느낌이 있는데, 왜 그렇죠?"

깜짝 놀랐다. 오가리 느티나무의 줄기는 여러 개의 굵은 가지가 하늘로 솟아올랐는데, 마침 그녀가 서서 바라보며 손짓한 부분은 가지가 넓게 벌어져서 허공을 지은 곳이다. 허공의 느낌과 위치를 정확히 짚어낸 것이다.

미소 지으며 그녀가 혼자서 나무줄기를 한 바퀴 돌았다. 놀라움은 이어졌다. 김예지는 정확하게 자신이 한 바퀴 돌기 시작한 지점에 돌아와서 여기까지가 딱 한 바퀴 아니냐고 물었다. 오차가 있다면 고작 한 걸음 정도나 될까. 거의 정확했다.

내가 나무를 만나는 방식대로 김예지를 이끌었다. 먼저 나무 그늘 주변을 두어 바퀴 돌면서 나무가 긴 세월을 거치며 지어온 느낌을 온몸으로 바라보는 데에서 시작했다. 천천히 그녀의 손을 잡고 나무 그늘의 경계를 발맘발맘 짚어보았다. 나무 그늘의 넓이를 가늠하게 하기 위해서였다. 나뭇가지가 펼친 그늘의 가장자리를 따라서 걸어보라고 하자 자신 있게 걷는 그녀를 말없이 좇았다. 처음엔 그늘의 가장자리를 정확하게 따라갔지만, 조금 지나다가 그늘 바깥쪽으로 벗어났다. 휑하게 텅 빈 나뭇가지 아래에서 별 느낌 없이 걷는 그녀를 멈춰 세웠다. 지금 서 있는 그 자리 위에는 나뭇가지가 없다고 했다. '그렇군요'라고 대답한 그녀가 이번에는 '아, 아'라는 입소리를 냈다. 산악자전거 선수 대니얼 키시의 반향정위법과 같은 방식이다. 소리는 곧 귀로 보는 나침반이 되었고, 수백 년을 살아온 나무는 그녀의 입소리를 되돌려주며 나무 그늘의 경계를 정확히 일러주었다. 김예지가 귀나침반을 통해 정확히 찾아낸 나무 그늘의 경계를 따라 천천히 걸었다.

"이 분쯤 걸렸나 봐요. 그늘이 얼마나 넓은지 알 만해요."

나무 그늘을 한 바퀴 돌며 그녀가 느낌으로 가늠한 시간은 이 분이었던 모양이다. 그보다 짧지 않았나 싶은데, 시간을 재지 않아서 정확히는 알 수 없다.

이번에는 나무줄기 안쪽에서부터 나뭇가지가 펼쳐진 맨 끝까지를 직선으로 걸어보라고 했다. 나는 대개의 경우 나무줄기를 바라보며 직선으로 뒷걸음치면서 조금씩 달라지는 나무줄기의 변화를 바라본다. 그 변화에는 세월의 스펙트럼이 담겨 있다는 게 내 평소의 경험이다. 시각을 활용하지 못하는 김예지에게 그걸 그대로 느끼라 할 수는 없었다. 나뭇가지가 줄기에서 얼마나 멀리 펼쳐졌는지 걸음으로 가늠해보라고 했다. 하나, 둘, 셋, 넷, 다섯……. 흥겹게 소리를 내며 그녀가 걸었다. 열일곱 걸음을 걸은 뒤에 이쯤이 끝인 듯하다고 했다. 정확했다. 십사 미터쯤 되겠다고 했다. 나뭇가지 펼침 너비의 공식 측량치가 이십오 미터이니 이 나무의 가장 길게 뻗은 쪽의 나뭇가지 펼침 너비가 십사 미터라고 판단했다면 매우 정확한 측량이다.

두어 걸음쯤 나무 그늘 안쪽으로 발길을 들여놓자 나뭇가지 버팀목이 우리를 막았다. 나뭇가지가 멀리 뻗었기 때문에 큰 바람에 혹시라도 부러질지 몰라 잘 받쳐준 철제 버팀목이라고 알려주고, 또 한 그루의 커다란 느티나무 쪽으로 자리를 옮겼다. '상괴목(上槐木)'으로 불리는 나무다. 나무 그늘 가까이로 안내하고, 마음대로 걸으며 느껴보라고 했다. 그녀가 바람 찬 가을 하늘 아래에서 줄곧 유쾌한 표정을 감추지 않았다. 안내견 찬미도 덩달아 흥에 겨워 꼬리를 냅다 흔들어댄다. 찬미는 김예지를 안내하는 제 소임을 잊은 것까지는 아니지만, 두리번거리기도 하고, 때로는 김예지의 뜻과 반대방향에 있는 무엇인가를 찾아 그녀를 이끌기도 했다.

"나무에서 향기가 나요."

"무슨 향기?"

처음에는 '나무 냄새'라고 눙치더니 호호 하고 한바탕 웃어젖힌 뒤에 '비 온 뒤라서 냄새가 짙어졌을 거'라고 내가 이야기하자, '산에서 나는 흙냄새랑 곰팡이 냄새가 섞인 야릇한 향기'라고 구체적으로 느낌을 표현했고, 한마디로 하자면 '이끼향'이라고 이야기를 보탰다.

"나무 앞에 서니까 어릴 때 배운 향기 종류들이 생각났어요. 이런 향기를 '이끼향'이라고 배웠어요. 그래서 이끼가 많으리라고 생각했어요. 거기에 봄에 새로 돋아나는 풀 향기가 섞여든 듯했거든요. 오래도록 정체된 느낌과 살아 있는 느낌이 섞여 있지 않을까 생각했어요. 오래된 것과 새로운 것이 공존한다는 걸 느낄 수 있었어요."

이 느티나무를 찾아올 때마다 잠시 앉아서 쉬는 석축 위로 김예지를 이끌었다. 먼저 주변 상황을 언어로 꼼꼼히 그려주었다. 나뭇가지가 거의 땅바닥까지 드리워져서 여기에 앉으면 늘 거대한 벽이 바람을 막아주는 듯하다고 내 느낌을 덧붙였다. 내가 느낀 그 청신한 느낌을 그녀도 비슷하게 느끼기를 바랐다. 편안하게 앉은 그녀의 청신한 분위기를 촬영감독은 수굿이 카메라에 담았다. 이렇게 큰 나무의 그늘에 앉아 있으니 앞에 무엇인가 큰 것이 있다는 느낌을 넘어서, 뭔가 알 수 없는 기운이 감싸고 있다는 느낌이 전해온다고 그녀가 상큼한 표정으로 말했다. 아마도 이 자리를 스쳐간 숱하게 많은 세월의 풍진이리라.

나무가 지은 시각 이미지와 슈베르트가 지은 청각 이미지

가만히 석축 위에 앉은 그녀에게 며칠 남지 않은 독주회와 관련한 이야기를 묻지 않을 수 없었다. 더구나 장애물로만 여기던 나무를 자신이 피아노 연주로 들려줄 청각 이미지와 결합하는 작업으로 흔쾌히 받아들인 그녀이니만큼, 이처럼 커다란 나무 그늘 아래서라면 자연스레 나올 이야기다. 나무줄기에 잇대어 오래전에 쌓은 석축 위에 앉은 김예지가 이야기를 풀어낸다. 방송용 인터뷰 형식으로 양 피디와 서 감독이 김예지의 이야기를 꼼꼼히 영상으로 담았다.

주로 양진용 피디가 묻고 김예지가 답했으며, 간간이 내가 끼어들어 몇 가지 질문을 추가했다. 슈베르트와 나무, 시각과 청각의 연관성에 대한 이야기가 대부분이었다. 특히 양 피디는 한 해 동안의 나무 답사와 음악 연주회의 관련성에 대해서 집요하게 캐물었다. 그녀가 거침없이 말했다.

“계절이 지나면서 꽃이나 잎, 나뭇가지가 변하는 걸 보면서 내 음악과 연결해 생각할 수 있었어요. 나무가 가진 디테일한 이미지가 다 다르잖아요. 꽃이라 해도 작은 꽃과 큰 꽃이 있고, 꽃 안에는 암술, 수술이 서로 다른 다양한 모습으로 돋아나요. 음악에도 그 같은 다양함이 있지요. 음악에는 다양한 느낌이 공존하거든요. 연주자마다 생각이 다를 뿐 아니라 상황에 따라서도 느낌은 달라져요.

계절에 따라 나무가 변하듯,

하나의 음악 속에서도 느낌이 수시로 변하듯,

그렇게 나무와 함께 계절을 타고 감에지가 뚜렷하게 변했다.

나무를 찾아보는 동안 특히 자귀나무 꽃이 인상적이었어요. 가녀린 꽃술들이 솜털처럼 부드러웠어요. 그런 부드러움을 피아노의 터치를 통해 보여주면 좋겠다고 생각했죠. 건반의 음이 솜털처럼 부드럽게 펼쳐져야 하는 부분이 있어요. 거기에서는 '아, 이게 16분음표 몇 개가 이러저러하게 이어지는 거야'라고 이론적으로 생각해서 연주하는 게 아니라, '아, 이 부분은 자귀나무 꽃의 솜털 같은 느낌이야'라는 생각으로 촉각 이미지를 동원해서 건반을 두드리게 된다는 이야기예요.

나무가 변하는 과정을 살펴보면서, 사람 사는 일과 비슷하다는 생각도 했어요. 사람이 태어나 자라고 한참 일하다가 은퇴해서 쉬다가 죽음을 맞이하는 것처럼, 음악에도 기승전결이 있어요. 음악의 형식을 해석하면서 나무에서 내가 느낀 변화, 그러니까 줄기나 잎에서 느끼는 촉감의 변화, 단풍 들면서 또 달라지는 나뭇잎의 촉감을 떠올렸어요.

피아노 건반을 터치할 때마다 내가 상상하는 느낌에 따라 소리의 이미지는 달라져요. 무엇을 상상하느냐에 따라서 곡의 분위기가 바뀐다는 말이에요. 연주회를 준비하는 동안에는 피아노의 터치감과 나무를 만져보던 때의 촉감을 연관시켰어요. 촉감뿐 아니라 이 커다란 느티나무에서 압도되는 느낌과 같은 설명하기 어려운 기운까지 생각하게 됐다는 거죠.

이 느티나무처럼 크고 오래된 나무는 하나의 이미지만 가지지는 않을 거예요. 예를 들면 이끼향이 가장 강렬하게 퍼질 때가 있는가 하면, 웅장한 생김새가 더 강할 때도 있을 것이고, 살아 있는 생명의 기운이 더 치열하게 느껴질 때도 있겠지요. 꽃이라면 피었다 질 테고, 잎은 앙증맞게 돋았다가 도톰하게 자란 뒤에 얇게 마르면서 단풍 들고 시들어 떨어지잖아요. 음악도 똑같아요. 음악은 수학 문제처럼 딱 하나의 느낌을 정답이라 할 수 없거든요. 나무가 끊임없이 변화하듯이 음악도 변해야 해요. 피아니시모에서 포르테로 바뀌는 셈여림의 변화를 비롯해서 빠르기까지 계속 달라지거든요. 작게 시작해서 그 작은 것들이 큰 부분을 만들고 결국에는 결말을 짓는 것도 나무가 보여주는 변화를 꼭 닮았어요.

이번 독주회에서 선생님의 영상과 함께 연주할 곡은 특히 나무의 느낌이나 변화와 잘 맞아 떨어져요. 그게 가벼운 곡이 아니거든요. 슬픔 가득 찬 느낌으로 시작해서 슬픔으로 끝나요. 하지만 그 안에는 마치 봄에 내가 느꼈던 능소화 꽃송이의 화려함이나 자귀나무 꽃술의 부드러움과 같은 봄의 아름다움과 따스함이 담겨 있어요. 그뿐 아니라 슬프면서도 우수에 찬 가을 느낌까지 담고 있는 음악이에요. 잎이 말라서, 낙엽 지는 게 꼭 그 음악의 느낌을 닮았어요. 그런데 우울하고 좌절한 채로 끝나지는 않아요. 죽음이라는 끝장으로 들어가지 않고 다시 또 새로운 무엇을 이뤄낼 것만 같은 기대를 보여주죠. 그게 나무와 잘 어울리잖아요. 나무가 잎을 다 떨구었다고 해서 삶이 끝난 건 아니잖아요. 겨울 지나면 다시 새싹이 돋을 거라는 희망을 가지게 되는 것과 이번에 선택한 곡이 똑같다는 말이에요.

이번에 연주할 곡은 슈베르트가 죽기 열 달 전, 일 년도 되기 전에 쓴 작품이에요. 자신의 죽음을 예감한 상태여서 죽음을 어떻게 대하는지가 잘 드러나요. 그때 슈베르트의 나이는 삼십대 초반이었어요. 아마도 더 살고 싶었을 테고, 음악가로서 더 많이 인정받고 싶은 마음도 있었을 겁니다. 아픔과 고통 중이기는 하지만, 좌절로 끝내는 게 아니라 희망의 이미지를 음악 속에 남기고 싶었던 듯해요. 나무의 이미지와 슈베르트의 음악 이미지를 연관시키게 된 건 내게 아주 행복한 일이에요."

그녀는 음악과 나무 이야기를 거침없이 풀어냈다. 이게 과연 얼마 전까지 '나무를 장애물'로 생각하던 사람의 이야기인가 싶을 정도로 그녀가 변했다. 그녀의 말대로 계절에 따라 나무가 변하듯, 하나의 음악 속에서도 느낌이 수시로 변하듯, 그렇게 나무와 함께 계절을 타고 김예지가 뚜렷하게 변했다. 때로는 자귀나무 꽃술처럼 부드럽게, 때로는 잎 떨군 나무가 새봄에 돋을 새싹을 꿈꾸듯 피아노 건반을 어루만지며 슈베르트의 선율을 노래할 그녀의 음악에 나무 이미지를 덧씌우는 역할을 맡은 나에게도 더할 나위 없이 행복한 시간들이다.

가을이 세종문화회관 연주회를 향해 그녀와 나를 재우치듯 나무처럼 음악처럼 나뭇가지 사이로 겹겹이 내려앉았다.

슈베르트와 나무의 콜라보 연주회 제2부

세종문화회관 체임버홀 관객석에 환하게 불이 켜졌다. 후반부 연주를 준비하기 위한 휴식 시간이다. 난데없는 블루 스크린 때문에 내려앉은 가슴을 다스리는 건 나중 일이다. 십 분짜리 두 곡 가운데 한 곡은 참담하리만큼 허망하게 망가졌지만 아직 한 곡이 남아 있다.

휴식 시간은 길어야 십오 분이다. 그 안에 모든 걸 다시 준비해야 한다. 처음으로 되돌려야 한다. 영상이 망가진 뒤 나머지 곡을 연주하는 동안 원인에 대한 여러 가능성을 추측했다. 스크린이 워낙 커서 사진의 해상도를 최대한 높여 영상을 제작하다 보니, 최종 영상 파일의 용량은 무척 컸다. 무엇보다 그게 치명적 원인으로 짐작됐다. 연주회 시작 직전의 리허설 때에 그 큰 용량의 영상을 몇 차례씩 돌려보는 동안 노트북 컴퓨터의 메모리가 오버로드된 것이리라. 연주회 시작 직전에 노트북을 리부팅해서 오버로드한 메모리의 부담만 덜어주었어도 괜찮았을 텐데 하는 후회가 들었다. 완벽해야 한다는 나의 지나친 강박증세도 문제였다. 리부팅하는 동안 혹시 오류가 발생할지 모른다는 조바심이 그랬다. 너무 많이, 너무 오래 준비한 게 문제였다는 게 어쩔 수 없는 결론이다.

노트북 컴퓨터를 리부팅했다. 후반부 연주가 시작되기 전에 어서 노트북 컴퓨터의 메모리를 처음 상태로 되돌려놓아야 한다. 휴식 시간이지만 관객석에 청중이 남아 있는 까닭에 모든 과정은 빔 프로젝터를 꺼놓은 상태로 진행했다. 내내 곁을 지켜준 양진용 피디가 성마른 내 손놀림과 마음을 도닥여주었다. 가슴은 두근두근, 손길은 바들바들 떨렸다. 부팅을 마치고 노트북 컴퓨터 화면으로 영상을 시연해봤다. 문제없었다. 그래도 안도하기는 이르다. 언제나 컴퓨터는 결정적인 순간에 망가진다. 영상의 전 구간을 돌려볼 시간이 모자라, 빠른 속도로 중간 중간 점프하며 영상의 흐름을 점검했다. 시간을 오래 끌거나 컴퓨터의 메모리가 오버로드될 만큼 되풀이해서도 안 된다. 더 완벽해지려면 한 번 더 시연해봐야 했으나, 그러자니 전반부에 에러를 보였던 컴퓨터의 메모리를 믿을 수 없었다. 오도 가도 못하고 바들거리는 동안 연주회의 후반부가 시작된다는 종이 울렸다.

두 번째 영상 연주곡은 후반부의 첫 곡이다. 모든 준비를 마쳤다. 로비에서 웅성거리던 관객이 다시 객석에 들어오며 웅성거린다. 객석이 차곡차곡 들어차는 것을 바라보는 동안 가슴은 걷잡을 수 없이 뛰었다. 그녀가 다시 무대에 등장하려면 시간이 좀 남았지만, 벌써부터 내 엄지손가락은 컴퓨터의 스페이스 바 위에 얹혀 있다. 그 손가락만 누르면 영상이 시작된다. 짧게는 지난 일 년 동안 그녀와 함께 해온 나무 관찰의 결과이기도 하고, 길게는 지난 십여 년 동안 반드시 이뤄보겠다고 꿈꾸었던 내 나무 답사의 결과물이 다시 준비를 마쳤다.

잠시 뒤 객석의 조명이 어두워지고 무대의 조명이 환해지자 객석이 고요해진다. 그녀가 찬미를 앞세우고 무대에 등장한다. 관객의 박수가 터져 나온다. 전반부의 연주에 감동 받은 관객의 박수 소리는 전반부 때의 박수 소리보다 훨씬 컸다. 그녀가 객석을 향해 다소곳이 인사를 하고 피아노 앞에 앉았다. 스페이스 바 위에 얹힌 내 엄지손가락이 주체하기 힘들 만큼 바들거린다. 중간 휴식 시간에 여유 없이 빠르게 흐르던 시간이 멈춘 듯하다. 김예지가 숨을 크게 들이쉬고 건반 위에 손가락을 올려놓는다. 그리고 드디어 첫 음이 울린다. 동시에 내 엄지손가락은 지층을 파고들 듯한 무게로 쿵 내려앉으며 스페이스 바를 눌렀다.

평창 오대산 전나무 숲의 장대한 풍광이 페이드인하며 세종문화회관 무대 뒤 벽면에 펼쳐졌다. 이어서 하동 송림의 울창한 소나무들이 무대 벽을 가득 채웠다. 김예지의 피아노 연주가 숲 속을 거닐듯, 물 흐르듯 이어졌다. 슈베르트가 죽음을 생각하며 구성한 부분이다. 서른을 갓 넘긴 상태에서 죽음을 예감했던 슈베르트가 자신의 죽음을 받아들인다. 그러나 죽음이 곧 모든 것의 종말을 이야기하는 것은 아니라고 슈베르트는 김예지의 건반을 통해 웅변한다.

무대 벽에는 그래서 거대한 고목의 줄기에서 섬세하게 돋아난 푸른 이끼가 피어났고, 겨울 깡마른 고목 줄기에서는 겨우살이의 싱그러움이 싹텄다. 대지에 새 기운이 일어나면서 천년 된 은행나무의 줄기 한쪽 귀퉁이에서 은행잎 작은 새싹이 앙증맞게 돌돌 말린 채 솟아오르는 사진이 이어서 떠오른다. 튤립나무 잎도, 모과나

슈베르트가 피아니스트의 손가락을 부추겨 견고한 고독을 노래한다.
그 곁에서 오래된 나무의 굵은 줄기도 함께 노래한다.

무 잎도 역광을 받아 작은 잎 위에 실핏줄처럼 세밀한 잎맥을 고스란히 돋운다. 하릴없이 죽음을 받아들이기로 마음먹자, 슈베르트에게 이제 죽음은 어둡지 않다. 작지만 희망이 있다. 길섶에 아무렇게나 피어나는 흔하디흔한 풀꽃, 꽃마리의 지름 이 밀리미터밖에 안 되는 앙증맞은 꽃송이가 화면 한 귀퉁이를 박차고 나온다. 시트러스 노란 꽃이 이어지고, 수선화 가운데에 '애기 수선화'라고 불러도 좋을 자디잔 흰 수선화 꽃이 피어난다. 세종문화회관 체임버홀의 차디찬 무대 벽면이 무리 지어 피어난 현호색 꽃송이를 거쳐 주렁주렁 매달린 통조화 꽃송이가 되었다가 탐스럽게 피어난 튤립나무 꽃이 되고 다시 가을에 풍성하게 피어나는 진다이개미취 꽃무리로 피어난다. 무더기로 피어난 꽃송이에 파고드는 딱정벌레도 예쁘다.

그러나 죽음은 죽음이다. 아무리 죽음에서 희망을 찾아내고 싶었다지만, 죽음은 견고한 침묵이다. 어김없이 칠흑 어둠 같은 고독에 들어야 한다. 슈베르트는 다시 그녀의 손가락을 부추겨 견고한 고독을 노래한다. 화면에는 지리산 금대암 앞에 홀로 우뚝 선 전나무가 시선을 압도한다. 곧게 뻗어 오른 전나무에 잇달아 다시 경남 하동 악양 들판을 내다보고 서 있는 팽나무가 음전한 모습으로 견고한 고독을 드러낸다.

슈베르트의 고독은 견고하고 깊다. 음악이 무겁게 이어진다. 깊은 고독은 오래된 나무의 굵은 줄기가 표현한다. 삶의 굴곡이 변화무쌍했던 슈베르트가 죽음의 침묵을 딛고 일어나 희망을 노래한다. 화면에는 옹기종기 돋아난 바위취 잎사귀가 떠오르고, 파초 일엽의 돌돌 말린 잎이 죽음에서 건져 올린 희망을 노래한다. 그리고 꽃들이 이어진다. 다양한 형태의 꽃들은 객석의 관객이 자신만의 흔하디흔한 경험을 떠올리기 쉽지 않은 꽃들이다. 주로 천리포 수목원에서 자라는 비교적 생경한 생김새의 꽃들이 작지만 장엄하게 떠오른다. 음악과 무관하게 개개인의 추억을 바탕으로 한 공연한 상상력을 자극하지 않으려는 의도에서 흔치 않은 꽃들을 골라냈다. 지금 이 순간 무대 벽면에서 피어나는 꽃들은 무엇보다 슈베르트가 죽음에서 건져 올린 희망이어야 하고, 피아니스트 김예지가 노래하는 서로 다른 사람살이가 모여 살아가는 세상의 모습이어야 한다.

춤추듯 날아오르는 모양을 한 산딸나무 품종의 꽃부리, 짙은 보랏빛의 아칸서스, 튤립 가운데에서도 흔히 볼 수 없는 품종의 나지막한 튤립 꽃, 바람꽃이라고도 부르는 가우라, 멸종 위기 식물인 해오라비난초의 가녀린 꽃, 샐비어를 닮은 니포피아 등 대개는 관객의 옛 추억 바깥에 있는 꽃들이다. 관람객 개인의 추억이 아니라, 슈베르트의 죽음과 희망의 이미지여야 했다.

슈베르트가 같은 주제, 같은 이미지를 변주한다. 꽃도 달라진다. 이번에는 꽃술이 선명하게 드러난 접사 사진 위주로 화면이 천천히 넘어간다. 국화 종류의 꽃무리가 나오기는 하지만, 흔히 볼 수 있는 국화가 아니다. 서서히 슈베르트의 희망은 마무리되어간다. 그건 아마도 죽음 앞에 선 슈베르트의 욕망이었을 게다. 따라서 화면은 열매 사진으로 이어진다. 새빨간 열매를 무더기로 달고 있는 피라칸타와 남천까지. 그녀의 연주가 슈베르트의 선율을 타고 끝을 향한다. 김예지는 그랬다. 마무리는 고사목의 굳건한 이미지라고. 화면에는 모든 잎을 다 내려놓은 지리산 자락의 느티나무가 벌거벗은 채 석양을 맞이하는 실루엣이 잡혔다가 합천 해인사 입구의 고사목을 거쳐 봉화 청량산 골짜기의 고사목이 나오면서 페이드아웃한다. 화면은 페이드아웃되었으나 그녀의 음악은 그때부터도 조금 더 이어졌다. 애초 우리의 계획대로 암전된 어둠 속에서 피아노가 모든 연주를 마무리한다.

즉흥곡 두 편 중 둘째 편의 첫 곡, 내가 준비한 영상 연주의 두 번째 곡은 그렇게 마무리됐다. 무대 벽면을 밝히던 빔 프로젝터를 껐다. 컴퓨터는 다른 소음이 있을지도 모른다는 생각에서 김예지의 피아노 연주가 모두 끝날 때까지 그대로 두었다. 뉴욕 카네기홀 데뷔처럼 설레면서 십여 년에 걸쳐 준비했던 나의 무대는 그렇게 끝났다.

그녀의 연주는 그 뒤로도 한참을 더 이어갔고, 세종문화회관 체임버홀 이층 객석 구석에 나는 앞에서처럼 철퍼덕 주저앉았다. 주저앉은 자리까지 타고 올라오는 김예지의 피아노 음악 소리를 나는 알아들을 수 없었다. 그저 내가 준비한 모든 영상 연주가 끝났다는 안도감, 그리고 전반부의 어이없는 실수에 대한 회오감에 온몸이 늘어졌다. 아마 바닥에 다리를 쭉 뻗었던 듯하다. 고개도 늘어뜨리고.

얼마 뒤, 객석에서 터져 나온 우레 같은 박수 소리. 끊이지 않는 박수에 환성이 보태졌고, 그녀가 다시 커튼콜 인사를 위해 무대로 나왔다. 그제야 나는 자리를 털고 일어섰다. 두어 차례의 커튼콜 인사 뒤에 여느 음악회와 달리 그녀가 마이크를 들고 무대 앞에 서서 인사말을 전했다. 오늘의 연주회가 있기까지의 과정을 차분하게 소개했고, 도와준 많은 분을 일일이 소개했다. 그 안에 내 이름도 끼어 있었던 듯하다. 나무 영상 이야기를 포함한 소개였는데, 나는 한없이 부끄러웠다. 난간 바깥으로 빼꼼히 내밀고 무대를 바라보던 고개를 다시 거둬들여야 했다. 인사를 마치고 그녀가 앙코르 곡을 연주했다. '시각과 청각의 행복한 만남' 연주회는 그렇게 끝났다.

주섬주섬 짐을 챙겼다. 그러나 슈베르트 음악의 감동에 깊이 젖어 있는 관객들이 웅성거릴 로비로 나갈 엄두가 나지 않았다. 오늘의 관객 가운데에는 내가 드린 초청장을 들고 찾아온 분들이 적지 않다. 오십 명 정도. 그러나 그분들께 인사드리러 나설 염치가 없었다. 후반부의 영상 연주가 그리 나쁘지 않았다고는 해도, 전반부의 영상 연주에서 일어났던 블루 스크린 사태를 생각하면 도저히 나설 수 없었다. 참담하다고 해야 맞을 듯하다. 나와 인사를 나누기 위해 기다리는 분이 몇 있다는 연락을 받았지만 발걸음이 떨어지지 않았다.

로비로 내려가기 전에 내가 드린 초청장을 받고 연주회에 찾아온 선배 한 분이 이층 객석의 내 자리로 찾아오셨다. 전반부의 영상 에러 이야기는 덮은 채, 수고했다, 영상이 어우러져 감동이 더 컸다, 인사말을 건네줬다. 선배의 손에 이끌려 부끄러움 안고 로비로 내려갔다. 내게 인사를 건네려 기다리셨던 분들이 있었다. 멀리서 찾아온 분들도 있었다. 전반부의 예기치 않던 블루 스크린은 나보다 그분들을 더 조마조마하게 했던 듯하다. 벌게진 얼굴로 할 말을 찾지 못하는 나를 위로하고 격려해주었다. 부끄러움 감추고 웃으며 인사를 나눈 뒤 도망치듯 세종문화회관을 빠져나왔다. 대관절 시간이 어떻게 흘렀는지 나는 아직 모른다.

그날 나는 혼절하듯 깊은 잠에 빠져들었다. 피아니스트 김예지의 연주, 그리고 그의 음악 메시지에 맞춘 영상 연주를 바라보며 눈물지은 관객이 있었음은 그로부터 며칠 뒤 친구의 SNS 담벼락을 통해서 알았다.

음악과 나무의 조화만으로도 충분했는데 게다가 그 음악은 슈베르트의 즉흥곡이었습니다. 제가 흥분을 안 할 수 없죠! 팸플릿 사진으로 보면 김예지 그녀가 시각장애인임을 눈치 챌 수 있었지만, 소개 내용 어디에도 장애에 대한 언급이 없어서 '설마' 했지요.

안내견 찬미와 무대에 오른 예쁜 아가씨 김예지. 첫 곡 D. 664가 흐르는데 눈물이 흐르더군요. 그냥 고단했고 답답했고 그 수많은 연습의 순간을 상상하니 저도 모르게 눈물이 나왔습니다.

간혹 평정을 잃은 순간이 있어도 연주는 참 아름다웠습니다. 삼십 년 동안 나무를 본 적이 없던 그녀에게 텍스트로 알려주며 교감하신 고규홍 선배의 배려도 제 마음을 따뜻하게 만들었고요.

평소엔 3악장, 2악장에 집중하여 들었지만, 여러 나무와 함께 듣는 1악장이 새롭게 다가오더군요. 저 선율에는 왜 저 나무였을까? 신기하고 신비했습니다. 어렴풋이 느낄 수 있었던 건 고규홍 선배와 김예지 양이 고른 나무가 푸릇푸릇하고 밝아서 안심이 되었다는 정도……. 그리고 환생이 있다면 다음 생엔 맹인안내견으로 태어나도 좋겠다는 바람도 가져보았습니다.

다르다는 것을 깨닫게 된

하 많은 시간

아쉬움 남긴 채 나무 영상 연주회는 지나갔다. 연주회를 앞두고 긴 시간 내내 죽음을 주제로 한 슈베르트의 음악에 몰입해야 했고, 또 그 죽음을 주제로 한 음악의 청각 이미지에 알맞춤한 나무 영상을 찾아내던 많은 일이 주마등처럼 스쳐 지나갔다. 서른둘의 젊은 나이에 떠올린 죽음의 이미지는 어떠했을까? 그동안 김예지와 이야기 나눈 것처럼 깊은 고통과 참담함이 한때의 그를 지배한 죽음의 이미지였을까. 또 얼마 뒤에는 김예지가 연주한 밝은 분위기처럼 슈베르트는 죽음을 편안하게 받아들일 만큼 달관했을까. 그리하여 슈베르트에게 죽음이란 모든 것의 끝이 아니라, 새롭게 다시 태어나기 위한 준비 과정이라는 이미지였을까.

블루 스크린으로 떠오른 전반부 영상의 실패는 하릴없이 아쉬웠다. 그러나 김예지는 이 연주회를 하나의 시작으로 삼자고 했다. 시각과 청각이 어우러진 연주회를 언제든 다시 시도하자고 했다. 그녀의 생각처럼 과연 이 같은 연주회를 다시 할 수 있을까? 그렇다면 같은 실수를 되풀이하지 않기 위해 무얼 어떻게 준비해야 할까. 생각할수록 이 작업에 따르는 어려움이 첩첩 쌓였다. 몇 가지 더 세밀한 준비가 필요하다는 생각이 떠오르기는 했지만, 그럴수록 실현 가능성은 더불어 줄어들었다.

연주회를 마칠 즈음, 예정됐던 몇 가지 다른 일정이 더불어 마무리됐다. 짬을 내기 어려울 만큼 분주하던 여러 일정이 한꺼번에 정리됐다. 연주회에 대한 부담이 컸기에 이전의 일정을 더 분주하게 느꼈던 건지 모른다. 신기할 정도로 깔끔해진 일정표를 보면 느낌만 그런 건 아니었다. 강연 일정은 물론이고, 지방 답사 계획도 하나 없었다. 우연이겠지만 절묘했다.

노인성 폐렴으로 입원 중인 아버지를 돌보는 일만 남았다. 연주회 때까지는 마음 분주한 탓에 아버지의 상태에 세심하게 신경 쓰지 못했다. 문안인사가 고작이었고, 의사의 주의사항을 아버지께 서둘러 전해드리는 게 전부였다. 간호사들은 그랬다. 가족 이야기만 들으신다고. 그래서 전문 간호사가 간병을 맡아 하는 포괄간호 병동이지만 보호자를 자주 오게 해 죄송하다고 했다.

아버지 병실에 머무르는 시간이 늘어난 건, 연주회 다음 날 오후부터였다. 그래봐야 아버지는 아무 말도 하지 않는다. 가끔씩 실눈을 뜨고 곁에 누가 있는지를 확인하고 곧바로 얕은 잠에 드실 뿐이다. 거칠어진 아버지의 숨결을 곁에서 느끼는 게 병실에서 내가 할 수 있는 일의 전부다. 연주회 다음 날인 화요일에도, 수요일에도, 목요일에도 그렇게 아버지의 병실에서 저녁 시간을 보냈다.

금요일 밤에도 그랬다. 간호사의 눈길이 닿지 않는 시간에 링거액 주사기를 뽑아내며 치료를 거부하던 아버지가 그날은 이상할 정도로 간호사의 이야기를 선선히 따랐다. 나의 잦은 방문이 위안되었을까. 아버지는 잃었던 청각까지 되살아나는 듯, 내 말은 물론이고 간호사의 말까지 잘 알아들었다. 아버지의 눈에 띄는 변화다. 나무 그늘의 경계를 천천히 걸으면서 '감각의 활용법보다 더 중요한 것은 대상을 감지하려는 관심과 성의'라던 김예지의 이야기가 떠올랐다.

주사기를 다시 꽂기 위해 간호사가 아버지의 깡마른 팔뚝에서 제대로 드러나지 않는 혈관을 찾았다. 아버지가 고분고분 간호사가 시키는 대로 팔을 돌려가며 혈관을 드러내주었다. 살보다 뼈가 먼저 잡히는 아버지의 팔뚝에 주사바늘이 꽂혔다. 허공에 매달린 수액 세트의 비닐 주머니에서 똑똑 떨어지는 링거액이 아버지의 노쇠한 혈관으로 스며들었다. 아버지는 편안해하는 눈치였다. 말은 없었지만 표정이 그랬다. 늦은 밤 되어 그만 돌아가겠다고 인사를 올리자, 어제까지만 해도 '잘 가라'는 말 대신 손짓만 하던 아버지가 뜻밖에 아무 느낌도 표정도 없이 '아…… 들……'이라고 했다.

밤이 깊었다. 병원을 돌아 나오며 슈베르트의 세 배 가까운 시간을 살아온 아버지 삶의 시간들을 생각했다. 거의 백 년에 이르는 동안 그의 삶은 참담하다 싶을 정도로 처량했다. 서른 살 시절에 전쟁의 피바람을 피하려고 러닝셔츠 바람에 슬리퍼를 신고 마을 사람들과 함께 거룻배에 오른 날부터 그의 운명은 나락으로 떨어졌다. 함께 이남으로 온 사람들은 우선 되돌아가기 어려워진 고향 생각을 내려놓았다. 지난날을 여유로이 추억할 만큼 이 땅의 살림살이가 녹록지 않다는 걸 그들은 일찌감치 알았던 것이다. 니나 할 것 없이 악착같이 살았다. 하지만 넉넉한 집안에서 어려운 것 모르고 살던 어린 시절의 기억에서 하루도 벗어나지 못했던 아버지는 살아남을 생각보다는 향수에만 매달렸다. 전쟁으로 피폐해진 이 땅은 그가 살 만한 곳이 되지 않았다. 전쟁의 피바람이 지나자 그는 다시 결혼을 했고, 아이들을 낳았다. 가족을 꾸려갈 방법을 그는 알지 못했다. 아예 그런 생각조차 하지 않았는지도 모른다. 자전거 바퀴처럼 똑같은 참담함의 시간이 그의 어깨 위에 오래도록 되풀이하며 맴돌았다. '지지리도 못난 삶'을 그는 이곳에서 한 가족의 가장으로 살았다. 질곡의 삶을 벗어날 방법을 그는 끝내 알지 못했고, 알려 하지도 않았다.

전쟁의 상처를 안고 살아가는 이 땅의 모든 노인이 겪어야 했던 고난이야 비슷하겠지만, 아버지는 같은 세대의 여느 사람과도 참 달랐다. 그가 꾸린 가족의 한 구성원으로서 이해할 수 없는 가장의 삶이었다. 전쟁 때 함께 남쪽으로 건너온 거의 모든 사람이 이 땅에서 살아남는 법을 잽싸게 체득하여 평온하게 살았지만, 아버지는 육십여 년의 세월을 그들과 전혀 다르게 살았다. 언제나 당신 홀로 평안한 표정으로 살았다. 그 평안함의 근원을 도저히 알 수 없다. 나는 단 한 번도 그의 속내에 어떤 참담함의 낌새가 담겨 있을지 엿본 적이 없다. 들여다보려고 애쓴 적이 전혀 없었다고 고백하는 게 맞을지도 모르겠다. 그의 알 수 없는 평안함 뒤에서 자칫하면 그의 지지리도 못난 삶을 이어받을지 모른다는 생각에만 사로잡혔던 그의 가족 중의 하나인 아들이었다.

어쨌든 그는 참 다르게 살아온 사람이다. 그의 남다른 남루함을 바라보며 나는 세상의 거의 모든 아들이 그러는 것처럼 '아버지처럼 살지 않겠다'는 생각만 숱하게 되뇌었다.

백 세를 내다본 나이에도 자전거를 타고 노인정을 오가던 그가 여름 지나며 갑작스런 폐렴으로 병원에 입원하고 두 달쯤 지났다. 병원에서도 그랬다. 의사도 간호사도 혀를 내두를 정도로 자신의 고집을 내려놓지 않은 그는 여느 아버지들과 달라도 너무 달랐다.

병원에서 그렇게 두 달쯤 지나자 겨우 되찾은 평안함, 그리고 난데없이 뒤돌아서 병실을 나오는 나에게 '아…… 들……'이라 하던 아버지를 생각하다가 그날 밤에는 전쟁처럼 깊은 잠에 빠졌다.

새벽 다섯 시가 조금 넘어 전화벨이 울렸다. 병원이었다.

백 년쯤 전, 미국 뉴욕 주의 이타카. 옥수수 밭을 거니는 한 처녀가 있었다. 옥수수의 염색체 돌연변이에 대해 풀리지 않는 과제에 골몰한 채 잘 자란 옥수수 밭 사잇길을 천천히 걸었다. 암만 해도 그녀는 '돌연변이의 이상 현상'의 실마리를 찾을 수 없었다. 답답한 마음을 풀지 못한 그녀는 길섶에 털퍼덕 주저앉았다. 한참을 앉아 있던 그녀가 갑자기 '답을 찾아냈다'고 고래고래 소리 지르며 동료들에게 뛰어갔다. 순식간에 답을 찾아내기는 했지만, 답을 찾아낸 과정을 설명할 수 없었다. 과학적인 연구 방법을 통해 답을 찾은 게 아니라, 무성하게 자라난 옥수수 사이에 앉아 직관적으로 답을 찾은 것이다. 옥수수가 내뿜는 생명의 기운으로 얻은 답이라고 할 수 있으려나 모르겠다.

통상적인 과학자들의 연구 방법과는 전혀 다른 방법으로 놀라운 업적을 이루어낸 유전학자 바바라 매클린톡(Barbara

McClintock, 1902~1992)의 이야기다. 옥수수 연구로 유전자의 자리바꿈 현상을 발견하여 노벨 생리의학상을 수상한 여성 과학자다. 이 분야에서 여성 단독으로 노벨상을 수상한 과학자는 그녀가 처음이다. 그녀가 노벨상을 수상한 건 1983년. 마침내 그의 업적이 학계에 받아들여지기는 했지만, 그렇게 되기까지에는 긴 시간이 필요했다.

그녀의 연구 방법은 이전의 여느 과학자들과 달랐다. 옥수수를 오로지 현미경을 통해서만 관찰한 것이 아니라 '마음의 눈'으로 바라본 남다른 과학자다. 마음의 작용에 대한 철저한 믿음은 모든 연구의 바탕이었고, 그것이 곧 기존의 과학계로부터 인정받지 못한 근거였다. 매클린톡은 옥수수를 손수 심었을 뿐 아니라, 싹이 터서 열매 맺는 과정까지 곁에서 지켜봤다. 옥수수라는 하나의 생명과 소통하려 애썼으며, 그 생명과 소통하며 느껴지는 자신의 감각 혹은 마음을 믿었다.

매클린톡은 이블린 폭스 켈러와의 인터뷰에서 염색체 연구 과정에서의 특별한 체험을 소개하면서 지극한 마음으로 대상을 바라보고 있으면, 자신도 그의 일부가 된다고 했다. 그녀는 자신이 염색체 안에 들어가 있었다는 느낌을 구체적으로 말하기도 했다.

> "덧붙여 알게 된 것은, 내가 그 일에 빠져들수록 점점 더 염색체가 커지더라는 사실이에요. 그리고 정말로 거기에 몰두했을 때, 나는 염색체 바깥에 있지 않았어요. 그 안에 있었어요. 그들의 시스템 속에서 그들과 함께 움직였지요. 내가 그 속에 들어가 있으니 모든 게

다 크게 보일 수밖에 없죠. 염색체 속이 어떻게 생겼는지도 훤히 보였어요. 정말로 모든 게 거기 있었어요. 나 자신도 무척이나 놀랐지요. 내가 정말로 그 속에 들어가 있는 느낌이었거든요. 그리고 그 작은 부분들이 몽땅 내 친구처럼 여겨졌어요."

—이블린 폭스 켈러, 《생명의 느낌》(김재희 옮김, 양문 펴냄) 202쪽에서

노벨상을 수상한 과학자가 들려준 이야기치고는 믿어지지 않을 만큼 비과학적으로 들리기 십상이다. 일체의 주관적 느낌을 버리고 엄격한 객관적 실증을 요구하는 과학 분야에는 어울리지 않는 이야기다. 과학자가 아니라 예술가 혹은 시인의 이야기로 더 알맞춤하다. 매클린톡은 대상을 정성껏 오래 바라보면 마침내 그 대상은 자신이 감춘 비밀을 가르쳐준다고까지 했다.

대상의 속내를 알기 위해서는 먼저 그에게 귀 기울여야 한다는 생뚱맞아 보이는 이야기다. 그녀는 언제나 '대상이 하는 말을 귀 기울여 들을 줄 알아야 한다'고 강조했다. 그 대상이 '나에게 와서 스스로 얘기하도록' 마음을 열고 들어야 한다고 했다. 무엇보다 중요한 건 '생명에 대한 느낌'을 개발하는 일이라고 했다. 생명의 느낌! 덧붙여 그녀는 옥수수의 싹이 나서 자라는 과정을 가까이에서 돌보면 옥수수에 대해 친밀한 감정이 생기게 되고, 그렇게 맺은 관계가 연구 과정의 가장 큰 기쁨을 주며, 거기에서 깊은 통찰력을 얻는다고 했다. 당시로서는 물론이고 지금으로서도 민기 어려운 방식으로 자기만의 세계를 구축한 것이다.

팔십 세가 넘어서야 비로소 오랜 연구를 인정받기는 했지만, 젊

은 시절 그녀는 철저하게 따돌림받았다. 그녀의 연구 결과가 제아무리 훌륭해도 소용없었다. 누구도 인정하지 않았다. 학계의 관행이 그녀를 받아들이지 않았고, 기존의 고정관념 또한 그녀에게 곁을 주지 않았다. 따돌림받아야 했던 이유가 있다면 그건 오로지 '다르다'는 이유 하나뿐이다. 그러나 가만히 생각해보면 그녀를 다르다 할 수 있는 근거는 그동안 견고하게 지켜온 기존 과학계의 틀에서 바라볼 때일 뿐이다. 한 걸음만 바깥으로 나오면 그녀의 방식을 다르다고 말하기 어렵다. 자신의 느낌을 바탕으로 하나의 생명체를 만난다는 게 뭐 그리 특별하단 말인가. 오히려 문학이나 예술 분야에서라면 매클린톡의 방법이 가장 평범한 방식이다. 결국 다르다는 것은 어떤 입장에서 어떻게 바라보느냐에 따라 결정되는 판단이다.

이른 새벽, 병원에서 온 전화는 아버지의 죽음을 알렸다. 불현듯 과학계의 이단아 매클린톡이 떠올랐다. 우리 사는 세상 그 어디에서라도 다르게 사는 건 어려운 일이다. 과학계뿐 아니라, 대한민국의 가장 평범한 아버지들의 세상에서조차 그건 결코 쉬운 일이 아니다. 다르게 살면서 어쩔 수 없이 감수해야 할 편견과 그에 따른 고통이 적지 않다.

아버지의 죽음은 갑작스러웠다. 두 달 전만 해도 허리를 꼿꼿이 편 채 자전거를 타고 노인정에 오가던 분이 운신하기 어려울 만큼 기력이 떨어진 상황부터 갑작스러웠다. 노인으로서 극복하기 어려운 폐렴 진단 때문에 그의 이 땅에서의 삶이 그리 오래 남지 않았다는 건 짐작된 일이었다. 그러나 평소와 다르게 편안한 표정으로 '잘 가라'는 인사 대신 '아들'이라 부르던 바로 다음 날 아침이라니.

사흘간의 장례식은 황망했다. 분단의 한을 붙들어 안고 끝내 고향에 돌아가지 못한 서러운 아버지의 인생을 마무리하며 나는 울었다. 이 땅의 여느 아버지들과는 비교할 수 없을 만큼 다르게 살았다는 이유 하나로 나는 그에게 오붓한 정을 느끼지 않았다. 어쩌면 실오라기만 한 정이 떠오른다 치더라도 그에게 다가서지지 않으려고 나는 몸부림쳤다. 죽음 직전까지도 곁에 있는 사람들을 배려하기보다는 자신의 생각과 추억에만 사로잡혀 있던 그를 나는 도저히 사랑할 수 없었다. 아버지를 생각하며 눈물을 흘렸다면 그건 순전히 그의 남루한 삶이 불쌍해서였다. 고향에 돌아가지 못한 이 땅의 서글픈 현실이 더러운 때문이었다고 해도 괜찮다.

아버지의 장례식은 그래서 씁쓸했다. 씁쓸한 마음으로 장례식을 마치고 허전해진 집에 돌아와 아버지의 유품을 정리했다. 처음부터 끝까지 그의 삶이 남루했음을 드러내는 물건투성이였다. 애써서 마련한 좋은 옷들은 옷장 깊숙한 곳에 첩첩 쌓여 있고, 시퍼런 작업복 풍의 옷만 낡은 채 드러났다. 직수굿이 허름한 옷만 입고 다녔다. 어느 것 하나 다시 돌아볼 게 없는 남루의 찌꺼기였다. 그런 물건들 중에 귀퉁이가 닳아빠진 지갑이 하나 있었다. 그 안에 담을 게 없었던 아버지의 지갑은 얇디얇았다. 이제는 필요 없어진 주민등록증과 경로우대증이 있었고, 노인정 어른들의 전화번호가 적힌 작은 쪽지가 있었다.

그리고 아버지의 그 얇은 지갑 가장 안쪽에 빳빳한 명함이 하나 있었다. 하얀 명함에 나의 한자 이름이 선명하게 나타났다. 삼십 년도 더 된 명함이다. 처음으로 직장에 들어가 박은 첫 명함이다. 이미 오래전에 바뀐 그 회사의 로고가 선명하게 양각으로 박혀 있는 명함이다.

가족을 남다르게 대했다는 생각 때문에 나는 그에게 실올 같은 정조차 건네려 하지 않았다. 그런 아버지가 무려 삼십 년 동안 나의 첫 명함을 간직하고 있었다는 사실이 놀라웠다. 눈물이 왈칵 쏟아졌다. 대관절 무슨 생각으로 삼십 년 동안이나 이 쓸데없는 명함을 지녔을까. 어찌나 소중히 다뤘는지, 삼십 년 지난 명함이라고는 믿어지지 않을 정도로 네 귀퉁이의 각이 날카롭게 살아 있었다. 빛깔조차 바래지 않았다.

울면서 울면서 나는 생각했다. 다르다는 것은 무엇인가. 고향을 떠나 고향에서처럼 살기를 원했지만, 그런 생각을 허용하지 않는 이 땅의 팍팍함 까닭에 가족에게조차 실낱같은 애정도 받지 못한 채 씁쓸하게 죽어간 한 남자의 비루한 삶이 애처로웠다. 경기도 개풍군이 고향인 한 남자를 그저 다르다는 이유 하나로 다가서지 않으려 몸부림했던 내 안간힘이 참담했다. 아버지가 지갑 속에 남긴 한 장의 명함을 보고서야 비로소 다른 것은 그가 아니라 나였으리라는 깨우침이 들어 울고 또 울었다.

그는 청각을 잃었다. 그것 역시 남들과 다른 게 아니다. 시간이 흐르면 나도 너도 누구도 청각을 잃을 것이고, 청각과 함께 시각도 미각도 후각도 잃을지 모른다. 그건 거스를 수 없는 섭리다. 입원 중에 청각을 활용하지 못하는 아버지 때문에 의사와 간호사가

고생했고, 나 역시 수시로 호출 받아 병원에 오가며 힘들어했다. 그리고 나는 그때 죽음조차 다르게 채비하는 참 다른 사람이라고 마음속으로 아버지를 닦아세우기만 했지, 그에게 손 내밀지 않았다. 그러나 아버지는 다르지 않았다. 내가 아버지의 상황이 되지 않았을 뿐이다.

다르다는 것, 그건 아무것도 아니었다. 옥수수 유전자의 비밀을 밝히기 위해 마음의 눈을 쓰든, 비운의 이 땅에서 악착같이 살든 남루하게 살든, 나무를 눈으로 보든 귀로 보든 마음으로 보든. 다르다는 것, 그건 정말 아무것도 아니다.

겨울 숲에서의 마지막 하루

다시 천리포수목원을 찾은 건 폭설 예보와 한파주의보가 매섭던 일월 중순이었다. 세종문화회관 연주회와 곧바로 이어진 아버지 장례를 치른 뒤의 번거로운 마음 탓에 외부와의 접촉을 거의 끊다시피 하고 적막히 지내던 두 달 만의 외출이었다.

하루 묵으며 수목원 암흑의 숲에서 그녀와 함께 나무를 관찰할 계획이다. 가로등 하나 없는 한밤의 천리포수목원 숲에서 나무를 관찰한다는 건 어려운 일이다. 어두운 밤에 내가 나무를 바라보는 건 그녀가 평소에 나무를 보는 것과 다르지 않다는 점에서 야간 관찰은 특히 내게 의미 있는 경험이다. 이 프로젝트의 초반부에 양진용 피디에게 내가 안대로 눈을 가린 채 숲에서 나무를 느끼는 과정을 겪어보겠다고 이야기한 적이 있다. 양 피디는 그런 나의 제안을 즐겁게 받아들였고, 그런 기회를 기다리던 중이었다. 그러나 아직 그런 시간을 가지지 못했다. 양 피디는 그게 못내 아쉬웠던 모양인지 그때의 이야기를 마음에 두고 있었나 보다. 양 피디는 야간 촬영이라면 안대를 끼고 나무를 관찰하는 것과 같은 효과를 볼 수 있지 않겠느냐며 수목원에서의 야간 답사를 제안했다. 바람이 몹시 차가운 겨울밤이라는 게 조금 망설이게는 했지만, 좋은 기회임은 틀림없다.

저녁 식사를 하고 숲에 어둠이 내리기를 기다렸다. 폭설이 예보된 저녁이었지만, 하늘은 꾸물거릴 뿐, 서설의 기미를 드러내지 않았다. 바람만 맵차게 분다. 얼마 뒤 숲에는 칠흑 어둠이 내려앉았다. 바람이 더 매워지기 전에 서둘러 숲으로 들어섰다. 촬영 팀을 앞세우고 안내견 찬미와 김예지, 그리고 내가 숲길을 걸었다. 십팔 년 전 회사를 그만두고 들어와 두 달 동안 머물던 숙소 옆 길이다. 내게는 매우 익숙한 길이다. 두 달 내내 매일 그랬으며, 그 뒤로도 십팔 년 동안 무척이나 자주 거닐던 길이다. 길섶의 나무들이 늘어선 순서는 물론이고, 가을이면 스러졌다 새봄에 나무들 틈 사이로 피어오르는 작은 풀꽃까지 샅샅이 기억하는 길.

그러나 가로등 불빛 하나 없는 어둠 속의 길은 조심스럽다. 게다가 어둠 속에서 그녀와 내가 함께 걷는 장면을 카메라에 담으려는 촬영 팀은 눈앞 쪽으로 조명을 밝혀왔다. 창졸간에 시각이 마비됐다. 짐작한 일이었지만 절명 상태에 빠지고 말았다. 시각은 마비되었고, 더불어 다른 감각과 심지어 생각까지 마비되는 듯했다. 과장이 아니다. 오도 가도 못하고 그 자리에 서고 싶었다. 김예지는 그런 내 상태를 아랑곳하지 않고 안내견 찬미와 함께 편안하게 걸었다. 어둠 속의 찬미는 본능적으로 겅중겅중 걸음이 빠르다. 찬미가 네 발로 앞장서고, 김예지가 두 발로 그 뒤를 따랐으며, 엉금엉금 그 뒤를 내가 좇으며 더듬거렸다.

"나는 오히려 이 캄캄함이 익숙하고 편안해요. 이 길이 아는 길도 아니고, 예전에 와서 걸었을 때의 사정이 기억나는 것도 아니지

근본적으로 김예지의 관찰 방식은 다르다.
대상을 바라보는 것이 아니라 사유하는 것이다.

만, 어둠 속이라서 길을 걷는 게 친근하게 느껴져요. 언제나처럼 보이는 건 없지만, 그래서 낮에는 들을 수 없던 소리가 훨씬 선명하게 다가올 뿐 아니라, 향기와 바람까지도 세밀하게 느껴져요."

빛을 구별할 수 있다고는 했지만, 그녀에게 밤과 낮의 구별은 무의미하다. 그러나 시각에 절대적으로 의존하던 나에게 밤은 몹시 불편하다. 시각 활동이 정지되면서 청각, 촉각, 후각을 비롯한 모든 감각도 따라서 정지됐다. 걷기가 불편하다. 시각의 권력이 어느 만큼 절대적이었는지에 대한 반증이리라. 나무를 찾아 나선 길에서는 조금만 어두워지면 하던 일을 거두는 게 내 나무 답사 방식이다. 시각이 방해받는 상태에서는 어떤 일도 내게 큰 의미가 없다. 야간에 사진을 찍는 방법을 모르는 건 아니다. 하지만 자연광이 아닌 인공광을 이용한 사진으로는 나무의 본래 모습을 드러내기 어렵다는 판단 때문이기도 하고, 내 시각으로 또렷이 경험하지 못한 나무를 카메라의 판단으로 담아내는 것도 흔쾌하지 않은 일이다. 오랜 나의 나무 관찰을 통한 사유는 시각 관찰이 전제된 상태에서만 일어났다. 보지 않고서는 아무것도 생각하지 않으려 했고, 그럴 수도 없었다. 그런 나의 행동 방식을 잘 안다는 듯이 그녀가 말했다.

"나는 시각으로 사물을 관찰할 수 없잖아요. 그래서 무언가를 자세히 알고 싶으면 제 방식대로 감각을 동원하지요. 공감각이라고나 할까요. 시각을 활용하는 사람들처럼 '본다는 감각'으로 판단할 수 없기 때문에 관심과 성의를 가지고 대상을 느끼려 애써야 해요. 그뿐 아니라 그 대상에 대해 내가 알고 있는 모든 것을 한꺼번에 동원할 수밖에 없어요. 그런 느낌과 생각을 통해서 이전까지 내가 아는 이것과 지금의 이것을 비교하게 돼요. 오래전부터 알았던 대상이라면 그때와 다른 지금의 변화를 느끼게 되고, 전혀 몰랐던 대상이라면 새로운 느낌으로 대상을 해석하게 되는 거죠."

근본적으로 김예지의 관찰 방식은 다르다. 시각이 아닌 오감은 물론이고, 이전의 사유 경험까지 끄집어내 대상을 사유하는 방식이다. 대상을 바라보는 것이 아니라 사유하는 것이다. 시각을 내려놓고 그녀는 사유를 얻었다.

보이지 않는 세상 속으로 들어가다

어둠을 헤치고 한 그루의 커다란 나무 앞에 섰다. 겨울 달빛이 상큼하게 내려앉은 나뭇가지의 실루엣을 찾아 조심스레 나무에 다가섰다. 나무가 들려주는 이야기는 귀에 다가오지 않았다. 어둠 속의 나무는 말이 없었다. 그저 나무의 어렴풋한 윤곽만 바라볼 뿐이다.

"앞에 산뽕나무가 한 그루 있어요. 꽤 큰 나무예요. 나뭇가지에는 멀리 반달이 예쁘게 걸려 있네요."

분위기를 편안하게 이끌겠다는 요량으로 웃음을 섞어 "안 보이죠?"라고 하자 그녀는 "흐흐. 보인다고 치고!"라고 대거리하더니 반달이 상현이냐 하현이냐를 물었다. 어둠 속에서 그녀와 나 사이에 흐르는 바람은 차갑지만 유쾌했다.

"시간으로는 이 숲의 나무들을 만났던 지난번과 다른 한밤중이지만, 나에게는 별로 다를 게 없어요. 나무가 많이 변한 듯이 느껴지지만 그래봐야 더운 여름과 추운 겨울이라는 계절의 차이 이상은 아니에요."

바람이 불어서 나무의 향기가 더 선명하게 느껴진다며, 그녀는 나무의 향기는 계절에 따라 다르다고 했다. 앞에 서 있는 나무만 하더라도 여름에는 풀 냄새가 강하게 느껴졌는데, 지금은 그때의 풀 냄새를 거의 맡을 수 없다고 했다. 풀이라기보다는 나무에 무성하던 잎이 있고 없고의 차이를 그녀는 향기로 감지한 것이다.

내게 밤에 나무를 느껴본 적 있느냐고 그녀가 물었다. 없다. 어둠 속에서 숲이나 나무 곁을 거니는 일이 전혀 없는 건 아니었다. 그러나 그건 애초의 의도가 아니라, 답사 일정을 마무리하는 과정에서 나무를 스쳐 지나는 정도였지, 작정하고 한밤중에 나무를 관찰하려고 나선 건 아니다. 내가 하고 싶은 이야기를 그녀가 이어갔다.

"나무를 찾아보려 함께 나서자고 하셨을 때, 나는 나무에 대해 별다른 느낌이 없었어요. 막막했어요. 그리고 처음 나무 앞에 나섰을 때, 아무것도 제대로 느끼지 못했죠. 어쩌면 지금 나무를 제대로 볼 수 없는 선생님이 나무 앞에 선 느낌이 그때의 내 느낌과 같지 않을까요?"

어둠 속에서 우리 두 사람의 움직임을 숨죽여 촬영하던 양진용 피디가 "예지 씨는 앞에 있는 나무를 어떻게 느끼시나요?"라고 물었다.

"나무가 산뽕나무라는 건 말씀해주셔서 알게 됐고요. 내가 조금씩 자리를 옮기면서 나무의 생김새를 알아보려고 해요. 나무와 나의 위치가 달라지는 정도에 따라서 주위 온도가 미묘하게 달라지는 걸로 나무의 크기와 생김새를 짐작하는 방식이죠."

자신의 이야기를 몸소 증명하겠다는 듯 그녀가 한 걸음 옮긴 자리에 잠시 섰다가 몸의 방향을 조금 비틀어 바꾼다.

"이쪽을 바라보고 서면 앞의 나무에서 세차게 불던 바람이 어느 정도 막히는 걸 느낄 수 있어요. 자연히 내 몸이 느끼는 온도가 따스해지겠지요. 그 정도를 세밀하게 비교하면 나무가 얼마나 큰지 알게 돼요. 또 줄기를 더듬어보면서 가지가 어떤 모양, 어느 방향으로 뻗었는지를 살펴보게 되지요. 줄기 껍질을 만져보면 나무가 지금 어떤 계절을 보내고 있다는 것도 알 수 있어요. 약간의 상상력을 활용하기도 해요. 이를테면 나무가 이만큼 크게 자라는 데까지 이 자리에서 얼마나 오래 지냈을까 하는 생각이 그런 거죠. 그렇게 종합적으로 나무를 감지하는 거예요."

짐짓 자신이 말한 방법이 유용하다는 걸 강조라도 하려는 듯 그녀가 나에게 자기가 말한 대로 따라 해보라고 했다. '가만히 눈을 감고 나무 주위로 불어오는 바람을 느껴보면 알 수 있을 거'라고 했다가, '아니요, 어두우니까 굳이 눈을 감지 않아도 되겠네요'라고 덧붙였다.

"나는 태생적으로 시각에 의존해 대상을 파악하는 데에 익숙하지만, 한 그루의 나무를 온전히 느끼기 위해서는 다른 감각도 동원해요. 소리와 냄새를 탐지하는 건 물론이고, 줄기와 잎, 꽃의 촉감에도 집중하고, 심지어는 줄기 껍질이나 이파리와 꽃잎을 씹어서 맛을 보기도 해요."

예전에도 했던 비슷한 말이 저절로 나왔다. 그러나 그녀의 감각 활용에 비해 턱없이 모자란 결과만 얻었을 뿐이라는 생각이 들어 "물론 그 결과가 늘 만족스러운 건 아니겠지만요."라며 얼버무렸다.

그리고 그녀가 시킨 대로 나무 곁을 스치는 바람의 흐름을 느끼려고 나무 앞에 섰다. 그녀가 밤이어서 감지 않아도 된다고 했지만, 눈은 감았다. 그녀가 했던 것처럼 한 걸음씩 자리를 옮기면서 바람의 차이를 느껴보려 했지만, 차이는 다가오지 않았다. 잘 모르겠다고 하자 '이 자리가 잘 느껴져요. 이리 와보세요'라며 그녀가

서 있던 자리로 나를 이끌었다.

김예지의 이야기를 들어서일까. 내가 바라보고 서 있는 나무 건너편에서 불어오는 겨울 바다의 바람결이 차가워서였을까. 바람의 흐름이 조금 달라지는 듯도 했지만, 그건 선입견이었을지 모른다. 바람의 차이를 느낀다 하더라도 그걸 바탕으로 나무의 규모와 생김새를 추측해내는 건 언감생심이다. 정말 모르겠다며 허탈한 웃음을 뱉어내자 그녀는 '감각이라는 게 쓰면 쓸수록 발달하는 건데, 그동안 이런 연습을 해본 적이 없으니 당연한 일'이라고 했다. "누구나 한 번에 다 느낄 수 있다면 죄다 '소머즈' 하겠네요."라며 유쾌하게 웃었다. 소머즈! 천 리 밖의 미세한 소리까지 다 들을 수 있는 영화 속 초능력자의 이름이다.

시각이 막히고, 따라서 다른 감각까지 제 기능을 다하지 못하는 어두운 밤, 겨울 천리포 바닷가의 밤은 그렇게 깊어갔다.

김예지가 난데없이 "나무에 정령이 깃든다는 게 뭐죠?"라는 질문을 했다. 깊은 밤 겨울 숲에서 그녀가 혹시 나무의 정령을 느끼기라도 했던 것일까? 옛사람들의 살림살이에서 나무가 가지는 의미를 이야기하려 했다. 농사를 지으며 살았던 옛사람들의 사람살이는 하늘이 쥐락펴락했다는 데에서부터 답을 시작했다. 사람들은 그때 하늘과 사람을 이어주는 매개물로 여겨 나무에 제사를 지내며, 나무를 성황당나무, 당산나무로 여기게 됐다는 이야기를 풀어내는 중에 촬영 팀에서 오늘 촬영을 마치자고 했다. 밤 깊어지며 더 차가워지는 바람을 우선 피할 요량으로 깊은 밤 우리 두 사람을 지켜주는 나무의 정령 이야기는 가볍게 마무리해야 했다.

애초에 정답이란 없었다

이튿날 아침, 예보대로 눈이 내렸다. 새벽녘에는 보슬비가 안개처럼 대기를 감싸더니 동이 트면서 눈발이 가늘게 흩어졌다. 봄부터 시작한 다큐 촬영을 눈 내리는 겨울 장면으로 마무리하겠다는 촬영 팀 두 감독의 계획이 맞아들었다. 한파주의보에 대설주의보, 풍랑주의보까지 겹친 상황이긴 하지만, 본격적으로 눈이 내리는 시간은 오후 들어서라고 기상청은 예보했다. 하얀 눈이 소복이 쌓인 숲의 설경을 촬영하려는 생각에 아침 시간은 비교적 여유롭게 흘려보내면서 그녀에게 익숙한 나무들을 찾아갔다.

눈 내리는 그날의 나무 관찰은 그녀가 '친절한 나무'라고 부르던 닛사부터 시작했다. 꽃은 물론이고, 잎을 다 내려놓은 겨울나무를 똑바로 알아내기 위해서는 매우 섬세한 관찰과 예리한 판단력이 필수다. 나뭇가지의 빛깔이라든가 겨울눈의 생김새와 발달 방향 등 미묘한 시각적 차이로 나무의 특징을 가름해내야 한다. 이십 년 가까이 나무를 찾아다닌 나로서도 어려운 일이다. 겨울나무가 싫은 건 아니지만, 과학적 혹은 분석적으로 다가서기가 만만치 않다는 이야기다. 섬세한 시각적 관찰이 전제되어야 하는 겨울나무를 관찰하면서 그녀를 성가시게 할 생각은 애당초 없다. 이즈음에 특징적인 나무와 지난여름에 보았던 나무를 비교하는 정도면 충분했다.

"그때는 뭔가 수북이 덮여 있다는 느낌이 있었는데, 지금은 텅 비어 있고, 저 반대쪽으로 열려 있다는 느낌이에요. 이 나무가 단풍이 예쁘다고 하셨지요? 그 잎들이 다 떨어졌겠죠. 어차피 보지는 못하는걸요. 언제나처럼 상상으로만 느끼면 돼요. 만져보지 않아도 가지들이 말라 있다는 걸 느낌으로 알 수 있어요. 분명 풍성한 건 아닌데, 그렇다고 초라하다는 느낌도 아니에요."

나무가 텅 비어 있다는 느낌은 무엇보다 소리로 알 수 있다고 했다. 워낙 무성하던 잎을 다 내려놓은 상태이니, 청각이 예민한 사람이라면 충분히 느낄 수 있을지도 모르겠다. 덧붙여 어딘지 모르게 말라 있다는 느낌은 나무에 대한 여러 생각이 지금 감각으로 받아들인 정보들과 합쳐지면서 재해석하게 된 것이라고 했다.

그러고는 닛사의 줄기 가까이 다가서서 이곳저곳을 가만가만 어루만진다. 코를 가까이 대고 후각을 작동시키더니 '향기가 있을 줄 알았는데 전혀 없다'고 한다. 이번에는 제 키 높이 부분의 줄기 표면에 귀를 바짝 붙이고 숨을 죽인다. 고개를 한번 갸웃하고는 쪼그려 앉아 자신이 할 수 있는 가장 낮은 자세로 뿌리 가까운 부분의 줄기에 귀를 댄다. 표정이 밝아진다. 다시 앞에서 했던 대로 줄기의 윗부분과 아랫부분에 번갈아 귀를 대고 소리를 듣더니 이야기한다.

"신기해요. 소리가 들려요. 무슨 소린지는 모르겠지만요. 잘못 들은 건가 해서 되풀이해서 들어봤어요. 들어보실래요? 분명히 뭔가 움직이는 소리가 들려요. 아직 다 얼어붙은 게 아닌가 봐요."

그녀가 텅 빈 나뭇가지 안쪽으로 들어서서 숨을 돌리더니 음악 이야기를 꺼냈다. 나무와 음악이 참 똑같다는 생각을 많이 하게 됐다는 이야기다. 역시 그녀는 천생 피아니스트다.

"음악 감상이라는 게 그렇잖아요. 촉각이든 미각이든 청각이든 어떤 감각을 통해 받아들인 것을 바탕으로 자기만의 경험과 기존의 인지 내용을 통합해 재해석하지요. 나무를 느낀다고 할 때, 그 나무의 이름을 아는 걸로 끝이 아니잖아요. 내가 시각이 아닌 다른 감각으로 나무를 느끼려 한다는 차이보다는 내가 가지는 경험과 생각이 다르기 때문에 나무에 대한 느낌에 차이가 생기는 거라고 생각해요. 시각을 활용하든 촉각이나 청각과 같은 시각 외의 다른 감각을 활용하든 그 사람에게 나타나는 최종적인 결과는 비슷한 것 아닌가요?"

같은 음악이라도 감상하는 사람마다 느낌이 다른 건 철저하게 감상자의 주관적 경험과 인지 내용이 다른 때문이라고 했다. 음악에 대해 그 어느 것도 정답이 될 수 없는 것처럼, 나무에 대한 느낌도 마찬가지라고 덧붙였다. 굳이 나의 동의를 얻어내려 하지 않고, 그녀는 나무줄기를 어루만지면서 독백처럼 음악과 나무에 대한 생각들을 털어냈다.

"겨울이라 나무줄기에 벌레가 없어서 좋네요."

음악 이야기를 마무리하겠다는 생각으로 그녀는 나무줄기의 느낌을 이야기했다. '여름만큼 나무가 살아 있다는 느낌은 크지 않다'는 말을 남기며 그녀가 닛사의 포근한 그늘에서 벗어났다.

바람이 맵찼다. 오락가락하던 눈발이 갑자기 눈보라 되어 순식간에 시야를 가릴 정도로 숲의 허공을 가득 메웠다. 눈 내리는 겨울 장면을 촬영하겠다는 미디어소풍의 양 피디와 서 감독은 마냥

신바람이 났다.

눈보라 헤치고 그녀에게 꼭 보여주고 싶은 한 그루의 나무가 있다. 천리포수목원의 겨울을 대표하는 나무이지만, 시각보다는 다른 감각으로 더 강하게 감지할 수 있는 나무다. 매운바람 맞으며 한겨울에 꽃 피운 납매다. 언제나 겨울에 피어나는 꽃이다. 납매의 꽃송이는 굳이 코를 들이밀지 않고 근처에 다가서기만 해도 감지할 수 있을 만큼 강한 향기를 가졌다.

그녀를 납매 근처로 이끌었다. 그러나 얄궂게도 향기가 강하지 않았다. 제아무리 향기가 특징인 꽃이라 해도 향기의 셈여림에는 여러 조건에 따라 차이가 있다. 이를테면 비나 눈이 내리는 날은 향기가 약하다. 나무가 향을 내는 건 자신의 수술머리에 돋운 꽃

납매

Chimonanthus praecox (L.) Link

반침꽃과 낙엽성 중간키나무

선달을 뜻하는 한자인 납(臘)과 매화의 매(梅)를 붙여 납매라고 부른다. 중국에서 들여와 우리나라 곳곳에서 키운다. 12월쯤에 탁한 노란 빛깔의 꽃을 피우기는 하지만 매화를 피우는 매실나무와는 관계없다. 옛사람들이 매화처럼 한겨울에 꽃을 피운다 해서 매화를 떠올리는 이름을 붙였을 뿐이다. 겨울에 꽃을 피우는 대개의 나무와 마찬가지로 개화기가 길어서 2월까지 꽃을 볼 수 있다. 무엇보다 꽃에서 피어나는 달큼한 향기가 가장 두드러지는 특징이다. 아직은 민간에서보다 수목원·식물원이나 조경수를 공들여 심어 키우는 도시 공원과 같은 곳에서만 볼 수 있다.

가루를 암술머리에 옮겨줄 매개 곤충을 불러들이기 위해서다. 그러나 비나 눈이 내리는 날에는 벌·등에·나비 같은 매개 곤충이 적다는 걸 나무도 안다. 향기를 만들어내는 에너지를 공연히 소비하지 않으려는 나무만의 경제 전략에 따라 향기를 적게 낸다. 오늘의 납매가 그렇다. 그토록 향기로 사람을 매혹시키는 꽃이건만, 눈보라 몰아치는 지금 이 순간의 향기는 강렬하지 않다. 가까이에 섰건만 향기를 체감할 수 없다. 나무에서 좀 떨어진 자리에 그녀를 멈춰 세우고 물었다.

"우리 앞에 지금 납매라는 나무가 있는데, 꽃이 활짝 피었어요. 뭔가 다른 특징을 느낄 수 있겠어요?"

"어머, 이 추운 겨울에도 꽃이 피었어요?"

놀란 표정을 지으며 그녀가 주위를 두리번거렸다. 그러나 특별한 낌새를 찾아내지 못했다. 향기가 안 느껴지냐고 물었다. '약간의 향기가 느껴진다'고는 했지만, 미심쩍은 표정이다. 할 수 없이 납매의 가지 끝에 피어난 꽃송이 바로 앞까지 그녀를 이끌어 꽃을 만지게 했다.

"생각보다 꽃이 크네요."

납매의 꽃을 그리 크다 할 수는 없다. 고작해야 꽃송이 하나의 지름이 일 센티미터를 조금 넘는 정도다. 김예지가 큰 꽃처럼 느낀 건, 이 추운 날씨에 피어난 꽃이라면 작고 앙증맞아야 할 것이라는 선입견이 있었던 때문일 게다. 목련과 같은 큰 꽃을 그녀가 모르지 않으니 말이다. 향기를 이야기한 내 말에 부응하려는 몸짓으로 김예지가 납매의 꽃송이로 코를 가져갔다.

"국화 비슷한 향기가 나요. 작은 들꽃이 그윽하게 풍기는 향기, 코스모스와 라일락 꽃을 뒤섞은 듯한 향기예요. 강하다기보다는 은은하지만 깊다고 해야 할 향기네요. 목련이나 장미처럼 자극적인 향기가 아니라는 거죠."

눈보라 탓에 향기가 약해졌다고 내가 이야기했다. 비가 올 때도 그렇다고. 누군가를 유혹하기 위해 만들어내는 향기이건만 오늘 같은 날씨에는 아무리 향기를 강하게 발산해봐야 아무도 찾아오지 않으리라는 걸 나무도 아는 것이라고 말했다. 자연히 맑은 날씨에 향기가 더 강하게 느껴지는데, 특히 이 나무는 향기가 강한 대표적인 나무라고 이야기했다.

"이 꽃으로 비누 만들면 좋겠네요."라고 말할 때까지 김예지는 납매의 여린 꽃송이에서 코를 떼지 않았다. 그리고 한겨울에도 꽃이 핀다는 게 신기하다고 되풀이해서 말했다.

잠시 주춤하던 눈보라가 다시 휘몰아쳤다. 겨울의 숲이 그렇게 향기와 소리를 담은 눈보라와 함께 깊어갔다.

맺는 글

그녀가 본 나무를 나는 아직 보지 못했다

천리포수목원 교육생들의 새해 첫 강의가 열리는 날이다. 천리포수목원에서는 해마다 이십여 명을 수목원 전문가 과정으로 선발한다. 식물 조경 등을 전공한 전문가들이 일 년 동안 천리포수목원 기숙사에 묵으면서 현장 실습과 이론 학습을 통해 관련 분야의 능력을 배양하는 고급 프로그램이다.

실습과 이론이 겸비되는 교육 과정 가운데 매주 월요일에는 하루 종일 이론 강의가 이어진다. 관련 전문가 특강과 식물분류학 강의가 주요 내용이다. 지난해에는 월요일마다 천리포수목원에 머무르면서 이론 교육 과정을 수강했다. 특히 나무를 찾아다니는 내게 꼭 필요한 기초인 식물분류학 강의만큼은 성의를 갖고 수강하려 애썼다. 그러나 아버지의 병환이 깊어진 가을쯤부터는 출석보다 결석이 더 많았다. 하릴없이 올해 다시 재수강을 결심했다.

오늘은 새해 이론 강의의 첫날이다. 오전의 특강 세 시간은 내게 주어졌다. 오후에는 다시 식물분류학 강의의 수강생이 되겠지만, 오전에는 특깅 강연자로 새 교육생들에게 나무 이야기를 들려주어야 한다. 천리포수목원 교육 팀에서 나를 전체 특강의 첫 강의에 배정한 것은 아마도 나무에 다가서는 다양한 방식 혹은 특별한 방법을 이야기하라는 뜻에서일 게다.

당연히 오늘 강연에서는 지난 한 해 동안 진행해온 김예지와의 나무 관찰 이야기를 주로 소개할 예정이다. 전문 식물학 강좌와 차별화할 수 있는 특강의 분위기를 위해 시 한 수 읊고 시작할 생각이다. 젊은 친구들에게는 비교적 생경할 한시다.

꽃을 보다	看花
세상 사람들은 모양과 빛깔로 꽃을 보지만	世人看花色
나는 오로지 생명의 기운으로 꽃을 바라본다오.	吾獨看花氣
꽃의 생기 온 천지에 가득 차오르면	此氣滿天地
나도 따라서 한 떨기 꽃 되리라	吾亦一花卉

— 박준원(朴準源, 영조 15~순조 7)

김예지와 내가 한 해 동안 이뤄온 모든 이야기가 이 한 편의 시에 들어 있다. 거개의 사람은 꽃을 보되 시각으로 본다. 이미지의 시대, 시각의 시대라고 할 수 있는 근대 이후 우리는 시각 외의 다른 감각을 이용하는 데에 서투르다. 시각을 활용하는 데에 서투른 건 이 시대의 흠이 되지만, 다른 감각이 무딘 것은 그리 큰 흠이 아니다. 미각이 둔감하거나 후각이 예민하지 못한 건 그냥 내놓고 자신의 단점이라고 이야기하기까지 한다. 그러나 시각은 그렇지 않다.

이미 시각 체험에 오랫동안 길들여진 우리 사는 세상은 이제 시각 없이 살아가는 게 불가능할 만큼 시각 위주로 이루어졌다. 시각장애인을 위한 시설이 전혀 없는 건 아니지만, 눈을 감고는 몇 발짝도 안전하게 움직이기가 글러먹은 세상임에 틀림없다. 그 같은 이미지의 시대에 시각장애인과 함께 한 해 동안 나무를 찾아다녔다. 특별히 놀라운 결과를 얻은 건 아니다.

함께하는 동안 김예지는 언제나 또 다른 새로운 시도를 하려고 갖가지 생각을 펼쳐냈다. 연주회에서 영상을 함께하면 어떻겠느냐는 난데없는 제안도 서슴지 않고 받아들였을 뿐 아니라, 심지어 '시각과 청각의 행복한 만남'이라는 제목으로 할 수 있는 다른 일을 찾아보자고까지 했다. 처음 만났을 때 잠깐의 머뭇거림조차 없이 '나무는 장애물'이라고 분명하게 말했던 사람이다. 그러나 그녀는 이제 나무와 음악의 밀접한 연관을 찾아냈다. 그저 찾아낸 게 아니라, 나무와 음악 사이의 공통점을 당당하게 이야기한다.

모든 사람이 모양과 빛깔로 꽃을 볼 때, 오로지 생명의 기운으로 꽃을 바라본 조선시대의 시인 박준원처럼 김예지도 꽃을 모양과 빛깔로 보지 않았다. 한 그루의 나무를 알기 위해 나무 곁에 다가서서 먼저 흐르는 바람결을 온몸으로 맞이했고, 나뭇가지 사이를 비집고 새어나오는 새 소리, 벌레 소리에 귀 기울였다. 곁에 다가서서 나무줄기의 표면을 어루만졌고, 때로는 차가운 나무줄기에 귀를 대고 한참 동안 숨을 죽였다. 그리고 세상에서 가장 아름다운 꽃처럼 그녀는 말했다. 대상을 감지하는 건 어떤 감각이냐가 중요하지 않다. 그에게 다가서려는 관심과 성의가 전제된다면 시각이냐, 촉각이냐, 후각이냐, 청각이냐 따위가 뭐 그리 중요하겠느냐고 몇 차례 거듭해 이야기했다.

그녀의 따스한 이야기는 얼어붙은 나무를 사르르 녹였고, 그녀의 따스한 손길에 따라 살아난 나무는 다시 그녀가 살아가는 이 황망한 세상에 나무의 생기를 한가득 채웠다. 그리고 마침내 그녀는 오랫동안 하릴없이 절대 권력이 된 시각의 압력으로부터 자유롭지 못한 내 앞에서 한 떨기 꽃이 됐다. 나무가 생기 가득한 세상에 진짜 나무로 다시 일어섰다.

내 앞에 앉아서 오늘의 강연을 청취할 젊은 식물연구자들은 나처럼 오랫동안 시각에 의한 식물 관찰을 모든 식물 연구의 바탕으로 학습해왔을 것이다. 물론 그들이라고 촉각을 비롯해 후각, 미각, 청각을 활용하지 않았을 리 없다. 그러나 이미 우리가 사는 시대는 이미지의 시대이고, 시각이라는 권력은 벌써 오래전에 우리의 통제권을 벗어났다. 그 젊은 연구자들에게도 김예지의 나무 이야기가 터무니없는 허무맹랑함으로 다가서지 않기를 바란다.

강연을 마치면 나는 다시 밤을 도와 길 위에 오를 것이다. 아직 보지 못한 나무를 찾아 나서야 한다. 나무만 보며 살아온 세월이 벌써 열여덟 해다. 아직 보지 못한 나무들이 아니라, 그동안 시각으로 충분히 바라보았고 시각 이미지인 사진으로도 숱한 결과물을 가지고 있는 나무들을 다시 처음부터 찾아볼 생각이다. 시각장애인 음악가 김예지가 바라본 나무를 나는 아직 보지 못한 까닭이다.

바람 불고, 눈보라 몰아친다. 이제 다시 길에 오른다. 그 먼 길에 피아니스트 김예지가 몸으로든 마음으로든 언제까지 함께하리라 믿으며 더 평안한 마음으로 한 걸음 내딛는다.

나는 다시 밤을 도와 길 위에 오를 것이다.

아직 보지 못한 나무를 찾아 나서야 한다.

김애지가 바라본 나무를 나는 아직 보지 못한 까닭이다.

슈베르트와 나무

시각장애인 피아니스트와 나무 인문학자의 아주 특별한 나무 체험

고규홍 지음

1판 1쇄 발행일 2016년 5월 2일

1판 3쇄 발행일 2019년 7월 22일

발행인 | 김학원

편집주간 | 김민기 황서현

기획 | 문성환 박상경 임은선 김보희 최윤영 전두현 최인영 정민애 김주원 이문경 임재희 이화령

디자인 | 김태형 유주현 구현석 박인규 한예슬

마케팅 | 김창규 김한밀 윤민영 김규빈 김수아 송희진

제작 | 이정수

저자·독자서비스 | 조다영 윤경희 이현주 이령은(humanist@humanistbooks.com)

조판 | 홍영사

용지 | 화인페이퍼

인쇄 | 청아디앤피

제본 | 정민문화사

발행처 | (주) 휴머니스트 출판그룹

출판등록 | 제313-2007-000007호(2007년 1월 5일)

주소 | (03991) 서울시 마포구 동교로23길 76(연남동)

전화 | 02-335-4422 팩스 | 02-334-3427

홈페이지 | www.humanistbooks.com

ISBN 978-89-5862-326-7 03810

* 이 도서의 국립중앙도서관 출판예정도서목록(CIP)은 서지정보유통지원시스템 홈페이지(http://seoji.nl.go.kr)와 국가자료공동목록시스템(http://www.nl.go.kr/kolisnet)에서 이용하실 수 있습니다.(CIP 제어번호: CIP2016009777)

만든 사람들

편집주간 | 황서현

기획 | 전두현(jdh2001@humanistbooks.com) 박상경

편집 | 김선경

디자인 | 김태형 최우영

사진 | 현진